朗

朗報！アホかて読める

大阪弁 びっくり源氏物語

ついに出た！読みたい人への福音書

中村博

JDC

はじめに

「のっけからのアホ扱い、失礼やないか」

と思われたかも知れません。

いえいえ、「アホかて」です。

「かて」は大阪弁で、「であっても」と言う意味で、「たとえアホであっても読める。まして賢明なあなたは・・・」ということで、「アホ」＝「素養無し」と言い換えてもよいでしょう。


「そもそも源氏物語なんて」

「源氏物語を読みたいが、長すぎる」

「現代訳でも、昔の言葉が出て来て、読みにくい」

「長編なので、前との関係が分からなくなり、混乱する」

「源氏の君の年齢が分からず、場面場面で年齢に応じた気持ちの推移が分からない」

「登場人物が多く、関係が複雑で、なかなか理解できない」


こんな問題を解決したのが、この本です。

まず、全五十四帖を、一冊にまとめました。

それも要約でなく、各帖のハイライト部分を原文から抜き出し、それを訳しています。

だから、原文の香りがそのまま引き継がれています。

すらすら読めるように、七五調の訳にしました。

そして使った言葉は、関西弁（大阪弁）。

奈良時代・平安時代の国の中心は関西。

そこで話されていたのは、間違いなしに関西弁。

関西弁の代表は大阪弁です。

大阪弁は、柔和で、包容力があり、声を出して読むと感情の豊かさが感じられます。

例を挙げてみましょう。

「ぼお〜っと生きてんじゃねえよ」

これを聞いたら、言われた方はがっくり来ます。

「ぼっおっと生きとったらアキマへんぇ」

これは、その後に（アホやなぁ）が隠されています。

「ぼっと生きてたらアカンがな」

そうなんです。大阪弁は優しいのです。

これには、何やらいたわりの心が感じられませんか。

「そやけど、大阪弁は、なんや品が無うて、格調もあれへんがな」

と聞こえそうです。

でも「源氏物語」は、持て囃されている割には、あまり品が良くなく、格調も低いのです。

源氏君の女性関係を見てみましょう。

（源氏君年齢）　（相　手）
源氏12歳　葵　上（16歳）
源氏17歳　空　蝉（20代前半）
源氏17歳　軒端荻（10代）
源氏17歳　六条御息所（24歳）
源氏17歳　夕　顔（19歳）
源氏18歳　藤壺宮（23歳）
源氏18歳　末摘花（10代半ば）
源氏19歳　源典侍（60歳前）
源氏20歳　朧月夜（20歳頃）
源氏22歳　梅壺（秋好中宮）（13歳）
源氏22歳　紫上（若紫）（13歳）
源氏24歳　朝　顔（20代半ば）
源氏25歳　花散里（20代後半）
源氏27歳　明石君（23歳）
源氏36歳　玉　鬘（22歳）
源氏40歳　女三の宮（14歳）

なんと相手は13歳の少女から60歳前の老婆まで。

手あたり次第に、父の後添えの皇后までも。

これが品が良くて格調高いと言えますか。

だから大阪弁でOKなのです。


年齢と登場人物の関係は、各帖の冒頭に掲げました。

これで万全。

誰でも読める「源氏物語」になりました。

さあ、これで「源氏物語」は、もうあなたのものです。

目次

源氏物語　全帖

桐壺（きりつぼ）

【源氏君年齢：1歳から12歳】

前：前半
▲：故人

- 先々帝▲
  - 藤壺（17）＝桐壺帝
  - 兵部卿宮（27）
- 一の院（44）
  - 春宮
  - 大宮（30前）＝左大臣（46）
    - 蔵人中将（頭中将）（17）＝四の姫
    - 葵上（16）＝光源氏
  - 桐壺帝（29）
    - ＝弘徽殿女御：第一皇子（次春宮）（15）
    - ＝桐壺更衣▲：**光源氏**（12）
- 右大臣（49）
  - 弘徽殿女御（33）
  - 四の姫

大層好かれた桐壺更衣

（源氏君年齢　誕生～2歳）

誰の帝の　御代やろか
皇后候補の　予備軍の
女御※や更衣※　多数が

仕えておった　その中で
天皇の血筋と　違うけども
大層好かれた　女人居った

（私こそは）とか　思とった
女御ら皆　憎らしと
見下し大層　妬んでた

帝はその女　好っきやから
朝夕無しに　呼ぶのんで
他女の妬みの　ムカつきが

恨みになって　その女人の
胸にだんだん　積もって来
病気がちなり　気いも萎え
実家へ戻るん　度々や

帝は可哀想　思うてに
周辺の言うんも　構わんと
（好っきやおいで）と　呼ぶのんで
世人「なんでや」　思うほど

【女御・更衣】
・天皇のパートナー（妃）の予備軍
① 皇后＝中宮
② 女御
③ 更衣
※この時まだ「皇后・中宮」はいない

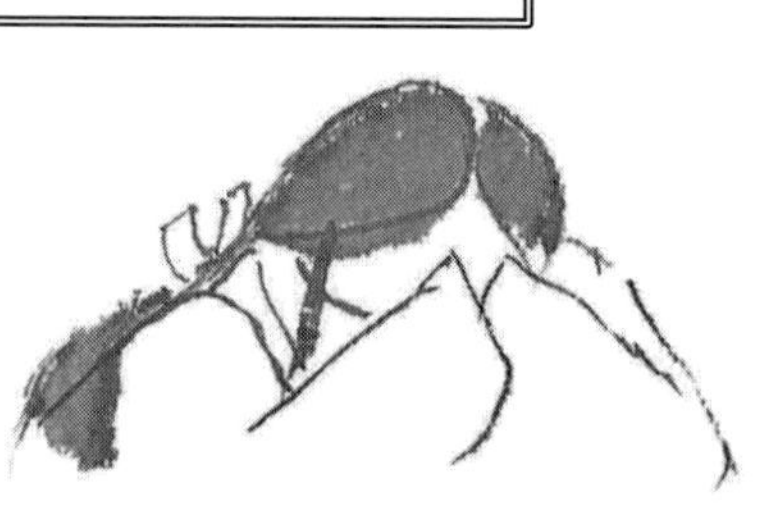

上達部(＝公卿 国務大臣)やら　殿上人(官僚)
しかめっ面して　目ぇ背け
(見て居られへん　べた惚れや
これ唐土に　あった言う
『女で世ぉが　乱れる』と
言うてたのんと　同じ)と
口にせんけど　憂えてる

そのうちそれが　重なって
皆が困って　楊貴妃(※)の
前例口に　登るほど

> 【楊貴妃】
> ・唐の玄宗皇帝の妃で絶世の美女
> ・安禄山の乱で殺される
> ・白居易の「長恨歌」に詠われている

それをその女人　洩れ聞いて
(あぁもぅ嫌や)　思うけど
帝が好いてん　強いんで
(そうはいかん)と　仕えてた

この女人言んは　その名ぁを
内裏の中で　貰た部屋
そこが桐壺　やったんで
桐壺更衣　言うのんや
帝の名ぁを　それ因み
桐壺帝と　呼ぶとしよう

その内　帝との間
可愛らし皇子が　生まれてに
その子抜群　容貌良んで
帝の喜び　最高や

第一皇子を　産んどった
内裏の弘徽殿　部屋におる
弘徽殿女御　(もしかして
東宮(皇太子)　なるん　越される)と
大層憎んで　怨んでた

虐め続いて　病みがちな
桐壺更衣　病気が重なって
そのまま内裏に　居るのんは
不都合なんで　皇子置いて
そおっと実家へ　戻ったが
その後すぐに　死んでもた

更衣に似てる四の宮を

（源氏君年齢　11歳）

年月経っても　帝はん
桐壺更衣の面影　消えやせん
帝を慰め　しょうとして
相応し女人を　勧めるが
「桐壺更衣に並ぶ　女居らん」
言うて気落ちが　続く中
（先々帝の　四の宮が（四番目の皇女）
候補にどうか）と　なってきた
帝に仕える　女房の
典侍（※）は　言うたんや
「四の宮はんと　言う女人は
先々帝の　母妃が
大切に育てた　女人やって
大層美人と　評判の
姫宮はんやって　知り合いや
姫宮はん幼い　その時分
ワテが母妃宮　仕えてて
馴染んだ仲の　姫宮やって
大人になった　今見ると
死んだ更衣　ご美貌に
似てるも似てる　瓜二つ
ワテ三代に　仕えたが
こんな似てはる　ご成長
世おにも稀な　ご器量は
見たこともない　お方どす」
これが　藤壺女御や

【典侍】
・天皇の第二秘書官の女性
・第一秘書官を尚侍という

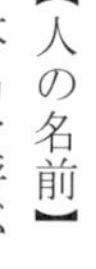

【人の名前】
・本名を呼ぶと魂が獲られると考え、基本的に本名は呼ばず、官職・地位・地名で呼ぶ
・特に女性は、官職・父や夫の官職で呼ぶ
・大君（長女）、中君（次女）

元服の後　婿として

（源氏君年齢　12歳）

元服（男の成人式）済んだ　源氏君
その夜左大臣の　お邸へ
婿取り儀式の　その様子
言われんほども　盛大に
若い源氏君を　左大臣
（ぞっとするほど　美して
可愛らしい）と　見ておった

娘の姫君（葵上）はん　年上で
源氏君を見たら　まだ子供
（似合わへんな）と　気薄顔

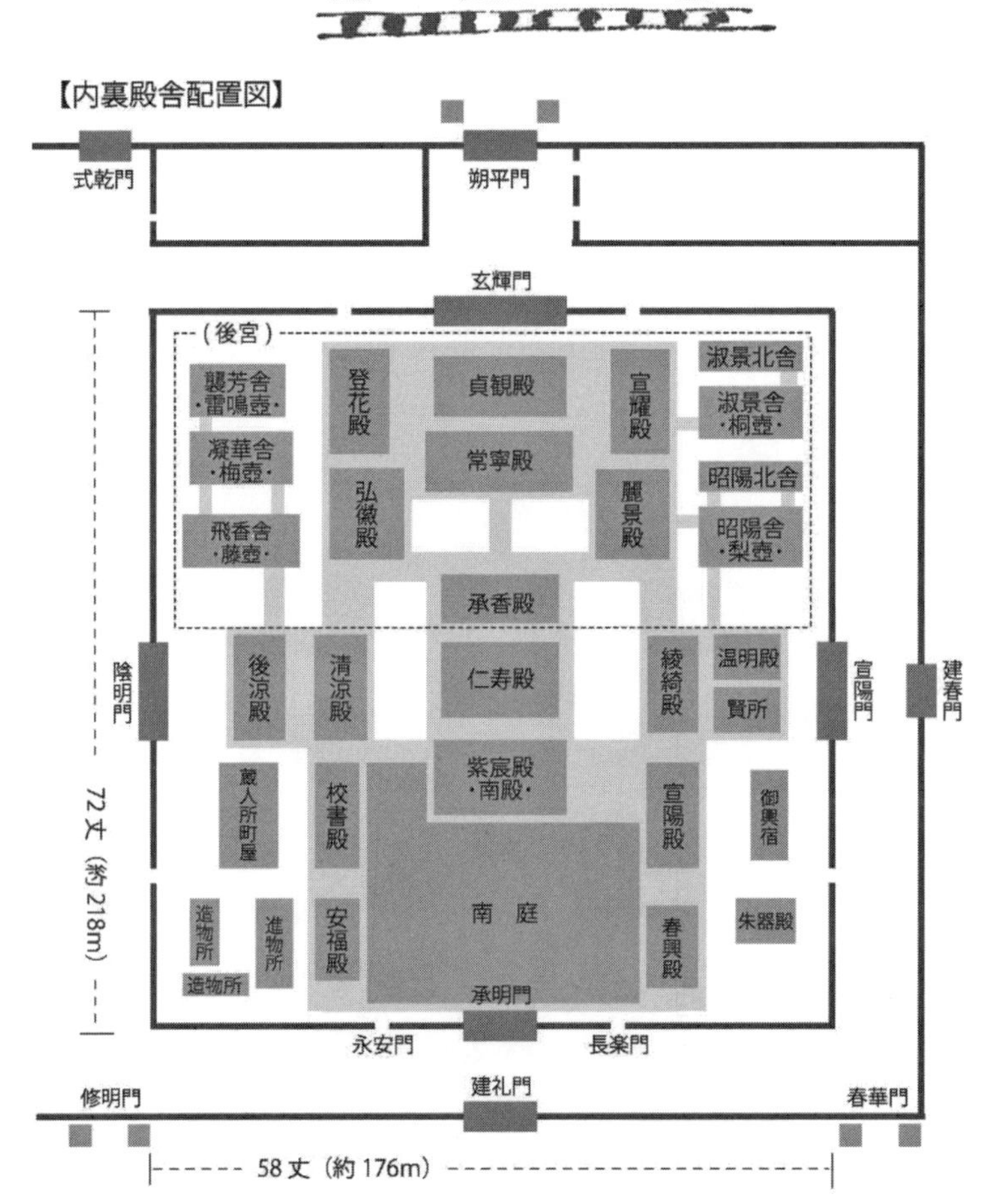

母に似とおる藤壺女御を

（源氏君年齢　12歳）

元服儀式の　その後も
帝源氏君を　側置いて
仕えさすんで　帰れんで
左大臣邸に戻るん　偶にしか

源氏君心に　秘めてんは
桐壺更衣の面影　そっくりの
藤壺女御はんで　ぞっこんや

（滅多おらへん　お方や）と
藤壺女御　慕おてに
（妻にすんなら　この姫宮や
他には適すん　居らへんわ
左大臣の　姫君はんは
大切に　育てられたけど
心に合わんで　惹かれへん）

（藤壺女御　好っきやな）と
苦しゅう　思い詰めるんは
幼な心か　源氏君の

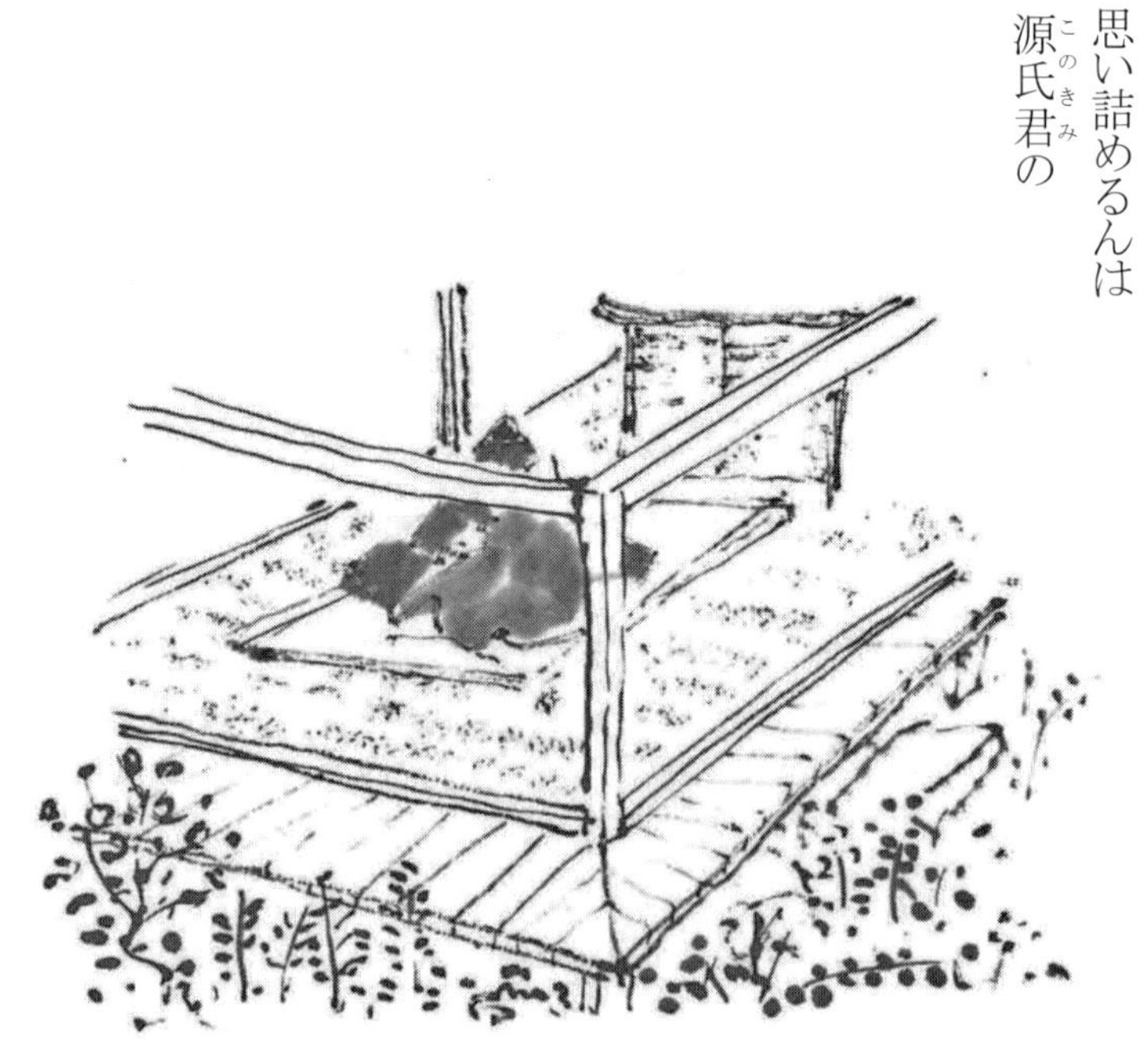

帚木（ははきぎ）

【源氏君年齢：17歳】

頭中将（とうのちゅうじょう）話すんは（源氏君年齢 17歳）

朝から一日 降り続き
ひっそり暮れる 雨の宵
人も少（すけ）ない 殿上間（てんじょうま）の（※清涼殿の南側）
宿直所（とのいどころ）（宿泊所）で のんびりと
気心知った 人ら寄り
あれこれ女の 品定め

【帚木（ははきぎ）】
信濃国・園原にあって遠くからは帚（ほうき）を立てた様に見えるが近寄ると見えなくなるという伝説の樹木

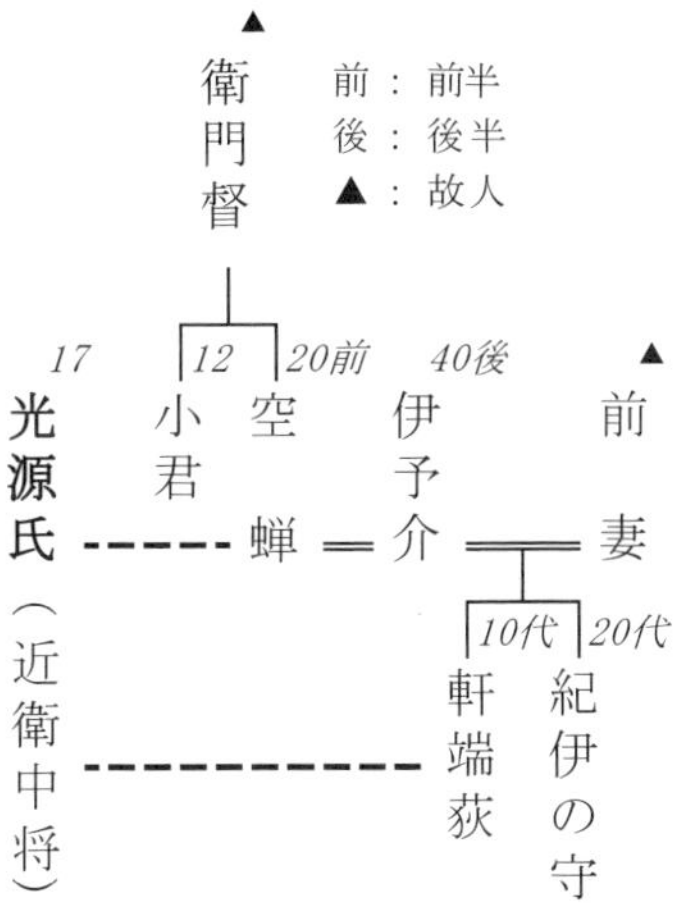

前：前半
後：後半
▲：故人

- ▲衛門督
  - 小君（12）
  - 空蝉（20前）＝ 伊予介（40後）
- 伊予介 ＝ ▲前妻
  - 紀伊の守（20代）
  - 軒端荻（10代）
- 光源氏（17）（近衛中将） ----- 空蝉
- 光源氏 ----- 軒端荻

【頭中将（とうのちゅうじょう）】
・近衛中将で蔵人の頭を兼ねる者
・近衛中将＝宮廷警護の二番手
・蔵人の頭＝天皇の第一秘書官

【清涼殿】

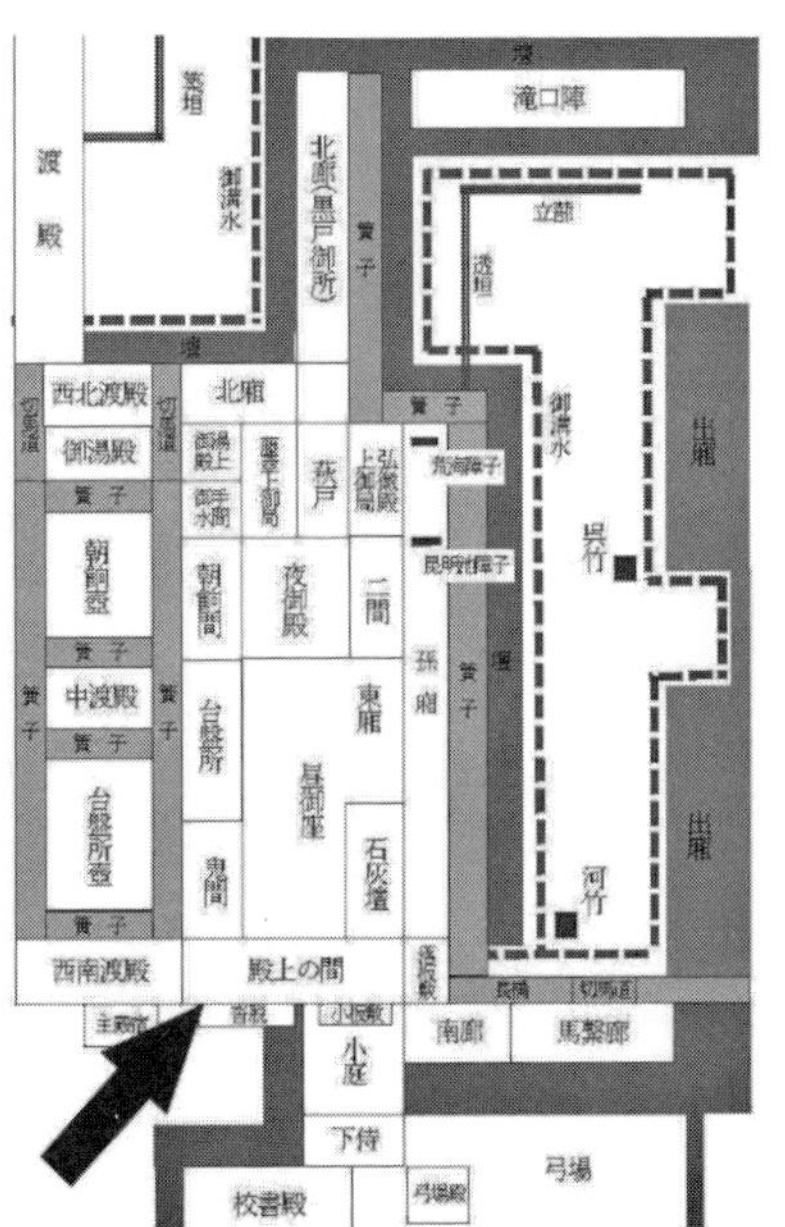

興趣深(おもしろ)なった　頭中将(ちゅうじょう)は
「そしたら我(わし)の　アホらしい
女の話　聞かそうか

あれはほんまに　こっそりと
通い始めた　女(ひと)やって
末長(なご)とまで　思わんも
面倒見るんに　良(え)えかなと
通ぅて馴れて　親しんで
愛らし気持ち　増(ふ)えてきた

途切れ通いの　女(ひと)やけど
忘れもせんと　通ぅてた

そのうち女(おんな)に　我(わし)頼る
様子見えたで　(もうこれは
慣れて途絶えを　恨むんが
起こって来るか)と　思ぅたが
そんな素振りも　見せなんだ

途絶え途絶えに　行くけども
偶来(たま)た良人(ひと)とは　思わんで
朝夕(あさゆ)こまごま　尽すから
いじらし気持ち　湧いてきて
『後々面倒　見るから』と
言い聞かす様(よ)な　仲なった

親の無い身で　どこと無(の)ぅ
心細そな　その様子
(この良人(ひと)だけが　頼りやと)
思うん見えて　可愛(かい)らしい

女のおっとり　穏やかを
(良(え)えか)としばらく　行かん間に
『大層(ごっつう)ひどい　嫌がらせ
本妻(つま)の方から　言(ゆ)うて来た』
と後々で　聞かされた

女の辛(つら)さ　知らんとに
忘れん心　持ちながら
便りもせんと　過ごしてた

悲しい思いが　重なって
心細いん　募ったか
幼児(おさなご)抱える　頼りなさ
それを悩んで　文が来た」

言(ゆ)うて頭中将(ちゅうじょう)　涙ぐむ

「何言うて来た　その文に」
源氏君が聞いたら　あっさりと
「大したことは　書いて無て

《私のこと
　放ってて良えが
　　時々は
　会いに来てぇな
　　この幼児に》

可哀想なんで　出向いたら
なんでもない様な　振りするが
気ぃ滅入るよな　顔をして
荒れ家の露の　庭を見て
さめざめ泣くんは　虫の音と
競うみたいな　その様子
昔話に　ある場面
それと同じ　様やった

気ぃが緩んで　泣くんでも
恥ずかしそうに　慎ましゅう
隠すみたいに　してたんや

ひどい仕打ちの　辛いんを
気付かれるんを　隠そうと
してる苦しさ　知らんでに
気安ぅ思て　ついついと
通いの途絶え　してるうち
影も形も　消してもた

まだ今生きて　居るんなら
辛い世間で　どしてるか
愛しい思た　あの日ぃに
我に縋る気　見せてたら
行方知れずに　せんかった

あんまり途絶え　せんといて
通いの妻の　一人とし
長ぅ面倒　見たやろに

あの幼児の　可愛らしを
どうにか探し　出そうかと
思とったけど　出来なんだ

方違えやと誤魔化して

（源氏君年齢　17歳）

そんな雨夜の　品定め
終わってしばらく　経ったころ
方違え(※)やと　源氏君
紀伊守(※)屋敷　行ったんや
そこの屋敷に　居るのんは
紀伊守の父　伊予守
それの後妻の　若いんが
忌み避けるため　来て居った

【方違え】行く方角が悪いので、他の場所で一泊しそこから出発すること

【官職の順位】
・一等官＝カミ（守・督など）
・二等官＝スケ（介・佐など）
・三等官＝ジョウ（掾・尉など）
・役職によって字が変わる

源氏君安々　寝られんで
空しい独り寝　目え冴えて
寝てる廂間　北側の
襖の向こうで　人気配
皆々寝てる　様子見て
襖掛金　引上たなら
内側からは　掛かけて無て
襖の内に　几帳（ついたてカーテン）ある

ほの暗灯り　見渡して
ばらばら置いたる　唐櫃（衣装箱）を
避けて辿って　近付くと
小柄な感じの　女居る

目当ての寝てた　その女は
（なんやら物音　したかな）と
思うたけども　気にせんで
被った衣　除けるまで
（さっきに呼んだ　中将君（仕えてる女房）が
やっと来たんか）　思とった

「中将とお呼び　されたんで
我も中将　なんやから
こっそり慕てた　この思慕
通じたんかと　思て来た」
と耳元で　囁くと

起こったことが　何かとは
分かれへんので　物の怪に
襲われたかと　思たんか
「ヒッ」と言たけど　被り衣
顔に掛かって　声出せん

「いきなりなんで　おざなりの
心か思うん　分かるけど
長年ずうっと　慕ぅてた
我の思いを　伝えとて
そんな機会を　待っとった

適ぅた今は　結ぶ縁
浅ぅ無かった　思てんか」
と言うささやき　優しゅうて
怖い神かて　負けるほど

「誰やらここに」と　大声を
挙げて騒ぐん　出来へんで
（こんなんアカン　びっくり）と
思たがようよう　声出して
「したらアカンで　人違い」
とやっとこさ　言うたんや

戸惑ぅとおる　その様子
可哀想やけど　可愛らしと
源氏君ますます　その気ぃに

「出来心や思ぅ　知れんけど
我は以前から　慕ぅてた
妙な振る舞い　滅多せん
思いの丈を　ちょっとだけ」
言うて小柄を　抱き抱え
襖近ぅに　戻ったら
呼んでた中将君　そこへ来た

「あっ」と源氏君が　叫んだを
来た中将君は　不審と
手探りながら　近付くと
大層良え薫り　広がって
顔まで染みる　気ぃになり
何起こったか　知ったんや

思いも掛けん　出来事に
おろおろ言葉も　出せんでに
(並の男で　やったなら
手荒ぅ引離すん　出来るけど
したら多数の　人知って
困るやろうに　ましても)と
戸惑いながら　着いて行と

源氏君平気で　奥にある
寝所へ入り　襖閉め
「暁なったら　向かい来い」
言うたんその女　耳にして
(中将君どない　思ぅか)と
思たら死ぬかの　気ぃなって
いっぱい汗を　掻くほどに
苦しむん見て　源氏君
(可哀想やな)と　思ぅけど

いつものどこから　出るか思ぅ
心に染みる　言葉言い
優し優しに　尽すんを
(嫌や嫌や)と　思いながら

「どしてもほんまや　思われん
数にも入らん　女やと
蔑んでする　その心
きっと浅いに　決まってる
この私みたいな　女には
分に合ぅたんが　良えのんや」

言うて無理強い　されるんを
(情けないやら　嫌やな)と
思い詰めてる　女見て
源氏君可哀想　思ぅけど

「身分違いの　どうこうを
知らへんままに　ここに来た
初めて出会た　恋やのに
そこらの好色男と　同じに
我を思うん　情けない
そのうち　我の評判を
聞いたら分かる　身勝手な
好色心　持たへんと」

とかとか真面目に　いろいろを
源氏の君が　言うけども

女切無ぅ　思ぅてに
(こんな美し　この男に
身ぃも心も　許したら
惨めな身ぃに　なってまぅ
気丈で嫌やと　見られても
気持ち通じん　女やと
押し通そう)と　心決め
素っ気無しやが　身ぃ任す

人柄優しい　女やのに
無理に頑固な　振る舞いを
見せようとする　なよ竹の
(心は許さん)　様子見て
さすがの源氏君も　手ぇを焼く

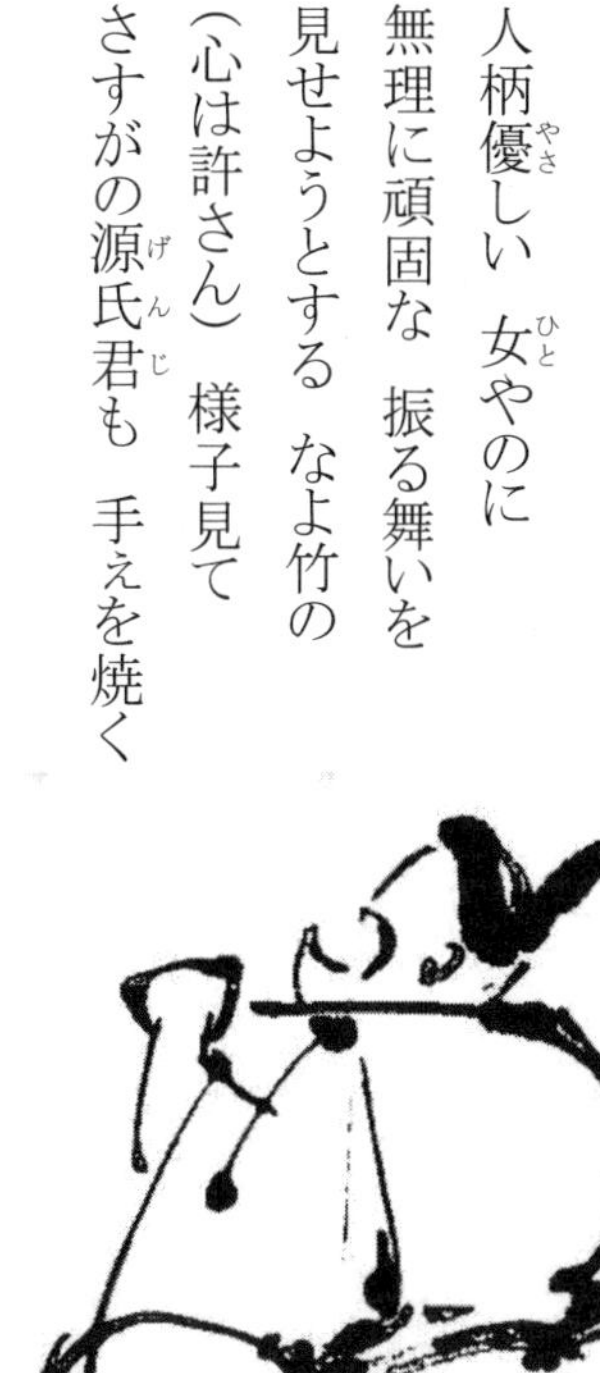

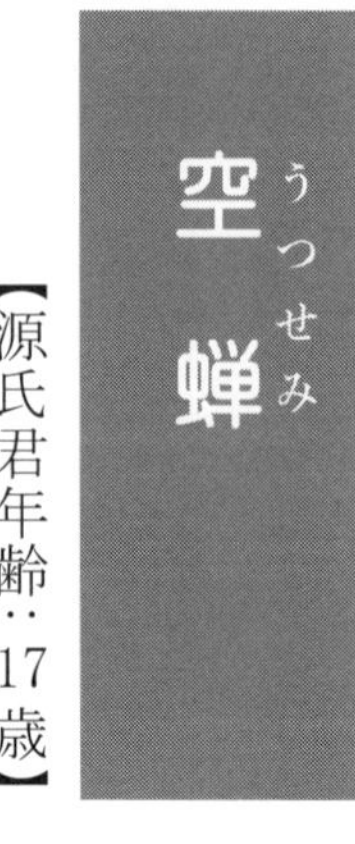

空蝉（うつせみ）

【源氏君年齢：17歳】

前：前半
後：後半
▲：故人

▲衛門督
├ 小君（12）
└ 空蝉（20前）＝ 伊予介（40後）＝ ▲前妻
　　　　　　　　　　　　├ 軒端荻（10代）
　　　　　　　　　　　　└ 紀伊の守（20代）

光源氏（17）（近衛中将）------ 空蝉
光源氏 ------------ 軒端荻

あの女やと思うたに

（源氏君年齢　17歳）

また思い出し　源氏君
女の弟（おとと）の　少年の
小君（こぎみ）手なずけ　紀伊守（きのかみ）の
留守見計ろて　忍び入る

浅い眠りの　その女（ひと）は
妹（いもと）（軒端荻）と一緒に　寝とったが
そこへ衣擦（きぬず）れ　音がして
香ばし匂い　香るんで
そっとに見たら　びっくりや

几帳を上げた　隙間から
なんやら暗いん　にじり寄る

びっくりとっさの　判断も
出来（でけ）んで寝床　滑り出て
生絹（すずし）（練る前の生糸）の　単衣（ひとえ）の　一枚を
羽織っただけで　抜け出した

忍び入った　源氏君
帳台中に　一人だけ
寝る女見て　ほっと胸
寝衣を押して　添い寝たら
（以前よりちょっと　ずんぐりや）
と思ぅたが　まさかとは
深ぅに寝てる　その姿
なんやら様子　違ぅなと
そのうちだんだん　気ぃ付いて
びっくり呆れは　したけども
（人違いやと　知られんも
アホらしいのに　それ加え
この女かて（怪しからん
ことや）と思うに　違いない

目当ての女　探すんも
これほど避けるか　思ぅたら
無駄でその上　間抜けやな）
（まぁ仕方ないか　良えとしょう）
と思うんは　これもまた
不謹慎やな　源氏君

やっと目覚めた　この女
意外をびっくり　するけども
受けや拒みも　せんといて
情を交わすん　未経験やから
たわやか乱れ　せんけども
ませた心で　されるまま
ちょっと眠った　源氏君
名告る気さらさら　無いけども
起こったことを　この女
後で考え　知ったなら
我は一向　構まへんが
世間に憚る　ことの多い
冷淡い女が　可哀想と
「方違えやと　嘘ついて
ここ来た目当て　其女や」と
ほんまみたい　ごまかした

ちょっと頭を　使うたら
分かるやろうに　その若い
ませ心では　見抜けへん

源氏の君は　この娘
可愛らしことは　可愛らしが
心惹かれる　ことは無い

思たら(逃げた　あの女
しゃくやが愛しい　恨めしい
どっかに隠れて　この我を
アホな男と　見て居るか
こんな片意地　居らへんわ)
思うが心　裏腹に
忘れられへん　源氏君

無邪気で若て　いじらし女
情けを込めて　源氏君
後の契りを　約束す

その後源氏君　あの女の
脱ぎ滑らした　薄衣
持ってその部屋　出ていった

夕顔(ゆうがお)

【源氏君年齢：17歳】

- 19 右近（乳兄弟）―― 19 夕顔
- 17 惟光（乳兄弟）―― 17 **光源氏**
- 阿闍梨（惟光の兄弟）
- 22 頭中将 ＝ 夕顔 ＝ **光源氏** ＝ 六条御息所 24
- 3 撫子（頭中将・夕顔の子）

恨みが募る六条御息所(みやすどこ)

（源氏君年齢 17歳）

源氏君(きみ)通うんは 六条の
先の帝(みかど)の 皇女(ひめ)産んだ
※六条御息所(ろくじょうみやす)が 住まう邸(いえ)
当初(はじめ)は拒んだ 六条御息所(このひと)を
やっと口説いた 源氏君
そのうちなんと 気ぃ移り
お気の毒にも 六条御息所(みやすどこ)
放って置かれる 扱いに

【六条宮御息所(ろくじょうみやすんどころ)】
六条に住む御息所
※御息所＝皇子・皇女を産んだ女御・更衣を言う

契る前での 懸命な
一途(いちず)な思い 忘れてに
なんちゅうこっちゃ 嘆かわし
六条御息所(ろくじょうみやす)は 物事を
思い詰めるん 深かって
（年齢(とし)の似合わん 源氏(げんじ)君との
仲が世間に 知れたら）と
不安抱(だ)いてた その上に
通い途絶えて 一人閨(ねや)
寝られんままに 目ぇ覚めて
思い悩むん 多ぅなる

寂れた院に連れてって

(源氏君年齢　17歳)

乳母の病気を　見舞いにと
行った隣に　白い花
夕顔咲いた　粗末家
なんやら源氏君の　気ぃそそる

そのうち忍んで　源氏君
せっせと通う　その家へ
五条の家の　その辺り
住まいが多て　騒がして

寛げられんで　源氏君
近くの六条院　荒れ邸
そこへと仕えの　右近乗せ
牛車で女(夕顔)を　連れてった
(奥は暗ぁて　気味悪い)
と思うんで　廂間の
簾ぅ巻き上げて　添い寝して
たとえ様もない　しいんとした
夕べの空を　眺め見る
横添い寝てた　その女
(こうなってもた　不思議さを
意外やなあ)と　思ぅたが
いろんな嘆き　忘れてに
打ち解け馴染む　その様子
ほんま可愛に　見えとって
ひどぅ怖がり　ながらやが
源氏君の側に　寄り添うん
子供っぽぅて　いじらしい

日ぃ西空に　沈むんで
早々格子　さげ下ろし
灯明台に　火ぃ灯し
「もう十分に　深い仲
なった言うのに　名言わんの
心隔てが　情けない」
恨みながらも　愛らしと
何度と無ぅ　懲りん言う

(なんも言わんと 身隠したん
帝はどないに 心配し
どこやと探して 居るやろか

女にこない 惑うとは
理解出けへん 我の心

六条御息所 知ったなら
どない苦しみ 怨むやろ
大層恨まれても 無理ないな)

可哀想思うが 疚しさが
ふっと胸湧く 源氏君

無心に差し向き 座る女を
見ては可愛い 思ぅてに
(六条御息所もちょっと 思慮深て
息苦しさが 無かったら)
ついつい甲斐ない 比較する

なんと物の怪現れて

(源氏君年齢 17歳)

宵もちょおっと 過ぎた頃(午後十時頃)
うとうとしてた 枕元
なんやら女の 美しが
「心惹かれる ワレやのに
訪ねもせんで 捨て置いて
こんな詰まらん 女なんか
ここに連れ来て いちゃいちゃと
ええい悔しい 恨めしい」
言ぅて傍ら 寝る女を
引き起こそうと しておった

なんやら物の怪 襲われる
気ぃしてハッと 目覚めたら
点いてた灯ぃも ふっと消え
不気味な様子に ゾッとして

魔除けに抜いた 太刀側に
「右近起きよ」と 促すと
怯えながらも いざり寄る
「殊更ひどい 物怯え
される性質やで 怖いんや」
右近言ぅたら 源氏君
(ひ弱に見えて 昼間かて
部屋奥見んと 空だけを
眺めとったな 可哀想に)

「我が誰かを　起こし来る
　近ぅに寄って　待っとれ」と
女の脇へ　右近寄せ
西の妻戸を（両開きの板戸）　出てみたら
廊下の火さえ　消えとった

「紙燭（手持ちの灯り）を持て」と　人呼んで
部屋に戻って　手探ると
女そのまま　臥せとって
右近は傍で　うつ伏せに

「どないしたんや　怖がんも
大概しいや　荒れ邸
狐なんかが　脅かそと
悪戯をしても　我が居る」
とその右近　起こしたら

「増々気分　悪ぅなり
こないうつ伏せ　してたんや
女主人どないに　怖いやろ」

「そうや其女は　なんでこう」
言うて源氏君が　手探ると
息遣いかて　しとらへん
揺するとだらり　意識無て
（あどけないから　物の怪に
　魂取られて　しもたんか）
えらいこっちゃと　源氏君

紙燭来たけど　この右近
動かれへんで　源氏君
「もっと紙燭を　近ぅに」と
言うて紙燭で　覗いたら
女の寝てる　枕辺に
夢と同じ　顔した女
朧に浮かんで　ふと消えた

（昔語りに　聞いたけど
　ここで今それ　起こるとは）
異様気味悪　思ぅてに
（女どやろ）と　胸騒ぎ

自分の危ない　構わんと
女の脇へ　寄り添ぅて
「おい目ぇ覚ませ」と　揺すったが
身体すっかり　冷えとって
とっくに息も　止まってた

若紫(わかむらさき)

【源氏君年齢：18歳】

桐壺帝(35)
＝藤壺(23)
兵部卿宮(33)（藤壺の兄）
桐壺帝─光源氏(18)
光源氏＝藤壺
兵部卿宮＝姫君
─若紫(9)
少納言（乳母）

垣間見をした幼児(おさなご)は（源氏君年齢　18歳）

続く寒気(さむけ)や　発熱が
治(おさ)まらへんで　源氏君
人の勧めに　従(したご)うて
効果があると　評判の
北山に住む　聖(ひじり)へと

ちょっと治(おさ)まり　気楽なり
（春の日長の　たいくつを
紛(まぎ)らわそか）と　源氏君
暮れの霞が　懸かる中
微(かす)かに見える　小柴垣（小柴で作った低い垣根）
供は帰して　惟光(これみつ)と（源氏君の従者）
行って近付き　眺めたら

西の部屋なか　持仏(じぶつ)（守り本尊の仏像）据え
勤めとったん　尼やった

年齢(とし)は四十　過ぎやろか
身ぃ上品な　色白で
細身やけども　ふくら顔
目元涼やで　削ぎ髪（肩で切り揃えた髪）の
揃えてるんは　長いより
今風らして　気ぃを惹(ひ)く

こざっぱりした　二女房
控える傍で　女童が
部屋を出入りし　遊んでる

中にその年齢　十歳ほどの
白い単(※)に　着褻れした
山吹襲(※)　上羽織り
走り出てきた　女の子
他とは違て　際立って
（娘時分やったら　美形や）と
思わすほどの　器量良さ

【単】
・裏地のついてない衣服
・肌に直接着る衣服
【襲】
・衣服を重ねて着るときの衣と衣の配色、または衣の表と裏との配色
・卯の花襲、山吹襲など

それ見た源氏君　思うんは
（大きなったら　大層美人
こないにこの目　引きつける）
（そうや似てるで　この胸を
焦がし続ける　藤壺女御に）
思たら涙　頬伝う

源氏君忍んで藤壺宮に

（源氏君年齢　18歳）

藤壺宮は　病気なり
宮中から出て　里下がり

父帝が気にして　嘆くんを
源氏君は気の毒　思うけど
今がチャンスや　逢えるかと

日暮れになると　藤壺宮の
お付き女房の　王命婦（皇族出の中級女房）を
訪ねて手引き　強要んや

責められ続け　王命婦
どないな手立て　したのんか
藤壺宮閨へ　源氏君
そこで思いを　遂げてもた

さぞかし喜ぶ　思たけど
無茶な逢瀬の　出来事を
全然現実　思えんで
困った様子の　藤壺宮を
（なんでや）思う　源氏君

藤壺宮は　以前での
源氏君が突然　やってきた
あの嘆かわし　出来事を
思い出すんも　辛うてに
（あきれたこと）と　思てたに
またまたこんな　ことなって
ほんま辛そな　様子やが

源氏君が見たら　その様子
情がこもって　愛らして
打ち解け過ぎんで　床しゅうて
他女と違うて　品が良え

（なんで欠点　ないんや）と
贅沢すぎる　源氏君

そのうち夜ぉ明け　王命婦
源氏君の直衣（平常服）ら　掻き集め
寝所の外へ　持って来る

二条院（源氏君の実家）戻った　源氏君
その日一日　泣き過ごす

文を遣っても　返るんは
《覧はりまへん》と　来るだけで
辛さだんだん　募ってに
ここ二、三日　閉じ籠り
内裏へ行くんも　出来んまま

（〈どないしたか〉と　父帝はん
　気にしてるか）と　思うたび
起こした罪の　深いんに
慄き恐れが　胸に湧く

幼児寝てる帳台へ

（源氏君年齢　18歳）

そのうち以前　北山で
見た幼児の　その祖母の
尼君病気で　亡ぅなった

その後姫君は　尼君を
慕ぅて泣いて　おったけど
遊び相手の　女童の
「直衣（平常服）着た人　来ておるで
父宮はんと　違うやろか」
言うたら姫君　起きてきて
「なあ少納言　直衣着た
人はどこやろ　父君か」

近付く声は　可愛ゆぅて
「父でないけど　同じに
遠慮あらへん　我なんや
さあさあおいで　こっちへと」
源氏君言うたら　（違うな）と
分かったのんで　（しもぅた）と
思ぅて乳母に　縋り寄る

「もうあっち行こ　眠いから」
言うんを源氏君　この時と
「そないに隠れん　といてから
我の膝乗り　寝たら良ぇ
もうちょっとだけ　御簾の傍」

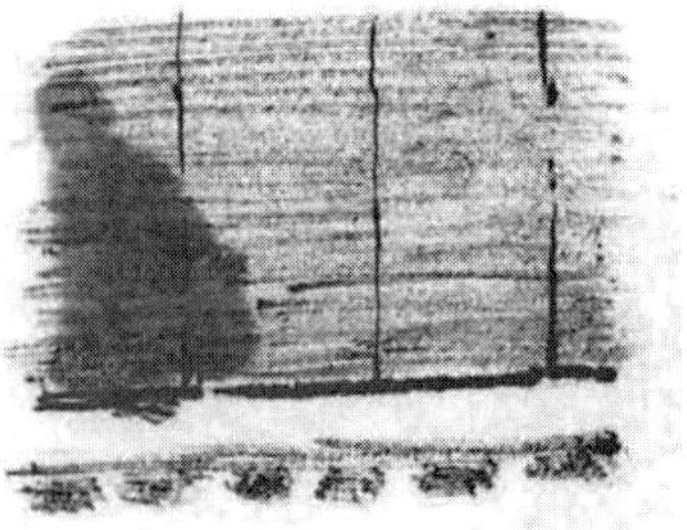

「そやから先に　言うたんや
ほんの子供で　ねんねやと」
言うがその乳母　姫君押すも
意味わからんと　座ってる

御簾間手伸ばし　探ったら
着萎れた柔ら　着物上
懸った髪の　艶やかが
端まで伸びた　ふさふさに
（さぞかし）思ぅ　源氏君

つと手ぇ取ると　姫君は
他所の人とか　側近ぅ
寄ることないんで　戸惑ぅて

「もう眠いんや　言うてるに」
と強ぅ手ぇを　引いたんで
付いて源氏君も　御簾中へ

「尼君死んだ　この今は
頼りなるんは　この我や
嫌がることは　ないんやで」

困ってしもて　その乳母は
「ここ　困ります　あんまりや
どないに言うて　聞かしても
どうなるもんでも　あらへんに」

「なんぼなんでも　そうはせん
こんな幼なを　どうすんや
並とは違う　この思いの
ほんまを見せとう　思うだけ」

その時霰　降ってきて
凄い気配の　夜なった

「なんでこないな　小人数で
心細うに　暮らしてる」
言うて涙の　源氏君

（見捨てておれん）　思たんで
「先に格子を（細い角材で編んだ透かし窓）　下ろさんか
空恐ろしい　夜やから
我が宿直（不寝番）を　するよって
皆も近う　寄ったら良」

言うて源氏君は　すたすたと
姫君抱いて　帳台内（カーテンを廻らせた寝床）へと

（許されへんわ　無茶苦茶）と
思たが事を　荒立てん
アカンと乳母は　嘆息だけ

恐ろし思う　姫君の
（どうなるかな）と　身震いし
鳥肌の立つ　様子見て
（可愛らしもんや）と　源氏君

単一つに　押し包み
幼い体　抱きながら
（何をするんや　この我は）
と思いながらも　優しゅうに

「我の邸に　来たら良え
面白い絵が　沢山ある
雛遊びも（雛飾りの遊び）　出来るで」と

姫君の気に入る　あれやこれ
優しゅう姫君に　言うのんで
（あんまり怖い　ことない）と
子供心に　思うけど
なんやら不安　拭えんで
寝るに寝られん　姫君は
身じろぎもじもじ　座ってる

忍んで盗む幼児を

（源氏君年齢　18歳）

この幼児は　藤壺宮の
兄の兵部卿宮の　娘やが
預けて居った　尼宮が
そのうち　死んでしもたんで
兵部卿宮は引き取ろ　思とった

その噂聞き　源氏君
惟光差し向け　確かめに

「これこれしかじか」　とを聞いて
源氏君「アカン」と　思たんで

〈兵部卿宮の邸に　移ったら
わざわざ迎えに　行ったかて
〈大層無茶して　幼い子
盗み出すか〉と　責められる

そんなら同じ　盗むなら
女房らちゃんと　口止めし
二条院へ連れて　来たら良え〉

との決心を　したけども
揺れる心の　源氏君
〈世間知ったら　〈幼児を
盗むもの好き〉　との非難
浴びることなり　それ困る
せめてあの子が　大人なら
同意の上で　連れ出すに

後で兵部卿宮に　見つけられ
取り戻されんも　体裁悪い）
（そやがこの時　逃したら
悔やみを残す　ばっかし）と
夜中言うのに　行ことした
源氏君の様子に　葵上
なんやら気ぃ悪　してるんで
「二条院で　今すぐに
せならんことに　気ぃついた
行ってすぐまた　戻るから」
そう言て寝室　そっと出る
着いてその門　叩いたら
用心もせん　下仕え
開けたで牛車　引き入れる

源氏君出て来た　少納言に
「兵部卿宮の邸に　移るやろ
そうなる前に　この我も
言いたいことが　あって来た」
「どないなことどす　姫君はんが
ちゃんとの返事　出来るか」と
はぐらかす様に　笑い言う
聞いてられんと　源氏君
ズイと母屋内（※家の中心となる部分）　入るんで
慌てふためく　少納言
「まだお目覚めで　ないんなら
我が起こして　来るまでや
美し朝露　知らんまま
寝ておるのんは　味気ない」

言うて帳台内　入るんは
「あっ」と言う間も　無いほどや
なんも知らんで　寝てる姫君
源氏の君に　起こされて
目えを覚まして　（父宮が
迎えに来たか）と　寝惚け顔

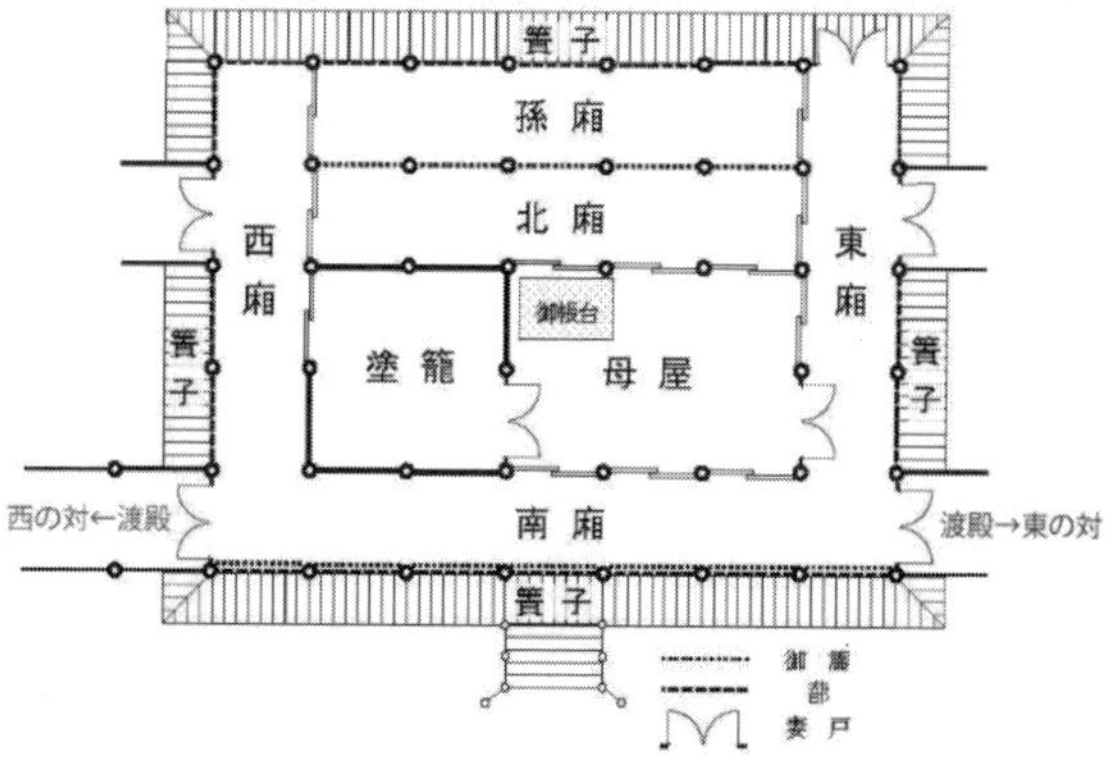

簀子
孫廂
北廂
西廂
東廂
簀子
御帳台
塗籠
母屋
簀子
西の対←渡殿
南廂
渡殿→東の対
簀子
御簾
蔀
妻戸

髪掻き撫でて　源氏君
「さあさこっちへ　我の所
兵部卿宮の遣いで　ここへ来た」

言われ(父宮とは　違うな)と
知ってびっくり　怖がるを
「そんな怖がる　ことないで
兵部卿宮と同じや　この我も」
言うて抱き上げ　母屋外へ

これ見てびっくり　少納言
「これまた何を　するんや」と
慌て叫ぶが　源氏君
「ここにしょっちゅう　来る訳に
行かん我やで　気に掛かり
『気遣いのない　我の邸』
とこの前にも　言うたやろ

兵部卿宮の邸へ　行てもたら
話がややこし　なってまう」
「供に一人を　付けてんか」

言うたら狼狽え　少納言
「なんぼなんでも　今日アカン
兵部卿宮はん来たら　どう言んや
もちょっと余裕　ある時に
正式とに言うて　くれたなら
なんとか手立て　出来るけど
今のいますぐ　言うのんは
仕えの私ら　困るがな」
言たけど源氏君　聞かへんで
「あぁもう良えわ　面倒や
女房は後で　来たら良え」

と言て牛車を　呼んだんで
呆れてびっくり　女房共
訳の分からん　なりゆきに
姫君は一人で　泣いとぅる
(止められへんな)と　少納言
昨夜に縫うた　姫君はんの
衣類を抱えて　自分かて
着物着替えて　牛車へと

末摘花（すえつむはな）

【源氏君年齢：18歳】

【末摘花】
紅花のこと、花（鼻）が赤い

常陸宮▲
- 兵部大輔（30後）＝後妻（20中）
- 末摘花（10中）

筑前守＝左衛門乳母（30前）
兵部大輔＝左衛門乳母
- 大輔命婦（18）……（乳姉妹）光源氏（18）

光源氏（18）＝末摘花（10中）……（乳姉妹）侍従（10中）

前：前半
中：中頃
後：後半
▲：故人

気になる邸訪ねたら

（源氏君年齢　18歳）

内裏に仕える　大輔命婦（中級女官）
ある日命婦が　源氏君へと
ものの序でに　話すんは

「常陸宮が　晩年に
出来た娘を　大切して
大層可愛がり　おったのに
常陸宮が亡うなり　その後は
心細げに　暮らしてる」

それ聞かされた　源氏君
なんや気になり　こっそりと
ある日忍んで　その邸へ

（もしも今なら　奥の部屋
姫君の様子が　分かるか）と
ぼんやり見える　透垣の（隙間の空いた垣根）
崩れて残る　物陰に
寄ろとしたら　なんやこれ
別の男が　立っとおる

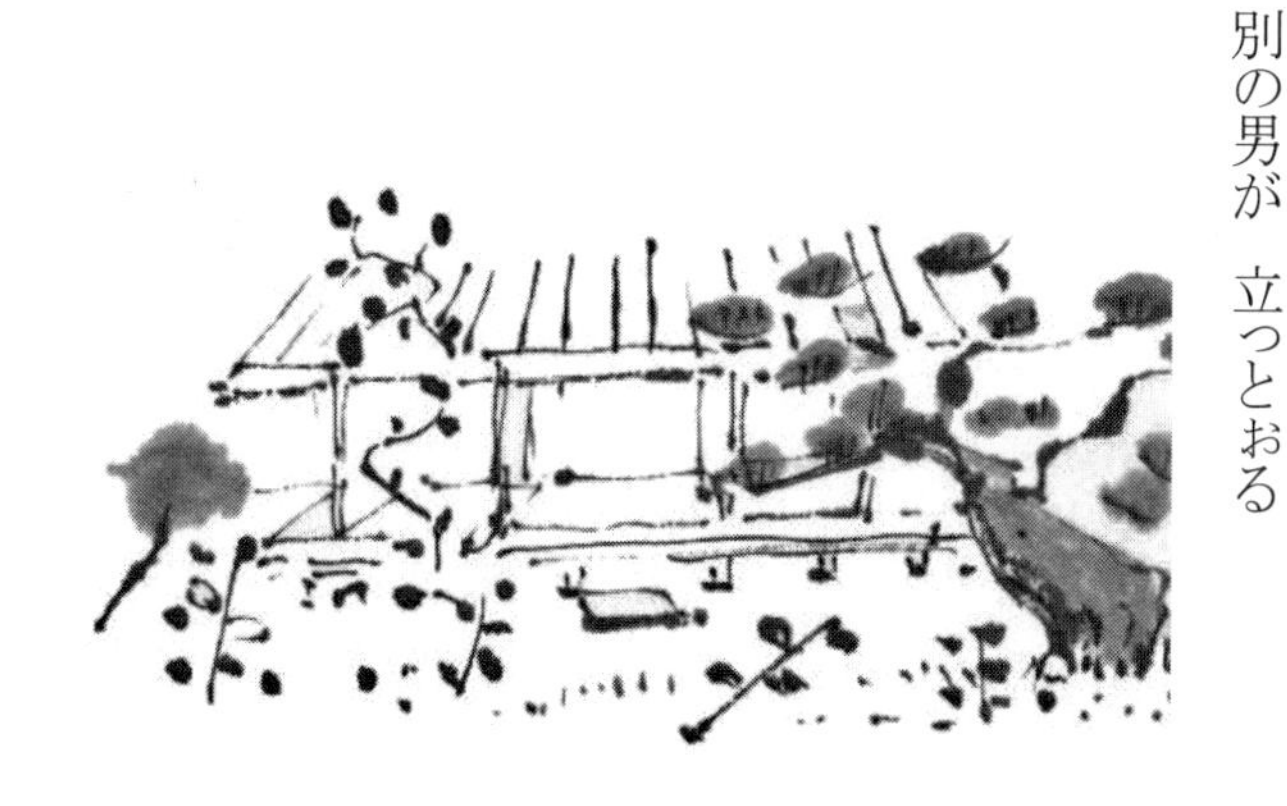

(我の他にも　気ぃ寄せる
好き者居るか)　思ぅてに
身隠しながら　見てみたら
そこ居ったんは　頭中将や

頭中将と　源氏君
宮中一緒に　出たんやが
源氏君左大臣邸も　寄らんとに
二条院(源氏君の実家)に帰る　様で無ぅて
別れたのんを　(どこ行く)と
自分の用事捨て　付けて来た
思いも掛けん　邸なんで
不審思て　身ぃ隠し
源氏君の出てくん　待ととした
見張られてたとは　知らん源氏君
(我やと知れたら　面倒や
そっと抜けだそ)　したけども
寄った頭中将　声かける
「我を撒いたん　悔しゅうて
ここに迎えに　来たのんや」
得意げ言うん　しゃくやけど
相手を知って　ふと笑い
「驚かすんも　たいがいに
憎い奴ちゃ」と　源氏君
言い返す様に　頭中将は
「付け回される　気分どや」
「そもそも忍んで　出掛けるは
気ぃ利くお供が　居ってこそ
なんでこの我　連れんのや
忍び歩きは　見苦しで」
忠告されて　源氏君
見つけられたん　悔しがる

(ええぃ良ぇや)と　二人共
忍んだ女　訪ねんと
一つの牛車に　乗り合わせ
雲に隠れた　月の下
笛吹き合わせ　左大臣邸へと

源氏君襖をこじ開けて

（源氏君年齢　18歳）

その後も源氏君　その姫君に
文とか出すが　返事ない
（男女の情も　知らんのか
しゃくに障るが　手えはない）
意地も手伝て　源氏君
やいのやいのと　命婦責む
思案の末に　この命婦
（そしたら機会　見つけてに
物越しにでも　逢わせるか
気に召さへんだら　それまでや
仮に縁出来　通て来も
家族で咎める　人おらん）

命婦の知らせで　源氏君
心いそいそ　出向きへと
源氏君思うに　（この姫君は
生まれた身分　思ぅたら
変に気取った　おきゃんより
奥床しんが　似合ぅてる）
そこへ女房に　勧められ
ちょっと前寄る　姫君の
薫る衣服の　床しさに
（さては美人）と　思たんや
今がチャンスと　源氏君
長ぅ思慕ぅた　あれこれを
言葉上手に　話すけど
文の返事も　寄越さんの
姫君はんやから　答えへん

（ここまで来たのに　ええいもう
アホ扱いを　するのんか）
焦れた源氏君は　（これまで）と
襖こじ開け　母屋内へ
（油断見透かし　なんとまあ）
命婦は姫君が　可哀想と
思ぅたけども　諦めて
知らん振りして　我が部屋へ
その傍居った　若女房
源氏君の姿に　見惚れたか

気圧されたんか　止められず
大騒ぎかて　出来んまま
(突然やから　姫君はんは
心の準備も　出来んやろ
可哀想に)と　思ぅてた

その本人の　姫君はんが
こと進むんに　反応じんと
茫然なって　恥ずかしか
身ぃを竦ます　だけを見て
(最初はこれが　可愛いんや
大切に　育てられたから
男女の情も　知らんのか)

思たが源氏君　今一つ
姫君の様子が　分からんで
(気の毒や)との　気ぃもする

し終えた後の　味気無さ
思わず嘆息　洩らしつつ
源氏君早々　帰りにと

命婦も目ぇ冴え　聞いてたが
気付かん振りで　起きんとに
『お見送りに』とも　言わんまま

誰も見送り　ないままで
静かに門を　源氏君出る

なんと姫君その容貌は

(源氏君年齢　18歳)

その後に源氏君　思ぅんは
やたら　恥ずかしがったんを
怪訝思うが　(なんでか)と
突き詰めらんで　放っといて
悩むことすら　せんかった

ふと思うには　(もしかして
我の好みの　容貌かいな
闇で探った　頼りなさ
なんやら不思議　思たけど
確かめたい)との　気ぃ逸る

(ちゃんと見たいが　どうやろ)と
皆気ぃ緩む　夕紛れ
こっそり邸に　忍んでく

「そうら来たで」と　女房ら
灯ぃ明かるして　格子開け
源氏君を中へ　入れさせる

憂えた雪が　降ってきて
さらに激しさ　増える中
険しゅうなった　空模様
そこ吹いてきた　荒れ風に
点けてた灯火　消えたけど
誰も灯点す　人おらん

こんな夜での　二人寝は
趣深て　しみじみと
心に沁みる　もんやのに
相変わらんと　反応じへん
愛嬌の無い　姫君はんに
（なんでこないに）と　源氏君

ようよう夜明け　近なって
眠れん源氏君　起き出して
自分で格子　上げ見たら

前庭白ぅ　雪景色
人とか踏んだ　跡無ぅて
寒々とした　寂しさに
姫君置いたまま　帰るんは
可哀想思て　声掛ける

「見てみぃ空の　美しさ
もう馴染んでも　良えやろに
打ち解けんのは　情ない」

ほの暗空も　雪明かり
源氏君の姿　いつもよりも
若ぅて美し　見えるんを
老い女房ら　その姿を
頬を緩めて　眺めつつ

「さあさ早ぅに　お出ましを
そんなふうでは　アカンがな
素直にするんが　良えんやで」
教え諭すと　姫君はんは
人に逆らう　出来ん性格
あれこれ直し　身繕い
いざって外へ　出てきたで

源氏君よそ見を　した振りで
横目流しで　様子見る
(どんな顔やろ　思たより
良ぇかったなら　嬉しな)と
期待しながら　見るのんは
それは勝手な　思い込み
まっさき源氏君　目にしたは
座高高ぅて　胴長い
(やっぱしそうか)と　気落ちして
次に顔見て　(なんやこれ)
思て見たんは　鼻やって
そのままそこで　目ぇ留まる
普賢菩薩の(釈迦如来の脇仏)　象みたい
呆れるほどに　長ぅ伸び

赤みを帯びた　垂れ先が
なんとも異様　思わせる

雪白顔色は　青み帯び
額広ぅて　顔長て
こんな面長　めったない
痩せぎすやって　痛わしん
着物の上から　それ分かる
(なんで見たんや　全体を)
思ぅたけども　珍らして
ついつい目ぇを　離せんで
源氏君あんぐり　口利けん

無言人が二人に　なったんを
気詰り思て　いつも通り
あれこれ言ぅが　姫君はんが
恥じて口元　覆ぅんも
昔風での　野暮ったさ
やっと笑ぅた　顔付きも
取って付けた様　ぎこちない
源氏君大層　がっかりで
(早ぅ帰ろ)と　胸のうち
「世話をする人　無い身ぃを
見初めた我を　疎まんと
慣れ親しむん　望むんで
打ち解けへんのは　情ない」
とかを帰るの　言い訳に

紅葉賀（もみじのが）

【源氏君年齢：18歳～19歳】

▲：故人

▲先々帝
- 34 兵部卿宮
- 24 藤壺中宮 ＝ 36 桐壺帝
  - 1 若宮
  - 19 **光源氏**（桐壺帝の子）

▲按察使大納言 ＝ 40代 尼君（兄：北山僧都）
- ▲姫君 ＝ 兵部卿宮
  - 10 若紫 ＝ **光源氏**
  - 少納言（乳母）

皇子はん生まれ増す苦悩

（源氏君年齢　19歳）

藤壺宮の　出産は
待つ十二月　過ぎたのに
その気配無て　気掛かりで
今月こそはと　思うてに
仕える宮人　待ち焦がれ
宮廷そこでも　準備えるが
気配もなしに　月過ぎる
（物の怪仕業　違うかな）と
世間の噂も　聞こえて来
藤壺宮も　胸痛む
（犯した罪の　秘密から
身ぃを滅ぼす　破目なるか）
と思い嘆いて　気分さえ
苦しゅうなって　滅入りがち

一方源氏君も　あのことが
禍い招く　種かなと
人に言わんで　修法とか（加持祈祷などの祈り）
あちこち寺に　させとった

(人に運命の　無い世やで
儚い身ぃに　なるかな)と
あれこれ悩む　藤壺宮に
二月も十日　過ぎたころ
やっと産まれた　皇子はんが

藤壺宮は心が　痛うてに
(この皇子見たら　誰かても
私が犯した　過ちを
それやと気づくに　違いない
ちょっとしたこと　悪う言う
世の中やから　その内に
きっと噂が　出るやろう)
思たらだんだん　身ぃ縮む

典侍に戯れて

(源氏君年齢　19歳)

典侍(第二秘書官)と　いう女
だいぶ年齢食た　女やが
家柄高て　賢うて
高貴の出えで　偉いけど
好色心　並で無て
軽い女と　見られてた

(盛り過ぎたに　なんでこう
懲りんもせんと　男好き)
興味覚えた　源氏君
(おちょくったろ)と　気ぃ引くと
釣合わへんのに　応じきた
(あほらしいな)と　思たけど
なんやら興味　そそられて

時々言い寄り　しはするが
(婆が相手と　知られたら
体裁悪い)と　嫌がるを
恨めし思う　典侍

そんな噂が　広がって
「思い掛けない　ことやで」と
宮中でする　取り沙汰を
頭中将　聞きつけて
(源氏君相手の　大体は
知ってるけども　意外やな)

思たら興味　湧いてきて
典侍《ないしのすけ》と　通じにと

頭中将《とうのちゅうじょう》　源氏君《げんじ》から
真面目顔して　女遊《あそぶ》んを
咎められるん　しゃく思て
言《ゆ》うてる人が　平気にと
忍び遊びの　多いんを
（現場押さえて）　思とって

もし見付けたら　その時は
源氏君《げんじ》の油断　見すかして
（今こそちょっと　脅かして
困らせた上「懲りたな」と
言《ゆ》わせよ）思て　隠れてた

冷たい風が　吹いてきて
夜もだんだん　更けてって

寝入った様子　見届けて
頭中将《ちゅうじょう》そっと　入ってく

気を許しては　眠《ね》る気ない
源氏君《げんじ》気配を　聞きつけて
まさか頭中将《ちゅうじょ》と　思わんで
（さては典侍《ないし》の　思い人
　修理大夫《しゅりのたいふ》（修繕部署の長官）で　ないやろか）
（こんな年齢《とし》食た　女《ひと》相手
不似合なんを　見られたら
大層《えろ》恥ずかしい）　思たんで
「面倒やから　我《わし》帰る
男が来るん　知って巣を
張る蜘蛛居ったで　分かったわ
憎いな　我《わし》を騙《だま》したか」
言《ゆ》うて直衣《のうし》（平常服）を　取り上げて
屏風の陰へ　隠れ入る

頭中将可笑《ちゅうじょうおか》しさ　堪《こら》えつつ
屏風の側《そば》に　近づいて
屏風《それ》をバタバタ　畳んでに
大袈裟な音　立てたなら

今は老人《としより》　典侍《ないし》やが
気取った艶《つや》やか　その昔
こんなハラハラ　慣れてんか
内心気が気で　ならへんが
（何するんやな　この源氏君《きみ》に）
と気遣いながら　震えとる

(分からん様に　逃げたいが
こんな乱れた　姿して
冠(かんむり)ゆがめて　走り出る
後ろ姿を　見られたら
体裁悪い)と　思たんで
ちょっと躊躇(ためら)う　源氏君

知られたアカンと　頭中将(ちゅうじょう)は
怒ってる所(とこ)　見せ様と
ものも言(ゆ)わんで　太刀を抜く

「あぁ助けて」と　典侍(ないしすけ)
手え合わせるを　頭中将(ちゅうじょう)は
ふッとに笑い　出しそうに

色好き表す　若づくり
上辺(うわべ)はなんとか　見られるが
五十七、八　この老女

我れを忘れて　騒ぐんは
二十歳(はたち)貴公子　中にして
恐がるのんは　どっ白け

(人の女を　盗るんか)と
頭中将(ちゅうじょう)怒る　ふりするが
源氏(げんじ)君(さては)と　気ぃついて
(我(わし)と知っての　仕業(しわざ)か)と
アホらしなって　しもたけど

(頭中将(ちゅうじょう)やな)と　分かったで
無性に(しゃくや)の　気ぃなって
太刀持つ腕を　引き掴み
抓(つね)りあげたら　頭中将(ちゅうじょう)は
(ええ失敗(しもた)か)と　悔しいが
堪(こら)え切れんで　笑い出す

さてその後も　頭中将(ちゅうじょう)が
ことある度毎(たんび)　このことを
からかう種に　するのんで
(つくづくこれは　厄介や
あの老女(としより)の　所為(せえ)やな)と
源氏君(しもた)と　後悔に

相変わらんと　典侍(ないしすけ)
色気振りまき　恨むんを
源氏(げんじ)君困って　逃げ回る

花宴（はなのえん）

【源氏君年齢：20歳】

後：後半
▲：故人

52 一の院
40頃 大宮
54 左大臣
▲ 桐壺更衣
37 桐壺帝
25 頭中将
24 葵上
20 光源氏
▲ 先々帝
25 藤壺中宮
35 兵部卿宮
2 若宮
11 若紫
57 右大臣
41 弘徽殿女御
三の君
四の君
五の君
六の君（朧月夜）
10後 四位少将

ほろ酔い源氏君忍んでに

（源氏君年齢　20歳）

月は二月の　二十日過ぎ
南殿（紫宸殿）の桜　楽しもと
催す宴　花の宴
左右に藤壺中宮　東宮が
控える最上座に　帝席
弘徽殿女御　藤壺中宮の
上座を占める　扱いを
事ある度毎　不快やが
宴やさかい　気も漫ろ
今宵宴の席にも　来ておった

夜更けになって　宴終わり
それぞれ退出る　上達部
藤壺中宮や東宮　引きあげて
辺り静まり　ひっそりに
明るい月射す　風情やで
ほろ酔い源氏君　去なれんで
（役人らかて　皆寝てる
思い掛け無う　こんな時
良え女にも　会えるか）と
やるせない気ぃ　抱きながら
宮中あちこち　忍歩いたら
手引の女房の　戸口さえ
閉めてあるんで　嘆息てに
（諦められん　気分や）と
足を運んで　着いたんは
弘徽殿細殿（渡り廊下）　前あたり

見たら開いてる　三の口（三番目の戸）
弘徽殿女御　宴終わり
帝と一緒に　行ったんで
人も少のぅ　見えとって
奥の枢戸（回転扉）　開いてて
人の気配も　あましない

（こんな用心　せんのんが
　男女の不都合　生む元や）
思ぅて源氏君　覗いたら
皆寝着いてて　静かやが
なんやら若い　良ぇ声が
（あぁ嬉しい）と　源氏君
さっとその袖　掴んだら

女（朧月夜）はびっくり　怪しんで
「まあ嫌誰や　袖取るん」
言うたら源氏君　落ち着いて
「いいやびっくり　せんで良ぇ」

言て細殿に　抱きおろし
戸ぉを素早ぅ　閉めたんや

呆れてびっくり　その女
可憐で美し　見てとれる

「誰やらここに」と　その女
震えて言うたら　源氏君
「誰呼んだかて　この我は
許される身ぃで　あるさかい
人を呼んでも　詮ないで
静かにしぃ」と　言う声に
（あぁ源氏君や）と　気ぃ付いて
女はちょっと　安心に

困るが冷淡い　強情な
女や思わる　避けとぅて
そのままじっと　しておった

深酔いやけど　源氏君
（女離すん　惜しいな）と
初々しいて　なよやかが
強ぅ拒むん　知らんのを
ほん可愛いと　愛しむに
そのうち夜明け　近づいて
（早帰らんと）と　焦る源氏君

まして女は　尚更に
心乱れて　慌ててる
弘徽殿女御　戻って来
気配するんで（アカンな）と
慌てふたむく　源氏君

藤の宴で出会たんは

（源氏君年齢　20歳）

朧月夜の　この姫君は
儚い夢の　あの夜を
思い出す度　やるせ無て
明け暮れぼんやり　過ごしてる

四月が来たら　東宮に
入内と決まった　この姫君は
悩みながらに　日ぃ過ごす

姫君を探すが　源氏君
当ては無いでも　ないけども
どこの誰とも　知らん上
（我を嫌ろてる　一族に
　関わるのんも　煩わし）
とかとか思て　行きあぐむ

三月なって　二十日過ぎ
右大臣家で　弓競い
上達部やら　親王らを
大勢招いて　それ続き
藤の宴とか　催しに

日もとっぷりの　頃合いに
右大臣(おとど)待ってん　見計らい
源氏(げんじ)君衣装を　整えて
やっとに腰を　上げたんや

桜襲(さくらがさね)の　色合いの
唐(から)(※)の錦の　直衣(のうし)着て
葡萄(えび)(※)染め色の　下襲(したがさね)(※)
裾長々と　引いてんは
他人(ひと)の着ておる　正装の
束帯(そくたい)(男の正装)とかと　比べても
寛(くつろ)いでるが　大物と
見える様子で　大層(ごっ)優雅

装い凝らした　この源氏君(きみ)の
通る様子の　見事さに
花の色香も　気圧(けお)されて
そこ居る人の　皆みなが
なんやら色褪(あ)せ　見えるがな

【桜襲(さくらがさね)】
表は白、裏は桜色の重ね着
【葡萄(えび)染め】
ぶどうの果実色の染め
【下襲(したがさね)】
・束帯の時、袖幅の狭い胴着の下
に着る衣で裾が長い

管弦遊び　興帯びて
夜もちょおっと　更けた頃
源氏(げんじ)君いかにも　酔ぅてもて
気分の悪い　振りしてに
人に紛れて　席を立ち
寝殿奥の　部屋にへと

「気分悪いに　無理やりに
酒勧められ　困ってる
どうかこっちの　姫君(ひめ)はんの
物陰にでも　匿(かくも)ぅて」

言(ゆ)うて御簾中　入り込み
(あの朧月　どこじゃろ)と
逸(はや)るその胸　ときめかせ

なんや嘆息（ためいき）　気配する
辺りに寄って　几帳越し
つと手え伸ばし　捉えてに

「仄か見た
　またあの月に
　　逢えるかと
　探し惑（まど）たは
　　　この月かいな

さあさどうや」と　鎌かける
相手も堪（こら）え　切れんでに

「嘘かても
　好意持ってて
　　来るんなら
　月が無（の）うても
　　迷いはせんに」

そう言（ゆ）う声は　弘徽殿（こきでん）女御の
年齢（とし）の離れた　妹の
朧月夜の　その女（ひと）や
複雑やけど　源氏君
なんと嬉しい　思たんや

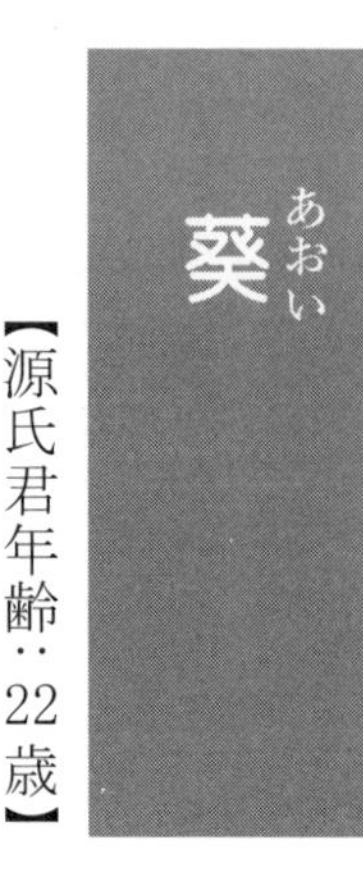

前：前半
中：前半
後：中頃
▲：故人
★：源氏思い人

59 右大臣
27 ★藤壺中宮
37 兵部卿宮
43 弘徽殿皇太后
20頃 ★六の君（朧月夜）
56 左大臣
40前 大宮
30後 式部卿宮
29 六条御息所★
▲ 前の春宮
39 桐壺院
4 春宮
13 若紫
23 朱雀帝
10中 賀茂斎院
22 光源氏
27 三位中将（頭中将）
26 葵上
20前 朝顔君★
13 伊勢斎宮
1 若宮

伊勢への不安六条御息所（源氏君年齢　22歳）

桐壺帝譲位し　弘徽殿皇太后（帝を生んだ母親）が
産んだ子供で　東宮の
朱雀帝の御世に　なったんや

ところで　六条御息所
前の東宮　との間
産んだ姫君はん　今度での
御代が変わって　斎宮に（※）

これを潮時　思うてに
（源氏君の心　一向に
頼られへんので　この姫君の
幼いことを　口実に
一緒に伊勢へと　下ろか）と

【斎宮】
伊勢神宮に奉仕するために選ばれた未婚の皇女
【賀茂斎院】
賀茂神社の祭祀に奉仕するために選ばれた未婚の皇女

牛車争い立ち起こり（源氏君年齢　22歳）

それと同じ　頃やった
賀茂斎院（※）　退いて
新たになったん　弘徽殿皇太后が
産んだ子供の　女三の宮

父やら母に　大切され
育てられ来た　姫宮やから
違う世界に　出すなんか
惜いと思うが　他居らん

就任儀式　そのもんは
規定手筈の　神事とか
大層盛大に　催され
いつもにされる　行事より
見所多ぅ　加わるは
これこそ斎院　人徳か

帝の特別　宣旨（天皇の命令文書）受け
源氏君も奉仕に　加わった
左大臣家の　あの葵上
こんな外出　好かんでに
その上気分が　悪いんで
行く気ないのに　女房ら

「この私らだけ　こっそりと
見物行くんも　どないやろ

集まる人は　皆みな
（今日の源氏君を　見よ）思て
卑しい木樵も　来るようや
遠国からは　妻子連れ
都上りも　するのんに
見に行かんのは　あんまりや」

言うんを大宮（葵上の母親）　聞いたんで
「気分良さそに　見えるがな
行きた思てる　皆連れて」
言われ急いで　支度して
葵上祭に　出掛けにと

牛車の支度も　そこそこに
日い高なって　出たのんで
今更物見車の　隙間無て
きらきら装う　列のまま
葵上ら牛車　立ち往生

困っとったが　そのうちに
「ええい」と供の　従者らが
身分の高い　牛車中
守る雑人（身分の低い雑役係）少いを
次々立ち退き　さしてまう

古びた　網代車（※）での
由緒ありそな　下簾（※）
乗ってる人は　牛車奥
仄かに見える　袖口や
裳の裾　汗衫（※）　色合いは
気品あるけど　特別に

目立んように　装うた
二つの牛車　止まってる
これも退け様と　葵上従者
「何をするんや　こないして
押し退けられる　牛車違う」
強う言い張る　網代従者

【網代車】
竹または桧を薄く削って編んで
車体を作った牛車
【下簾】
牛車の入り口に垂らした目隠し
用の簾の内側に垂らすカーテン
で簾の下から外に長く出す
【汗衫】
上着の上に羽織った白色の服で、
裾を後ろに長く垂らす

両方従者の　若いんが
祭の酒も　手伝ぅて
騒ぎ静める　こと出来ん

葵上の従者の　年配が
「やめや　やめや」と　言ぅけども
止めることとか　出来んまま

網代車の　その主人
斎宮の母　六条御息所
(乱れる思い　晴れるか)と
忍んで祭に　来てたんや

六条御息所は　知らん振りするが
(それや)と知って　葵上従者
「何をぬかすか　身ぃを知れ
源氏君を笠に　何ぬかす」

源氏君の供も　従者の中
混じって気の毒　思ぅけど
仲裁したら　面倒が
よけぇ増えると　知らん顔

とぅとぅ後ろへ　押しやられ
前に左大臣家の　牛車列
従者の車も　並ぶんで
何も見えへん　六条御息所

(こんな仕打ちも　悔しいが
こっそり忍んで　来たのんが
分かってしまぅん　恥ずかしい)

轅(牛をつなぐ二本の棒)の台も　潰されて
他の牛車に　引っかける
体裁悪いん　また悔し
(なんで来たんや　こんな場所)
思たが今更　仕方がない

見らんと帰ろ　したけども
牛車を戻す　隙もない

そのうち「さあ来た　行列が」
と聞こえたで　(見よ)として
恨めし源氏君の　通るんを
待ってる心の　この弱さ

ちびっとの間さえ　見えんまま
知らんと過ぎる　源氏君
なんと気の毒　六条御息所

葵上に物の怪が

（源氏君年齢　22歳）

長ぅ続いた　もやもやが
またまた募る　六条御息所
信頼できんと　思うけど
（源氏君と離れて　伊勢行くは
心細ぅて　その上に
捨てられたかと　世間体
悪思われるんも　気に懸る）

思ても都に　留まんは
あれほど無茶な　恥ずかしめ
受けたこの身が　悔しゅうて
寝ても覚めても　悶えるに
正気だんだん　無ぅなって
病気になって　床に臥す

左大臣家の　邸では
物の怪憑いた　みたいなり
ひどぅ苦しむ　葵上

誰もが皆　心配し
源氏君も忍歩を　差し控え
二条院（源氏君の実家）へ行くんも　偶にだけ

それほど睦んで　居らんけど
大切な妻と　思ぅてに
まして妊娠　控えてて
源氏君だんだん　気に懸り
修法や祈祷の　いろいろを
自分の部屋で　さしとった

出てきた物の怪　生霊は
多数名告り　するけども
移し童に　移らんと

葵上の側に　寄り添ぅて
それほど苦しみ　与えんが
着いて離れん　霊一つ
（優れた験者（加持祈祷をする行者）の　調伏も
物とはせん）の　執念は
並大抵で　ないみたい

葵上ずぅっと　泣き叫び
咳き上げる胸　抑え様と
悶え苦しむ　様子見て
（どうなるかな）と　皆々が
悲し不安と　眺めてる

『あれは御息所の　生霊か
その故父大臣の　霊かな』の
噂を聞いた　六条御息所
（自分の不幸　嘆いても
他人を呪う気　無いのんに
思い詰めたら　魂が
肉体離れて　彷徨うて
他に取り憑く　こともある）
思うて自分の　胸覗く

ついに生霊現れて

（源氏君年齢　22歳）

（まだその時期と　違うやろ）と
誰も気にして　おらんのに
俄かに　産気づく葵上
苦しむのんで　増々に
祈祷の限り　尽すけど
憑いた執念　物の怪の
一つぜんぜん　離れへん
有名験者は　手こずるが
さすが厳しい　調伏に
物の怪辛げ　泣き叫び
「ええい緩めよ　法力を
源氏君に言いたい　ことあんや」
言うんは葵上の　口借りて

（やっぱし我との　関わりか）
思て源氏君は　几帳へと
白い着物に　顔色は
熱帯びたんか　ほの紅て
長いふさふさ　束ね髪
それに添う様に　臥せとるの
姿を眺め　源氏君
（こないな繕い　せん姿
可憐で艶も　湛えてる
美し人）と　思い見る
源氏君葵上の　手ぇ取って
「悲しませんな　この我を
なんで辛い目　合わすんや」
言うたが涙で　後言えん

いつもはキリッと　寄せ付けん
眼差し今は　怠そうで
見つめる目えに　溢れでる
涙を見てに　源氏君胸
湧くんは愛しの　心延え

あんまり泣くんを　源氏君
（残す両親　思うんか
見つめる我との　別れをば
名残り惜しいて　泣くんか）と

「そんなに　思い詰めらんと
具合悪ぅは　見えへんで
例え別れが　来たかても
夫婦は来世で　会う言うで
きっと会えるで　間違い無
両親かって　同じや
深い絆の　仲やから
縁も切れんと　あの世でも
会えると信じ　辛抱し」
と声掛けて　慰める
「泣くんは　そんなことと違う
苦しいのんで　法力を
ちょっと間止めて　思うんや

ここへこないに　出て来よと
ちょっとも思わん　ワレやのに
思い苦しむ　魂が
抜け出す言んは　ほんまやな」
言うその言葉　懐しげ
変わって聞こえた　その声は
葵上と　違う声
（おや）と思たが　気付いたら
これはほんまや　六条御息所
（気味悪いな）と　思ぅてに
「そんなん言うても　我知らん
ちゃんと名告れや　今すぐに」
言たらに葵上は　姿変え
みるみる変わる　六条御息所にと

気ぃも動転　源氏君
近ぅに控える　女房らに
こんな様子を　知られたら
えらいこっちゃと　ドキドキに

男児を産んでその後に
（源氏君年齢　22歳）

苦しむ声が　静まって
（ちょっとは楽に　なったか）と
大宮薬湯　持て来させ
飲まそと抱いて　起こしたら
葵上も　落ち着いて
そのうち子ぉが　生まれ出た

嬉して喜ぶ　その最中
移った童の　物の怪が
妬み喚いて　騒ぐんで
（後産どうか）と　気に懸かる

一生懸命　願ぅたら
無事に後産　済んだんで
叡山座主（主席の僧）や　高僧は

汗を拭ぅて　得意顔
急いでその場　出て行った

人出払ぅて　ひっそりの
左大臣の　邸内
急に咳上げ　葵上
激しい苦しみ　襲ぅてに
そのまま息が　無ぅなった

危篤を脱けた　気緩みが
突然変わった　なりゆきに
左大臣家の邸の　皆々は
慌てて戸惑ぅ　ばっかしや

弔問使者　続々と
来るけど取り次ぎ　出来んでに
邸に溢れて　大騒ぎ

源氏の君は　妻の死と
生霊のこと　思ぅてに
（男女の仲は　ぅっとし）と
身に染む思い　感じてに
来たあちこちの　弔問も
聞くん嫌やと　思ぅてる
日いが過ぎても　甲斐無ぅて
諦め葬送る　鳥辺野は（東山の西側麓の墓地）
見苦しことが　多かった

紫姫にショックな新枕

（源氏君年齢　22歳）

葵上が　死んだんで
左大臣の邸に　居られんで
仕方無て源氏君　二条院へと（源氏君の実家）

久しぶりにと　源氏君来んで
二条院では　あちこちの
部屋掃き清め　男らも
女も源氏君を　待っとった

紫姫が可愛ゆぅ　着飾るを
「しばらく見ん間に　大人びた」
言うて源氏君は　几帳上げ
そおっと顔を　覗いたら
横向きはにかむ　その様子
見ても飽かへん　美しさ

（火影に浮かぶ　横顔や
髪の形も　そのままで
ずうっと思慕を　募らせる
あの藤壺中宮にほん　似てるな）
と
嬉しゅうに見る　源氏君

思い通りに　育ってる
紫姫を　見る度毎（たんび）
（もう契っても　良（え）えかな）と
それとは無（の）うに　誘うけど
紫姫（ひめ）はぜんぜん　気付かへん

（仕方（しょう）がないな）と　源氏君
西の対（たい）行き　碁打ちやら
偏継（へんつ）ぎ遊び（※）　紫姫（ひめ）ととで

頭が良うて　愛嬌が
遊びの中にも　見えたんで
契（ちぎ）り早いと　見てた日の
可憐可愛い　通り越し
堪（こら）え切れんが　突き上げて
（とんでもない）と　思いつつ
思い叶えた　そのそこで

【偏継（へんつ）ぎ遊び】
漢字の「ツクリ」を題に出し、それの「ヘン」の付いた字を交互に出して競う遊び

賢木（さかき）

【源氏君年齢：23歳～25歳】

右大臣 60
- 弘徽殿皇太后 44
- 尚侍（朧月夜）20前 ★

桐壺院 40 ＝ 弘徽殿皇太后 → 朱雀帝 26
桐壺院 ＝ 藤壺中宮 28 ★ → 春宮 5
桐壺院 → **光源氏** 23
兵部卿宮 38 → 若紫 14 ＝ 光源氏

前：前半
▲：故人
★：源氏思い人

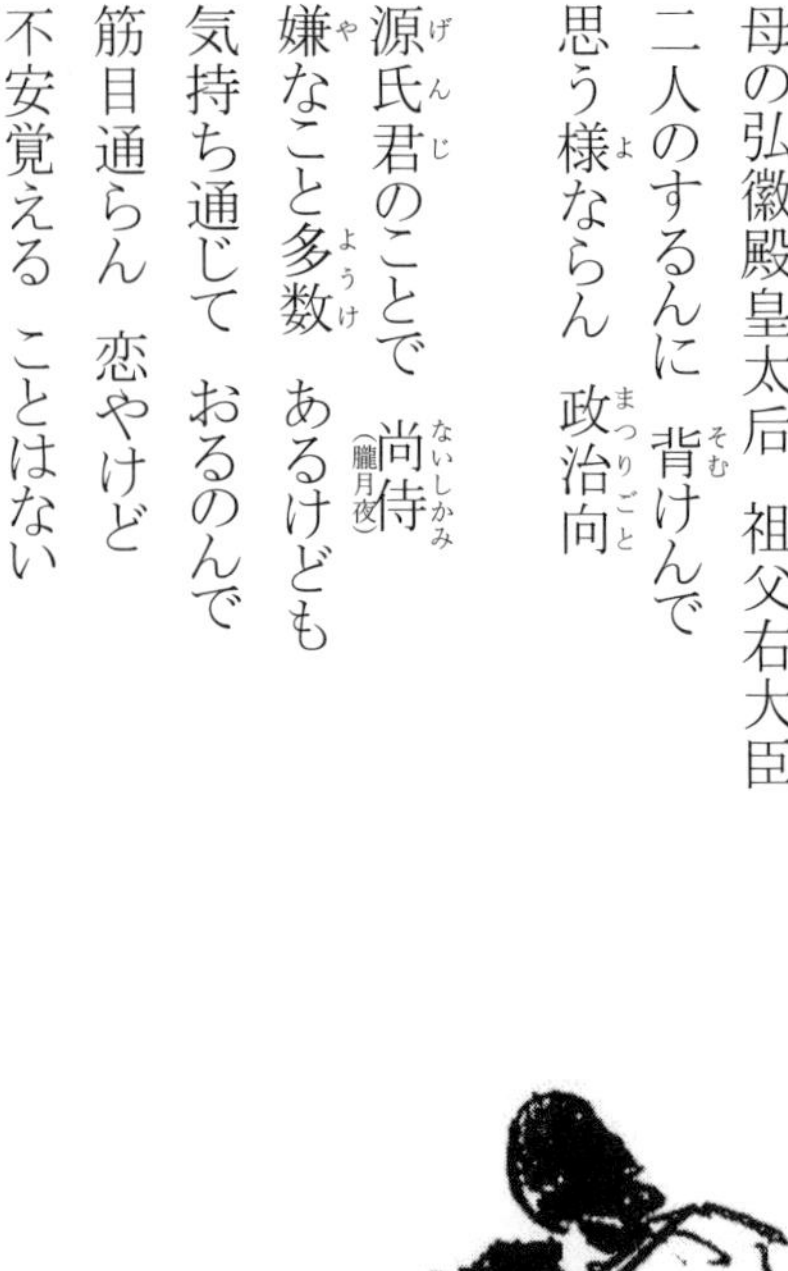

重ねる逢瀬は朧月夜
（源氏君年齢　23歳～24歳）

病気で寝てた　桐壺院
十一月なり　亡うなった
桐壺院の遺言　通りにと
朱雀帝は源氏君を　厚遇するが
若うて性格　優しいて
気強い心　持たんから
母の弘徽殿皇太后　祖父右大臣
二人のするんに　背けんで
思う様ならん　政治向
源氏君のことで　尚侍（朧月夜）
嫌なこと多数　あるけども
気持ち通じて　おるのんで
筋目通らん　恋やけど
不安覚える　ことはない

帝や国家の　無事祈る
五壇御修法　始まって
帝　謹慎む　その隙に
尚侍に　なっとって
内裏に居てる　朧月夜にと
源氏君忍んで　夢逢瀬

あの懐かしい　細殿の
局の人目に　付かん様
案内入れるは　中納言君

女の盛りの　尚侍
重々しゅうは　無いけども
美々で嫋やで　若いから
続け見てても　飽きはせん

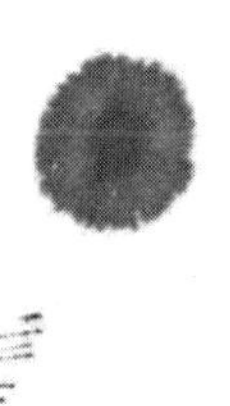

また藤壺中宮に源氏君
（源氏君年齢　24歳）

宮中参内　するのんも
気ぃの進まん　藤壺中宮は
東宮逢えんで　寂しがる

しかも後見　無いのんで
（源氏君を頼り）と　思ぅても
まだまだ疎む気　消えんでに
思い出す度　胸潰れ
桐壺院が秘密を　知らんまま
亡ぅなったんも　気ぃに病む

（このこと噂に　なったなら
自分は良えが　東宮に（藤壺の産んだ子）
良ぅないことが　起こるな）と
思たら心　騒ぐんで

祈祷までさし　（あの源氏君の
私への気持ち　鎮まれ）と
出来る限りに　避けてたが

どんな手立てを　講じたか
突然源氏君　すぐ側に

十分計画　したかして
女房も気付かん　現れや

思いの丈を　切々と
続いて語る　源氏君やが
聞かんと拒む　藤壺中宮は
とうとうその胸　痛なって
苦しみ出したで　控えてた
王命婦や　弁とかが
慌てびっくり　介抱に

源氏君思いが　通じんを
（あぁ情けない　辛いな）と
前後の境　忘れてに
ただ呆然と　しておって
朝になっても　そのままで
藤壺中宮の部屋　出て行けん

苦しんだんを　びっくりし
出入り女房が　増えるんに
源氏君追われて　塗籠へ（締め切った納戸部屋）
源氏君の衣服を　隠してた
女房ほとほと　困ってる
細目に開けた　塗籠の
戸おを源氏君は　そっと押し
屏風の隙間　覗き込む

滅多見られん　藤壺中宮の
顔を見られた　嬉しさに
思わず涙　頬伝う

髪の生え際　頭つき
髪のかかりの　具合とか
その限り無い　美しさ
あの紫姫に　そっくりや

しばらく　思てなかったが
（良ぅ似てるな）と　見とったら
ちょっと気分が　晴れる源氏君

気高さなんやら　似てるけど
幼ない時から　慕て来た
藤壺中宮一段　良ぅ見えて
（年齢取るにつれ　魅力やな
この女人以外　女違う）

思たら後先　構わんと
そっと御帳内　入って来
藤壺中宮の衣の　裾引いたら
（それや）と分る　良え薫香
さっと香って　藤壺中宮は
恐れびっくり　身ぃ臥せる

「せめてこっちを　見てみぃ」と
焦(じ)れったなって　引き寄すと
藤壺中宮(みや)は衣を　そこ残し
いざって逃げるん　出来(でけ)んでに
髪と衣を　一緒くた
源氏君(げんじ)の手ぇに　握られた

逃げられへんで　情け無(の)て
これも前世の　運命と
思う心は　やるせない

それ見て源氏君(げんじ)　これ迄の
胸に抑えた　恋心
心乱して　あれこれの
堪(こら)えた恨み　泣く泣くに
訴えるけど　藤壺中宮(ちゅうぐう)は
(心の底から　嫌やな)と
思ぅてるんか　返事せん

「気分が悪いで　この次に」
言(ゆ)うたが源氏君(げんじ)　更にまた
思い丈(たけ)を　続け言(ゆ)ぅ

中に藤壺中宮(ちゅうぐう)の　気ぃを引く
言葉混じって　おるけども
あの時犯した　過(あやま)ちが
また起こるかと　情け無(の)て
源氏君(げんじ)がずぅっと　口説くんを
逸(そ)らして逃げて　夜ぉ明ける

源氏の君は　藤壺中宮(ちゅうぐう)の
畏(おそ)れの多い　気高(け)さに
圧(お)されて気強ぅ　迫れんで
「ただ今晩の　この程度
逢(お)ぅて晴らすの　恋愁い
　収まるんなら　それで良(え)ぇ」
とか言(ゆ)うのんは　気安めか

世間(なみ)の逢瀬で　あったかて
こんな危うい　二人仲
切無さ増々　増えるのに
まして今夜の　二人には

なんといきなり出家をと

（源氏君年齢　24歳）

十二月も十日　過ぎた頃
藤壺中宮催す　法華経を
八回講じる　御八講
大層荘厳な　もんやった

初日の供養は　中宮父の為
次の日供養は　中宮母の為
明けて三日目　桐壺院の為
この日五の巻　講ずんは
来る人制限る　こと無うて
大勢に来てる　上達部
親王ら供物を　捧げたが
源氏君のそれは　群を抜く

法要最終の　日いなって
藤壺中宮自分の　決心で
（出家するで）と　仏前に
伝えたのんで　居った人
皆仰天　びっくりや
兵部卿宮や　源氏君らは
（なんちゅうこっちゃ）と　呆れ顔

法要半ばや　言うのんに
兵部卿宮は御簾中　入ってに
説得するが　意思固て
法要の後　叡山の
座主（主席の僧）を呼び出し　藤壺中宮が
出家願てる　旨を言う
呼ばれた　藤壺中宮のその伯父の
横川の僧都（位二番の僧）　そば寄って
髪を下ろした　その時は
邸どよめき　それ嘆く
泣き声そこに　満ち満ちた
集まり来てた　人皆が
立派に進んだ　法要の
終りに藤壺中宮の　出家見て
涙ながらに　戻ってく

故桐壺院の皇子らも　その昔
藤壺中宮に好かれて　居ったんを
思い出したら　悲しゅうて
皆(がっかり)と　気ぃ落とす

源氏君呆然　立ったまま
声も出せんと　惑うけど

(乱れてもたら　なんでこな
　悲しむんかと　見られる)と
皇子ら戻った　その後で
藤壺中宮居てる　御前へと

ようよう人も　静まって
女房共も　あちこちに
鼻をすすって　群れとぉる

月煌々と　照りわたり
雪の映えてる　庭景色
昔が偲ばれ　堪らんが
源氏君ようよう　気ぃ鎮め

「何を思ぅて　こんな急」
と尋ねたら　中宮は
「今に思ぅた　ことやない
　さっきみたいな　大騒ぎ
　覚悟が鈍る　気ぃがした」
とを王命婦　通じ言う

御簾の内では　女房らの
忍ぶ衣摺れ　音がして
身悶え堪えてん　洩れてきて
源氏君(仕方ない)　とに思う

風吹いてきて　御簾内の
床しい黒方(薫物の一種)香り染み
仄かに漂う　名香煙
加えて源氏君の　薫香に
その夜そこは　極楽や

源氏君悲しみ　堪えられず
苦しい胸で　出ていった

花散里（はなちるさと）

【源氏君年齢：25歳】

▲桐壺院 ─25 光源氏

30後 旧麗景殿女御

20後 ★ 三の君（花散里）

後：後半

★：源氏の思い人

逢いたいのんは花散里（はなちるさと）や

（源氏君年齢 25歳）

自分で蒔（ま）いた その種の
恋の苦しみ 変わらんが
だんだん身周辺（まわり）の 煩いの
増えるに 心乱れてに
いっそ出家と 思うけど
柵（しがらみ）多て 源氏君（きみ）出来（でけ）ん

桐壺院の 女御（にょご）やった
旧麗景殿（れいけいでん）の 女御は
皇子（みこ）や皇女（ひめみこ） 居らんでに
桐壺院（いん）死んでもた その後は
生活（くらし）苦しゅう なったんを
源氏（げんじ）君なにかと 援助（たすけ）てた

女御（にょうご）の妹 三の宮（花散里）
宮中居る時 源氏（げんじ）君とで
仮初め契り 交したん
その性分で 忘れんが
なかなか妻に されんのを
女心に 悩んでた

仕事忙し 中で源氏君（きみ）
ふとその昔 思いだし
珍しゅ五月雨（さみだれ） 晴れた日の
雲間幸い そこ行った

訪ねて行った　その邸は
思ぅた通り　ひっそりで
寂し気なんが　胸沁みる
まずは旧麗景殿女御に　お会いして
桐壺院居たときの　思い出を
話し続けて　夜ぉ更ける

二十日の月が　昇って来
茂った木陰の　暗い中
香る　橘　懐かして
女御はちょっと　年齢食たが
心込った　受け応え
品良え様子　美しい

（特別好かれた　仲違うが
睦んだ愛しい　仲やった）
と次々と　思い出し
昔思ぅて　泣く源氏君

「昔の時代の　恋しさを
慰め出来る　このここや
そうは言うても　また逆に
　昔を悲しゅう　思い出す」
言うて女御と　感慨に

話し終えてに　源氏君
三の君居る　西部屋へ

ふとの思いで　源氏君来たに
その顔を見て　三の君
久しぶり見た　綺麗さに
長逢わへんだ　恨みとか
忘れた様に　話し合う

源氏君あれこれ　例により
言葉優しに　話すんは
心の底から　出る気持ち

一回だけでも　源氏君
契り交わした　女らは
そこそこ身分の　女とか
取得持ってる　女多て
二人お互い　その心
交わし合わして　接すんで
この三の宮　その一人

須磨（すま）

【源氏君年齢：26歳～27歳】

▲：故人

▲按察使 ── ▲大納言 ── 某大臣

▲桐壺院 ═ ▲桐壺更衣（大納言の娘）
　└ 光源氏 26

明石入道 59 ═ 明石の尼 50（某大臣の子）
　└ 明石の女 21

圧迫迫って須磨にへと

（源氏君年齢　26歳）

世の中流れ　源氏君への
不都合な扱い　増え続け
(このままやったら　その内に
思わん罪に　問われるな)
思ぅて源氏君　(身隠しを
するんも仕方ない)　思ぅてる
『あの須磨の地は　以前には
人住んでたが　この今は
人も居らんで　うら寂て
海人の家かて　少ない』と
聞いたが(人多て　賑やかは
相応し無いんで　この我に
似合いや思ぅ　そらそやが
都を遠ぉ　離れんは

家の気掛り　増えるか)と
思い悩むん　限りない
その日一日　源氏君
西の対居る　紫姫と
たっぷり話した　その後で
夜明ける前に　出発に
狩衣(公家の常用略服)とかの　旅装束
質素なもんを　着込んでに
「月もそろそろ　出で来たな
ちょっと外出て　見送りを

ほんの一日　二日でも
離れんのかて　気塞ぐが
今度はそうも　いかんので
話したいこと　大量(ようけ)ある」

と御簾上げて　誘ぅたら
泣き沈んでた　紫姫(むらさき)が
ちょっと間　気ぃを鎮めにと
にじり出て来る　その姿
月が照らすん　美しい

(このまま旅で　死んだなら
この紫姫(ひめ)どない　なるやろか)
気掛りなって　悲しいが
(思詰めてん　また更に
悲しますか)と　思ぅてに

「生きてる身
　いつかは別れる
　　思わんで
生きてる限りと
　誓(ちこ)ぅたのんに

なんと儚(はかな)い　世の中」と
冗談めかし　言(ゆ)ぅたなら

「この命
　縮めたかって
　　目の前の
　別れちょっと間
　　止(と)めたいもんや」

(ほんまにそうを　思てんや
見捨て出来(でけ)ん)と　思ぅけど
夜明けてもたら　不都合と
急いで邸(やしき)　後にした

道々面影　浮かんで来(き)
胸が塞(ふた)がる　気ぃのまま
難波(なにわ)の津ぅで　船に乗る

ほんのちょっとの　船旅(たび)やけど
初めてやって　源氏君
心細いが　珍(めず)らしと

日長に追風　加わって
申(さる)の刻(午後四時ごろ)には　須磨浦に

源氏君住まいと　する場所は
海辺をちょっと　奥入る
山囲まれた　寂し場所

垣根なんかも　珍しい
茅葺き屋根の　家やって
葦葺き廊下　廻らした
なんやら鄙びた　所やった

ようよう慣れて　落ち着いた
五月雨の降る　頃なって
ふと思い出す　都には
恋しゅう思う　人多い

思い沈んだ　紫姫や
東宮のこと　左大臣家の
若君の無邪気な　駆け回り
あれやこれやが　次々と

京に便りを　出そ思て
紫姫宛てや　藤壷尼宮宛ては
筆すらすらと　進まんで
涙零れる　源氏君

須磨で住まうん　長なって
一人暮らしが　寂しゅうて
紫姫を呼びたい　思うけど
（我も侘びしい　この住まい
なんで紫姫　堪えられる）
と思い直す　源氏君

冬やってきて　雪降って
空の気色の　うっとしを
晴らそうかなと　琴弾いて
歌良清に（源氏君の従者）　唄わして
惟光の吹く（源氏君の従者）　横笛で
管弦遊び　した時に
源氏君の弾く手　しみじみで
歌・横笛は　鳴るん止め
涙を拭う　ことなった

月が明るう　差し込んで
寂しい旅の　その住まい
奥までずうっと　見えとおる

床寝そべって　空見たら
夜も更けたんで　入る月
もの寂しゅうに　見えたんを
菅原道真　西国へ
流刑れた時　詠たあの
『ただただ西に　行くんや』の
（西行くだけで　左遷違う）
独り言言う　源氏君

須磨に居るんを聞き入道

（源氏君年齢　26歳）

明石の浦は　須磨からは
目と鼻の先　近い距離

高望みする　入道は
国守一族　幅利かす
地方の常識　構わんと
娘の婚先　求めてて
須磨に源氏君が　居るん聞き
妻に話を　もちかける

「桐壺更衣　産みはった
光源氏の　君とかが
朝廷の勘気を　被って
須磨に居るんを　耳にした
これは娘の　天運や
この時期捉え　我の娘を
差し上げたいな　源氏君へと」

言うのん聞いて　その妻は
「とんでもないで　噂では
身分の高い　奥方を
多数持ってて　その上に
帝に仕える　思い人（朧月夜）
これ盗んだと　騒がれた
お方やなんに　なんでまた
卑しい田舎の　娘おなんか
気に留めるはず　あらへんわ」

聞いた入道　腹立てて
「何も知らんと　何言んや
ええい待っとれ　機会見て
源氏君をここに　連れて来る」

言うたら奥方　首振って
「なんぼ立派な　方言ても
娘の最初の　縁談に
流され人を　婿にとは
源氏の君が　この娘
気に入ったなら　良えけども
いやそんなこと　あらへんわ」

言うんを聞いて　入道は
気圧されたんか　ぶつぶつと
「罪問われる人　唐土大和
優れた人に　決まってる
源氏君をどない　思てんや

母の桐壺　更衣はん
我のその叔父　按察使大納言（有名無実の地方監督官）
それの娘で　あったけど

（良え女や）の　評判で
宮廷に仕えて　桐壺帝にと
大層好かれた　その所為で
虐め恨まれ　死んだけど
残った子ぉが　源氏君
女人はこうで　ありたいな
この我　田舎もんやけど
血ぃ繋がってんや　放っとかん」

そのいう娘は　あんましに
容貌は優れて　ないけども
優して気品　溢れてる
嗜み深い　性格で
身分高い女に　劣らへん

急に吹き来た大嵐

（源氏君年齢　27歳）

三月一日　その日ぃは
偶さか巳の日　当たってて
「今日は（不幸や）と思う人
お祓いしたら　効果ある」
と知ってるみたいに　人言んで
海も見たいと　源氏君行く
簡単な幕　廻らして
旅で来たいう　陰陽師(※)
呼んで祓いを　させたんや

【陰陽師】占いで吉凶を判断したり病気の回復を祈る者

船に大っきい　人形を
乗せて海へと　流す見て
「まるでこの我　みたいや」と
言うて海辺に　座る姿
晴れやか見えて　美しい
海面うらうら　凪ぎわたり
果てへん広さ　見る源氏君
過去や未来を　思うてに
「八百万神
我を哀れと
思うかい
犯した罪は
取り立て無いに」
言うたら突然　風吹いて
空一面に　曇って来

まだお祓いも　済まんのに
騒ぎざわめく　人らへと
ザッと降って来　俄雨
避ける隙さえ　ないのんで
逃げて戻ろと　する身ぃに
笠の用意も　何もない

そんな気配は　なかったに
何も彼にもを　吹き飛ばす
凄まじまでの　大風に
波立ち起こって　足も宙

稲妻光って　海面は
うねって一面　輝いて
雷鳴轟き　もう今に
落ちて来るかの　気いがして
ほうほう体で　帰り着く

「こんなひどい目　ワシ知らん」
「風吹く時は　前触れが
　ある言うのんに　何やこれ」
皆戸惑うが　雷鳴は
鳴りも止まんと　猛然と

雨足当たる　そこかしこ
突き破るかの　勢いと
降って来雨の　凄まじさ

日暮れて雷鳴　弱まるが
風は夜中も　吹き荒ぶ

源氏君がちょっと　就寝中
得体知れんの　現れて
「宮中からお呼び　あったのに
　なんで参上　せんのんか」
言うてうろつく　目えにして
「あっ」とびっくり　目え覚める

「さては海居る　竜王が
美し好む　言う通り
魅入られたんか　この我が」
思たらゾッと　気味悪て
須磨に居るんが　恐ろしに

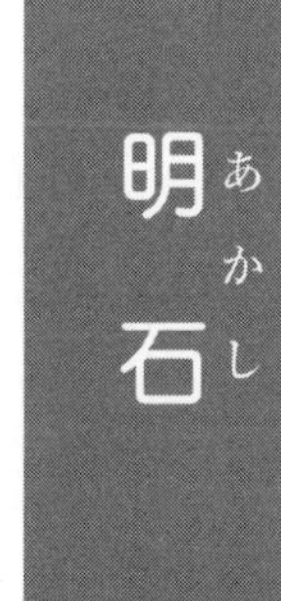

【源氏君年齢：27歳〜28歳】

▲：故人
★：源氏思い人

太政大臣（64で死去）
弘徽殿皇太后（49）＝桐壺院▲
朱雀帝（31）
光源氏（28）
按察使大納言▲　某大臣▲
桐壺更衣▲
明石入道（61）＝明石の尼（52）
明石姫★（23）

明石浦から小舟来て
（源氏君年齢　27歳）

ようよう風も　収まって
雨も小降りに　星も出る

一日続いた　雷鳴の
騒ぎに疲れ　源氏君
粗末な場所やが　仕方ないと
物寄りうとうと　しとったら

生きてた姿　そのままの
桐壺院がその場に　立っとって
「なんで居るんや　こんな場所」
言うて源氏君の　手えを引き
「住吉神の　導きに
依って船出し　浦を去れ」

聞いた源氏君は　夢中で
「お別れしてから　その後は
悲しいことが　多かって
ここの渚で　覚悟決め
命捨てよか」と　言うたなら

「何をぬかすか　そないこと
ほんの些細な　報いやで

朕が帝で　あった時
たいした過失も　ないのんに
知らんで犯した　罪あって

それ償うに　かまけてて
この世眺める　暇無うて
お前が沈む　堪えられず
海に入って　陸上り
難儀しながら　ここへ来た

これから内裏　まで行って
言うことあるんで　急ぐんや」
言うてそのまま　立ち去った

源氏君悲しみ　込み上げて
「せめてお供」と　泣き見たが
もう姿無て　月が照る

夢とは思えん　父院気配
そこに留まる　空の雲
身沁むみたいに　棚引てる

夜中と言うのに　渚へと
小っちゃい舟が　漕いで来て
宿を目指して　二、三人

（誰や）と問うたら　言うのんは
「前の播磨守の　入道が
（須磨へと行け）と　言うたんで
舟を用意し　迎い来た
おられるかいな　良清は
お目に掛って　その理由を」

聞いた良清　びっくりし
（入道は播磨の　知り合いで
長うに親しい　仲やけど
この波風に　何事や）
と訝るが　源氏君
見た夢　思い当たるんで
「早う」と急かせ　舟へ遣る

（こんな激しい　波風に
なんで小舟で　ここなんか）
不思議に思う　良清へ
入道の伝言　伝え言う
「『去る一日の　夢中に
異形な者　現れて

信じられへん　ことやけど
〈ほんありがたい　ご利益を
見せたるさかい　十三日
舟用意して　この雨が
止んだらすぐに　舟出して
須磨の浦へと　漕いで行け〉
とのお告げ受け　舟出すの
用意をしてて　待っとれ』と」

「凄まじ雨に　風吹いて
雷鳴鳴ったで　これこそと
夢のお告げが　国救う
例が異国に　ある言うで
この日逃さず　十三日
お告げ知らせと　舟出した

不思議な一陣　風吹いて
この須磨沖に　着いたんや

これこそ神の　お導き
こっちの方でも　何かしら
思い当るん　あれへんか

畏れ多いが　この旨を
知らせお伝え　下されや」

聞いた良清　そのことを
こっそり源氏君に　伝えたら
あれこれ思い　巡らして
(夢も現実も　この異常
これこそ神仏　お告げか)と

「見知らん土地で　これ迄に
なかった苦しみ　味おたが
都からかて　見舞無て

ただ天渡る　日や月の
光を友と　見とったが
嬉しい迎えの　舟が来た

明石浦には　ひっそりと
身ぃ隠す場所　あるかいな」

これ伝えたら　来た人は
限りないほど　喜んで

「とにもかくにも　明ける前
　お乗り下され　この舟に」
言うんで仕える　四、五人を
供にし舟に　乗るとすぐ
不思議な風が　吹いて来て
舟は矢の様に　明石にと

ほんのちょっとの　距離やのに
吹いたその風　まか不思議

明石入道娘をと

（源氏君年齢　27歳）

舟から降りて　牛車へと
移る時分に　日ぃ昇る

仄かに源氏君の　姿見て
老いてん忘れ　入道は
寿命が延びる　気ぃなって
笑み満面に　住吉の
神を遥かに　拝んでる

まるで日や月　その光
手の内納めた　気ぃすんか
大切だいじと　源氏君遇す

景色明媚な　明石浦
入道邸宅の　その趣向
木立ち石組み　植え込みや
入江の水の　興趣深さ
下手な絵師には　描けんほど

須磨と比べて　明るぅて
心の晴れる　住まい所

小止みもせなんだ　雨空も
そのうち晴れて　澄みわたり
漁する海人も　生き生きと

須磨は大層　侘しゅうて
海人の岩小屋　稀やのに

ここの明石は　そや無ぅて
人多いんは　気になるが
興味も覚えて　源氏君
心の和む　日ぃ送る

入道勤行　する様子
ほんま実直　なんやけど
娘のことと　なったなら

源氏君の気ぃを　引ことして
(気苦労多い)と　愚痴こぼす

娘の器量の　良ぇのんを
以前に聞いてた　源氏君
(思い掛け無ぅ　逢えたんは
これも前世の　縁かな)と
思うけれども　(いいやいや
こんな身ぃなり　沈む間は
仏道修行　一心に

明石で浮気　してもたら
紫姫に　誓たんを
破る思われ　恥し)と
思ぅて素振り　見せんけど
(聞いたら気立も　その容姿
並とは違う)と　気ぃ惹かる

都で異変次々に

（源氏君年齢　27歳）

我がこの国に　この年は
凶年予兆　ひどあって

その三月の　十三日
雷鳴って　稲光り
風雨激しい　夜のこと
朱雀帝の夢に　桐壺院出て来
清涼殿の　階段の下
気嫌悪そに　睨むんで
帝思わず　畏まる

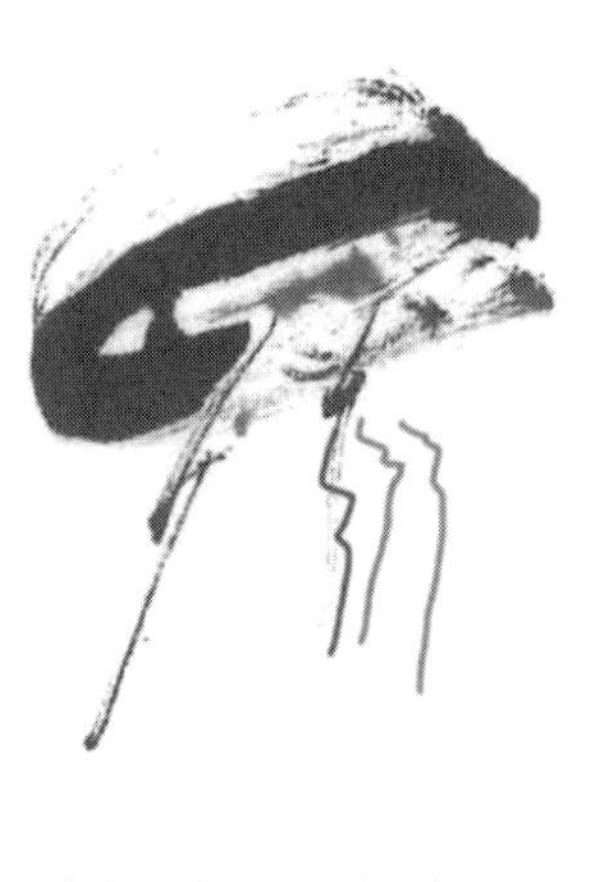

桐壺院が帝に　言うたんの
多ぅは源氏君の　ことやった
目え覚め帝　恐ろして
（成仏してない）　思ぅてに
弘徽殿皇太后向こて　そのことを
聞いた弘徽殿皇太后　言うたんは
「雨降り空が　荒れた夜は
思ぅたことが　夢に出る
そんなびっくり　せんで良え」
桐壺院に目と目で　睨まれた
その所為か帝　目病いで
ひどぅに悩み　堪えられず
宮中や　弘徽殿皇太后邸でも
※斎戒をする　ことなった
弘徽殿皇太后父の　太政大臣かて
亡ぅなり　それに弘徽殿皇太后も
何とは無しの　患いに
日に日に　弱ぁなっていき
日月経っても　治らんで
二人の病　重ぅなる

【斎戒】
飲食・移動を慎んで心身を清めること

娘訪ねて岡の家

（源氏君年齢　27歳）

内々吉え日　占ぅて
母親の心配　聞かんとに
弟子にも言わんで　入道は
自分で手筈　進めてた

娘の部屋を　整えて
十三日月　華やかと
照ってる頃に『惜しい夜や
　貴男に見せたい　もんがある』
言うて源氏君へ　伝えきた

（田舎女に　逢うのんに
　態々せんでも）思たけど
直衣に身形　整えて
夜更けを待って　出掛けへと

その岡の家　木ぃ茂り
見所多い　住まい所
入道の邸は　豪華やが
ここはひっそり　風情ある

源氏君あちこち　見てみたら
美し月が　差しとるの
娘住んでる　所の木戸
ほんのちびっと　開けたぁる

潜り入って　源氏君
ためらいがちに　声掛ける

これほど近ぅで　逢うなんか
ちょっとも思わん　その娘
びっくりしたんか　答えへん

（なんや一廉　ぶるんかい
　身分の高い　女かても
　ここまで言い寄り　されたなら
　強ぅ拒むん　せえへんで
　落ちぶれの我　見くびるか）
と憎らしゅう　思たけど

（無理強いなんか　せんのんに
　押し引きしてる　根比べ
　負けるんこれも　情けない）
とか色々と　悩むんは

田舎娘に　対しての
扱いとしては　やりすぎか
ほっと寛ぎ　居った姫君
思い掛けない　こと起こり
近くの部屋に　入り込み
ちゃんと戸締り　したけども
源氏君無理矢理　開けんでも
そのまま済むこと　ないのんに・・・

源氏君を許す断下る

（源氏君年齢　28歳）

年が新し　なったけど
朱雀帝の病気　勝れんで
世間は噂を　いろいろと
帝の皇子は　新右大臣の娘
承香殿女御　産んだ子で
まだまだ幼い　年齢二歳

（この子が東宮　継いだかて
その後見を　して貰て
政治を託すん　思ぅたら
源氏君がここに　居らんのを
惜しいこのまま　ではアカン）
と考えて　朱雀帝
弘徽殿太后の反対　押し切って
源氏君許すん　決めたんや
前の年から　弘徽殿太后も
物の怪病いに　罹ってて
またいろいろな　物忌みを
したんで快方　向こてたが
都に天災　多い所為か
帝の目病い　重ぅなり
心細いん　増えていく

七月二十日も　過ぎた頃
重ねて源氏君を　許す言う
命令ついに　下された

(いつかはこうなる)　思てたが
(この世は　思う様行かんので
いつこの命　果てるか)と
嘆いとったが　この展開

嬉しいことで　あるけども
この明石浦　出ることに
ちょっとは嘆く　源氏君

入道聞いて　(良かった)と
思うが(源氏君が　行てもたら)
と思ぅたら　胸痛む

(そやけど源氏君の　栄えんが
我の望みの　叶うもと)
とに改めて　思いおる

その頃源氏君　明石姫へと
一夜も空けんと　通ぅてた
前の六月　あたりから
明石姫懐妊　なった様に

皮肉に別れが　迫るんを
源氏君に募る　愛おしさ
(なんで悩みが　多いんや)と
心乱れる　日ぃ送る

一方明石姫が　悲しゅうて
思い沈むん　あたりまえ

澪標（みおつくし）

【源氏君年齢：28歳～29歳】

六条御息所 ★34
伊勢斎宮 ★20
前の春宮 ▲
桐壺院 ▲
光源氏 29
娘 1
明石入道 62
明石姫 24

▲：故人
★：源氏思い人

明石の姫君に女の子

（源氏君年齢　29歳）

目病治るが　朱雀帝
余命を思て　退いて
新し帝は　冷泉帝（源氏君の子）
まだその年齢は　十一歳

都に戻って　きてからも
（明石で姫君は　どうやろか
悪阻で　苦しんどったけど）
と源氏君忘れんと　思てるが

公私の多忙に　紛れてに
尋ねも出来んで　居ったけど
三月初めに　（そろそろ）と
思たらなんやら　気に掛かり
使者遣ったら　じき戻り

「十六日に　女の子
無事生れた」と　伝え来た
聞いた源氏君は　初めての
女の子なんで　喜んで
（なんで京で　産まさんだ）
口惜しゅう思う　心中

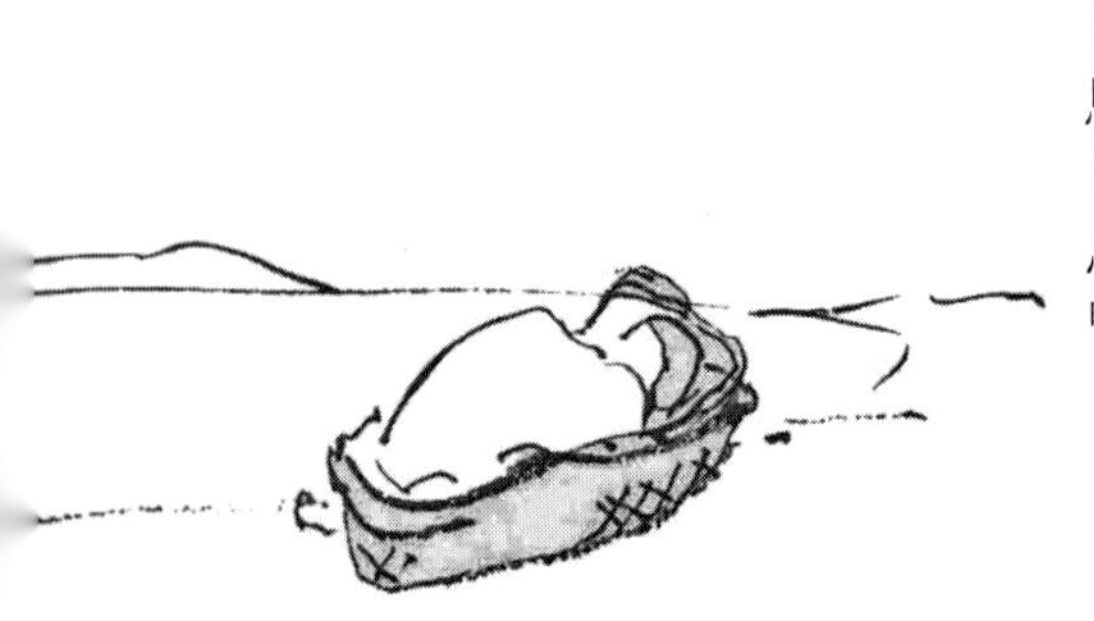

住吉宮に来合わすは（源氏君年齢　29歳）

掛けてた願を　解くため
秋来て源氏君　住吉宮へ

盛大行列　繰り出して
世間いっぱい　騒ぐ中
上達部やら　殿上人
我れも我れもの　供連れて

それと同じ　時やった
明石の姫君が　毎年に
決まって来てた　参詣が
去年と今年　抜けたんの
お詫びも兼ねて　住吉宮へ
船に乗り込み　参詣に

岸に船着け　ふと見ると
参詣賑わい　騒めいて
浜辺に溢れる　人の中
奉納品列が　続いてて
着飾る楽人（雅楽の演奏者）　十人は
容貌の良えんを　揃えてる

「どんなお方の　詣でか」と
明石姫君の従者が　尋ねたら
「源氏の君の　願解き
　誰も知らんの　おらへんわ」
言うて身分の　低いんも
得意顔して　笑ぅてる

（えらい偶然　他に日も
あった言うのに　なんやこれ
源氏君の様子を　遠ぅから
見てるこの身ぃ　情ない
切っても切れへん　縁やのに
なんとこの身ぃ　罪深い
絶えず心に　懸ってる
源氏君の参詣を　知らんとは
とか思ぅたら　悲しゅうて
一人でそっと　涙ぐむ

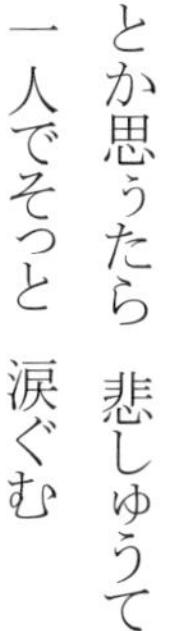

そのうち参詣　終えたんか
並の大臣の　参詣の
それより遥か　盛大に
源氏君の一行　饗宴を

明石姫君増々　気ぃ滅入り
(これほどまでの　盛大な
参詣やのに　それ混じり
取るに足らへん　捧げ物
神は見向きも　されんやろ
帰る訳にも　行かんので
今日は難波に　船泊めて
せめてお祓い　だけでも)と
思ぅて船を　難波へと

源氏君は明石姫君が　来てたんを
夢にも知らんで　その夜は
いろんな神事　奉納に

神喜ぶん　し尽して
願の解きに　加えての
歌舞管弦を　夜通しに

住吉神の　その加護を
身に沁み知ってる　惟光は
席を外した　源氏君へと
明石姫君の船が　騒ぎ中
圧されて去んだん　言ぅたなら

(知らんかったな　可哀想
ここで逢ぅたん　住吉神の
導きそれに　違いない
慰めるため　せめて文
さぞかし辛ぅ　思たやろ)
と考える　源氏君

明石姫君は　源氏君の一行が
参詣された　翌日が
ちょうど日柄も　良かったで
奉納品を　住吉宮に
身分に合ぅた　願いとか
やっとのことで　したのんや
郷里へ戻って　明石姫君
沈む思いが　募って来
明け暮れ身分　恨んでる

前斎宮気にして六条御息所

（源氏君年齢　29歳）

御代が替わって　斎宮も
代わったのんで　六条御息所
京戻ったを　源氏君
何も変わらんと　世話するが
（あの昔かて　冷淡さが
見えとったのに　この今に
逢うんはまたまた　恨む羽目）
思ぅて六条御息所　諦める
源氏君は敢えて　訪ねんで
無理にこっちを　向かしても
冷めた我が心　元戻る
自信が持てんで　出歩きは
人目をすぐ引く　身ぃやから

強いて逢ぅと　せんけども
ただ前斎宮を（どないにか
美し大人に　なったか）と
逢ぅてみたいと　思ぅてる
京に戻って　六条の
邸も立派に　修理して
六条御息所は優雅に　住もぅてる
昔のままで　趣味良ぅて
優れた女房も　多数おって
風流人が　集まり来
もの寂しゅうは　あるけども
和やか心で　おったのに
急に重たい　病気なり
心細ぅに　なったんか
（仏教嫌ぅ　あの伊勢に
長ぅ住んでた　報いか）と
恐ろし思て　出家した
これ聞き源氏君（もう今は
恋の相手で　ないけども
なんかと話せる　相手やに）
と惜しことしたと　思たんで
びっくりしながら　六条邸へ
心を込めた　見舞いにと

源氏君のために　六条御息所
枕近ぅに　座ぁ作り
脇息（座ってもたれる肘掛）寄って　相手する
弱り切ってる　様子見て
(我の変わらん　この思い
伝えられんで　終わるか)と
無念に思て　激しゅうに
おんおんと泣く　源氏君

(思てくれるか　こんなまで)
思たら万感が　胸迫り
六条御息所は前斎宮　頼もうと
「心細い子　残すんで
なんとか目ぇを　掛けてんか
他頼むにも　人居らん
不幸背負ぅて　生きて来た
しがない身ぃの　私やけど
今もうちょっと　生きてる間
この娘が分別　着くまでは
世話をしようかと　思てたが」
言ぅその息は　絶え絶えで
泣くのんを見て　源氏君
「そんな言葉を　聞かんでも
見捨てることは　あれへんで

それにこの今　聞いたんで
どんな世話かて　我がする
ぜんぜん心配　せんで良え」
言ぅたらに六条御息所　続けてに
「心配せんでも　良え言ぅが
頼りなる父親代（源氏君）　居ったかて
母親を失くした　娘は辛い
まして手ぇとか　出されたら
他の女に　妬まれて
それの恨みを　買ぅことに
気分の悪い　気回しを
なんでするんや　思ぅやろが
決して色恋　相手には」
言ぅたら源氏君　(なに言ぅ)と
「ここ何年も　この身ぃは

真面目で思慮深　してたのに
昔の浮気な　性分が
残ると見られん　心外や
今に分かると　思うけど」

と言てる間に　暗なって
部屋の油灯で　姿透ける
(もしか見える)と　思うてに
几帳の隙間　覗いたら

仄かな火影に　浮かんだは
髪を綺麗に　削ぎ揃え
寄り掛かってて　絵みたいに
見える姿は　悲し気や
(帳台の東側に　臥してんは
前斎宮と　違うかな)と
几帳帷子　引き寄せて
目凝らし隙間　見通すと
頬杖ついてる　悲し気が
ちらっと見えて　可憐やで
髪の掛りや　頭形
気高い雰囲気　香って来
親しみ見える　可愛さに
思わず心　揺れるけど
(あれ程言うのに　ここでは)と
そう思い直す　源氏君

「またまた苦しゅう　なったんで
もう帰ってや　悪いけど」
言うて女房に　助けられ
六条御息所は　横になる
七日八日と　経った頃
六条御息所は　亡うなった

仕方ないことで　あるけども
世の儚さに　気ぃも萎え
源氏君参内　しもせんで
葬儀の指図　自分から
葬儀は厳粛　そのもんで
源氏君邸の　人らも
大勢駆けつけ　手助けた

六条御息所亡ぅなり　源氏君
前斎宮宛てては　欠かさんと
文遣ってたが　前斎宮も
だんだん心　落ち着いて
自分の手ぇで　返事書く
遠慮しがちに　書いた文
上手はないが　おっとりと
愛らし気ぇで　品がある
源氏の君は　この前斎宮を
伊勢へ下向の　時分から
徒や疎か　思て無て

(今は神とは　縁切れて
仏の身分に　なったんで
我の思いの　ままなる)と
思たが(いいや)　思ぅてに
(それも可哀想　あの六条御息所
気に掛けたんは　ほんまやな
どない思うか　世の人も
ここは真面目に　世話をしよう
冷泉帝も、ちょっと　大人なり
男女の分別　つく時分
内裏に入れよ　それ迄は
大切に世話しょ　そのことで
淋しさ紛らす　種にしよう)
とかとか思う　源氏君

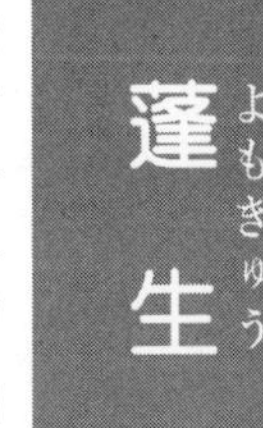

蓬生（よもぎゅう）

【源氏君年齢：28歳～29歳】

中：中頃
後：後半
▲：故人
★：源氏思い人

▲常陸宮
├ 40後 兵部大輔 ─ 28 大輔命婦
│ 28 **光源氏** ＝ ★20中 末摘花 ─（乳姉妹）─ 20中 侍従

荒れてる邸（やしき）もしかして
（源氏君年齢　28歳～29歳）

都離れて　源氏君
須磨に　流離（さすろ）うてた頃に
都で嘆き　悲しむの
人は多数（ぎょうさん）　居ったけど
生活（くらし）に支障　無い女（ひと）は
辛い思いは　同じやが
紫姫の　それみたい
暮らしに不自由　無かってに
旅先様子　分かるんは
文もちょいちょい　交わしてて
無官に似合う　衣装とか
季節季節に　送くっては
気の紛らわし　出来（でけ）たけど

世に埋（うず）もれて　暮らす女（ん）は
都離れた　源氏君様子（き み）
知らんと想像　回（めぐ）らせる
心痛めも　多かった
常陸宮（ひたちのみや）の　姫君（末摘花）は
源氏君（げんじ）の恵みに　ちょっと間は
生活（くらし）なんとか　なったんで
泣きの涙で　住んでたが
月日が経（た）って　財も尽き
寂（さみ）しいまでの　暮らしぶり

元々荒れてた　邸内
狐の棲家に　なってもて
うす気味悪い　茂木立
朝夕なしの　梟声
人気あるとき　隠れてた
木霊も時々　出てくるの
怪しいことが　次々と

声上げて泣く　日も多て
思い沈んだ　その顔は
赤い木の実を　顔に当て
放さん仙人　それみたい

その横顔は　誰見ても
堪えられへん　ご面相

四月になって　源氏君
花散里を　思い出し
「出掛ける」とだけ　紫姫に
言ぅてこっそり　出掛けへと

続いた雨の　名残かと
降っとったけど　月も出て

若年の忍歩を　思い出し
華やぐ気分　夕月夜
いろいろ　思い出してると
見る影もない　荒れ邸
木立も茂り　森かなと
思える景色が　忽然と

（見覚え木立）　思たけど
それもそのはず　常陸宮邸

胸に迫って　牛車止め
付き添ぅてきた　惟光へ

「この邸確か　あの常陸宮の」
言うたら「そや」と　答えたら

「ここ住んでた女　まだ居るか
また来るのんは　面倒や
来た序でやで　聞いてみぃ
間違ぅてたら　アホらしい」

源氏(げんじ)君気の毒　思ぅてに
(こんな茂みの　その中で
過ごす気持は　どんなやろ
なんで今日まで　放っといた)
と自分の非情(つめた)さ　悔んでる

待つ甲斐あって　嬉しけど
身形(みなり)恥ずかし　末摘花(ひめぎみ)は
逢うんを躊躇(ためろ)て　几帳陰

源氏(げんじ)君中へと　入いった来(き)
帷子(かたびら)(几帳のカーテン)を開けて　眺いたら

末摘花は　以前(まえ)通り
返事恥ずかし　出来(でけ)んけど
(こないな露の　深い道
草分けて来た　源氏君(きみ)心
浅(あそ)ぅないな)と　思たんで
気ぃを奮(ふる)うて　微(かす)か声

一重(ひとえ)な控え目　見る度(たんび)
さすが品良て　奥床し

(忘れんとこと　思たけど
取り紛れてて　日いたった
忘れてたんを　恨むか)と
愛(いと)しゅう思う　源氏君

関屋（せきや）

【源氏君年齢：29歳】

前妻▲ ＝ 常陸介（60後） ＝ 空蝉（★30中） ---- 光源氏（29）（内大臣）

空蝉 ― 右衛門佐（24）

常陸介・前妻の子：河内守（30後）、軒端荻（★20後）

中：中頃
後：後半
▲：故人
★：思い人

関に行き交う空蝉・源氏君
（源氏君年齢　29歳）

京に戻った　翌年秋に
常陸の介も　京戻る

常陸介の逢坂山　越える日は
運悪る源氏君　石山寺に
願解きしに　参詣日で

九月の末の　頃やって
紅葉の色の　いろいろと
霜枯れ草の　濃い薄い
混ざって一面　美しい

空蝉夫の　伊予介
桐壺院亡ぅなった　翌年に
任国が変わって　常陸介
はるばる遠い　常陸国へと
下るで空蝉　付いてった

源氏君の須磨の　侘び住まい
はるかに聞いて　気になるが
思い伝える　伝手無ぅて
まして筑波嶺の　風とかに
託すも出来んで　年月が
文も遣れんと　過ぎてった

いつ戻るかの　期限ない
須磨やったけど　源氏君

関屋(関守の番小屋)の脇から　現れた
源氏君の一行　旅姿
色とりどりの　狩衣に
施す刺繍　絞り染め
映えて見えるん　素晴らしい

源氏君下ろした　簾から
今右衛門佐(宮門警護の次官)　あの小君
見えたん近ぅ　呼び寄せて

「関まで迎え　来た我を
無視する訳と　違うやろな」
との言付を　言う心
昔思うん　多いけど
人目あるんで　後言えん

女も昔　忘れんと
思い出したか　胸うずく

恋いし恨めし　忘れんと
心に留める　源氏君
その後も文を　絶やさんと

絵合（えあわせ）

【源氏君年齢：31歳】

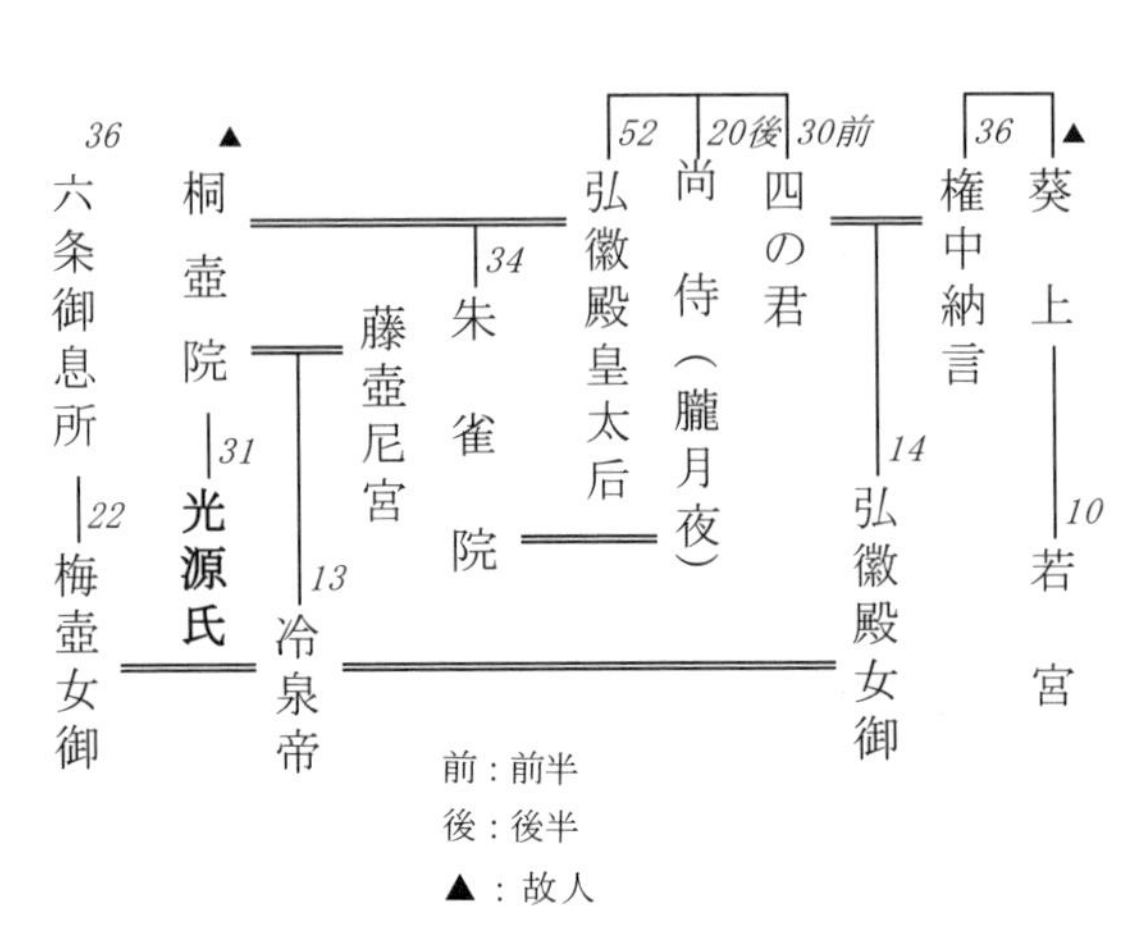

藤壺尼宮御前で絵合が（あまみやごぜん・えあわせ）
（源氏君年齢　31歳）

冷泉帝（みかど）ごっつう　絵に興味
また描（えが）くんも　これ上手
六条御息所（ろくじょうみやす）の　その娘（こ）おで
斎宮（さいぐ）を退（ひ）いて　入内（じゅだい）した
梅壺女御（にょうご）　これもまた
上手（うもう）に絵えを　描（か）くのんで
それを気に入り　帝出向き
絵えで心を　通わせる
帝（みかど）しょっちゅう　通うてに
だんだん心　傾くを
権中納言（ごんちゅうなごん）（臨時の中納言・元の頭中将）　これ聞いて
性格　負けず嫌いんで
娘の　弘徽殿（こきでん）女御が

張り合（お）うてんを　思うたら
（負けるもんか）と　奮い立ち
優れた上手　呼んできて
厳重口止め　した上で
極上紙に　素晴らし絵
多数描（ようけか）かして　集めてた

そのこと聞いて　源氏君
二条院で　古いん新しい
絵えを納めた　厨子開き
紫姫と　一緒にと
(現代に合うんは　これこれ)と
選び出しては　揃えてる

須磨や明石の　絵日記が
出て来たのんで　この時と
紫姫に　それ見せる

源氏君の絵集め　もれ聞いて
(軸や表紙や　紐飾り
　立派に仕上げ)と　一層に
権中納言　励んでる

三月十日の　頃なって
空もうららか　気ぃ長閑

浮かれ気分の　時節やけど
内裏節会(公式行事の宴会)の　行事無て
暇に飽かして　絵なんかを
皆々楽しみ　過ごす見て

(同じことなら　冷泉帝傍で
お目に入れるも　良えかな)と
源氏の君は　思い付き
一層念入り　集めにと

双方それぞれ　集めた絵
その数多数　なってった

ちょうど藤壺尼宮　参内し
女房ら評すん　耳にして
勤行するん　止めといて
絵えをこっそり　持て来させ
女房ら左右に　組み分けた

左　梅壺女御方
侍従内侍に　平典侍
それに　少将命婦とか

右の　弘徽殿女御方
大弐典侍を　始めとし
中将命婦　兵衛命婦

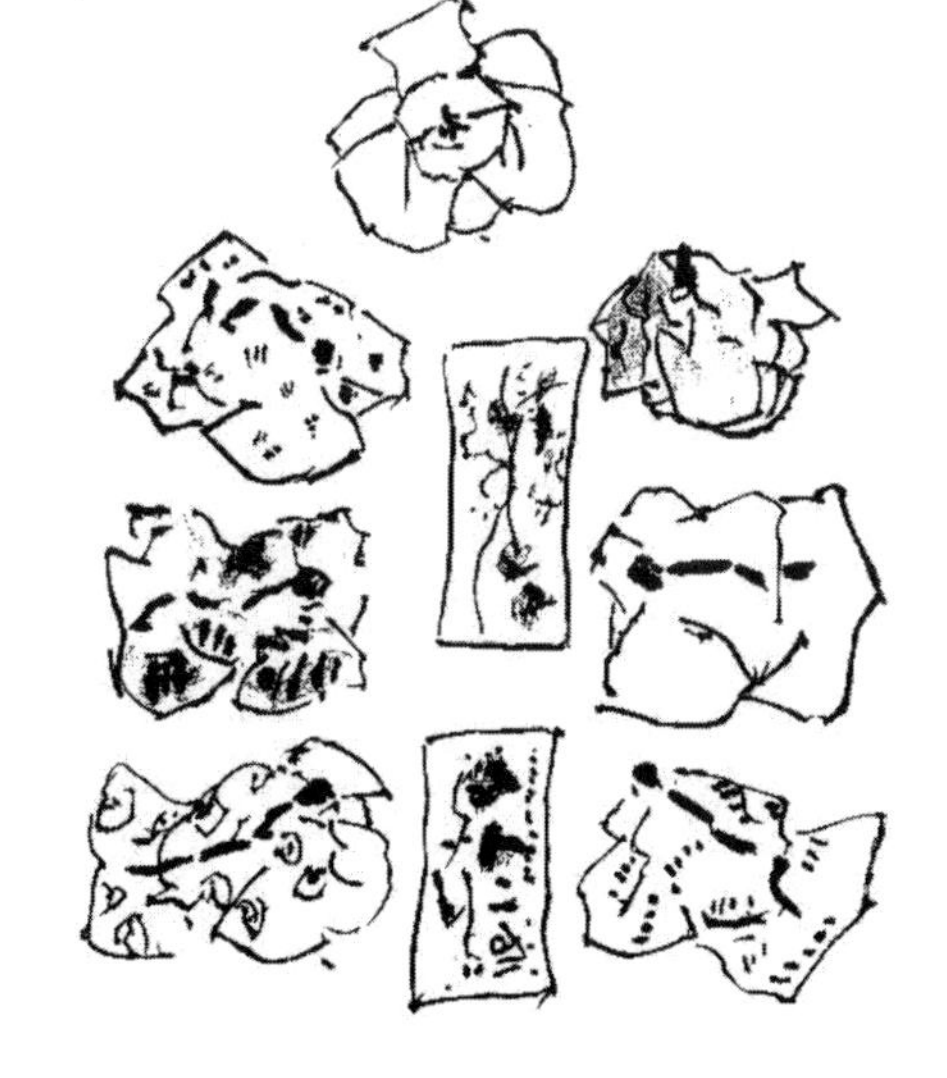

皆々絵えに　通じてて
思い思いに　論ずんを
藤壺尼宮興趣深ぅ　聞いてはる

同席してた　源氏君
左右競うん　面白いと
「いっそ御前で　この勝負」

（こうなること）と　思うてに
もともと溜めてた　須磨・明石
優れの二巻　（これこそ）と
それも加えて　梅壺女御へ

同じ思いの　権中納言
源氏君がそれに　先立って
『今は紙絵が　流行てる
紙絵で優劣　決めるとしょ
今さら描くん　止めといて
手持で勝負』言たのんを
聞かんことにし　閉じ部屋で
こっそり新らし　絵え描かす

冷泉帝の御前の決着は
（源氏君年齢　31歳）

その日を今日と　決めたんで
急な催し　やったけど
目立たへんが　風流な
包装に包んだ　多数の絵
左右に集め　御前にと

女房の控え間　玉座置き
北と南に　並べ置く

殿上人は　後涼殿の
簀子（濡れ縁）に控え　それぞれが
贔屓を方を　思うてる

見事な絵えが　続くんで
勝負中々　着かへんだ

勝負着かんと　夜なって
あと一番に　左方
用意しとった「須磨」出すと
権中納言　胸騒ぎ

右方これも　最後にと
優れたのんを　用意すが
心静かに　気ぃ澄まし
素晴らし名手の　源氏君描いた
絵えが出てきて　感動し
帥宮(源氏君の弟)はじめ　皆みな
涙の堪え　出来なんだ

須磨の生活を　皆々が
(辛かったやろ)　思てたが
それ増す辛い　暮らしやら
過ごした気持　まざまざと
目の前そこで　見るような
見たこともない　風景や
寂しい浦々　磯の様
ものの見事に　描いたぁる

絵合競い　忘れてに
この絵に皆が　その心
移して感動　押さえてる
須磨絵に他の絵　圧し負けて
勝ちは左方と　決まったで

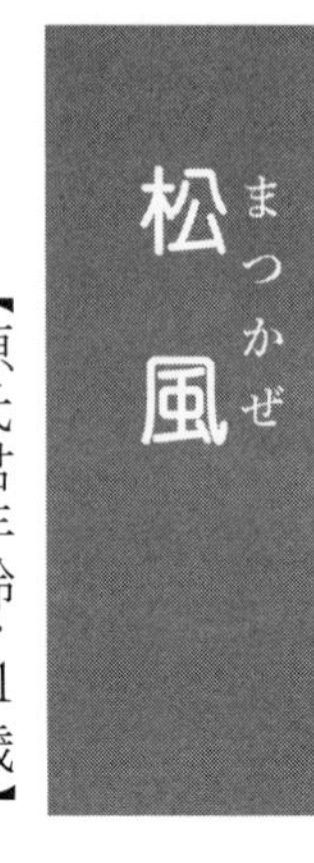

松風（まつかぜ）

【源氏君年齢：31歳】

空蝉 30後
花散里 30頃 〈二条東院西の対〉
末摘花 20後 〈二条東院北の対〉
光源氏（内大臣） 31
紫上 22 〈二条院西の対〉
明石君 26 〈大堰邸〉
娘 3

後：後半

明石君大堰で寂しゅうに

（源氏君年齢　31歳）

渋り続ける　明石君へと
（やいのやいの）と　源氏君文

根負け明石君　（仕方ない）と
父の入道　だけ残し
入道縁ある　大堰へと（桂川上流の大堰川の辺り）
母と姫君連れ　旅立った

大堰邸造りは　風流で
明石に似てる　水近で
それほど変わった　気ぃはせん

源氏君がなかなか　来んのんを
思たらなんや　寂しいて
捨て来た明石が　恋しなり
気ぃ紛らすん　出来んでに

思い出の琴（※）　手えに取る

【琴】七弦の琴
【箏】十三弦の琴
【和琴】六弦の琴

堪え切れへん　悲しさに
離れた部屋で　弾きだすと
激しい松風　合せ鳴る

こないに寂しゅう　暮らすんを
源氏君も心　ざわついて
（人目気にして　おれんな）と
訪ねる工夫　凝らすけど
いきさつ紫上に　言わんだを
人から聞いたら　不都合と
女房を遣って　紫上へ

「桂の院に　用あるが
かまけて過ごして　日ぃ経った
約束した人が　近居って
待たせとるんも　気掛りや
嵯峨野御堂の　仏はん
まだ出来んけど　見て来たい
二日三日は　掛かるかも」

そのこと聞いた　紫上は
(急いで造る　桂院
　さてはあすこに　あの女を)
思たら心　騒ぎだす

源氏君こっそり　前駆けに
人を選んで　大堰へと
急えて行くけど　道遠て
そこ着いたんは　夕暮れや

身ぃ飾らんへん　狩衣姿も
またまた美し　見えるけど
まして気遣て　直衣着た
目映ゆいばかりの　品良さに
悲しみくれてた　明石君
沈む心も　晴れるかと

久しぶりきた　源氏君
長期逢わへんで　感無量
幼姫を見てたら　胸躍り
隔てた月日　惜し思う

昼に源氏君は　御堂へと

夜がきたんで　源氏君
明石の夜を　思てたら
明石君があの琴　差し出した

しみじみ思い　堪えられず
鳴らす琴の音　変らんと
昔が今の　気ぃがして
「約束の
　琴音今まだ
　　変わらんは
我の深ぁい
　　思いと同じ」
聞いて答える　明石君
「心変らんと
　約束されたん
　　信じ来て
松風聞く度
　　待ってて涙」
詠み交わしてる　似合い仲
身余る幸せ　明石君

薄雲（うすぐも）

【源氏君年齢：31歳～32歳】

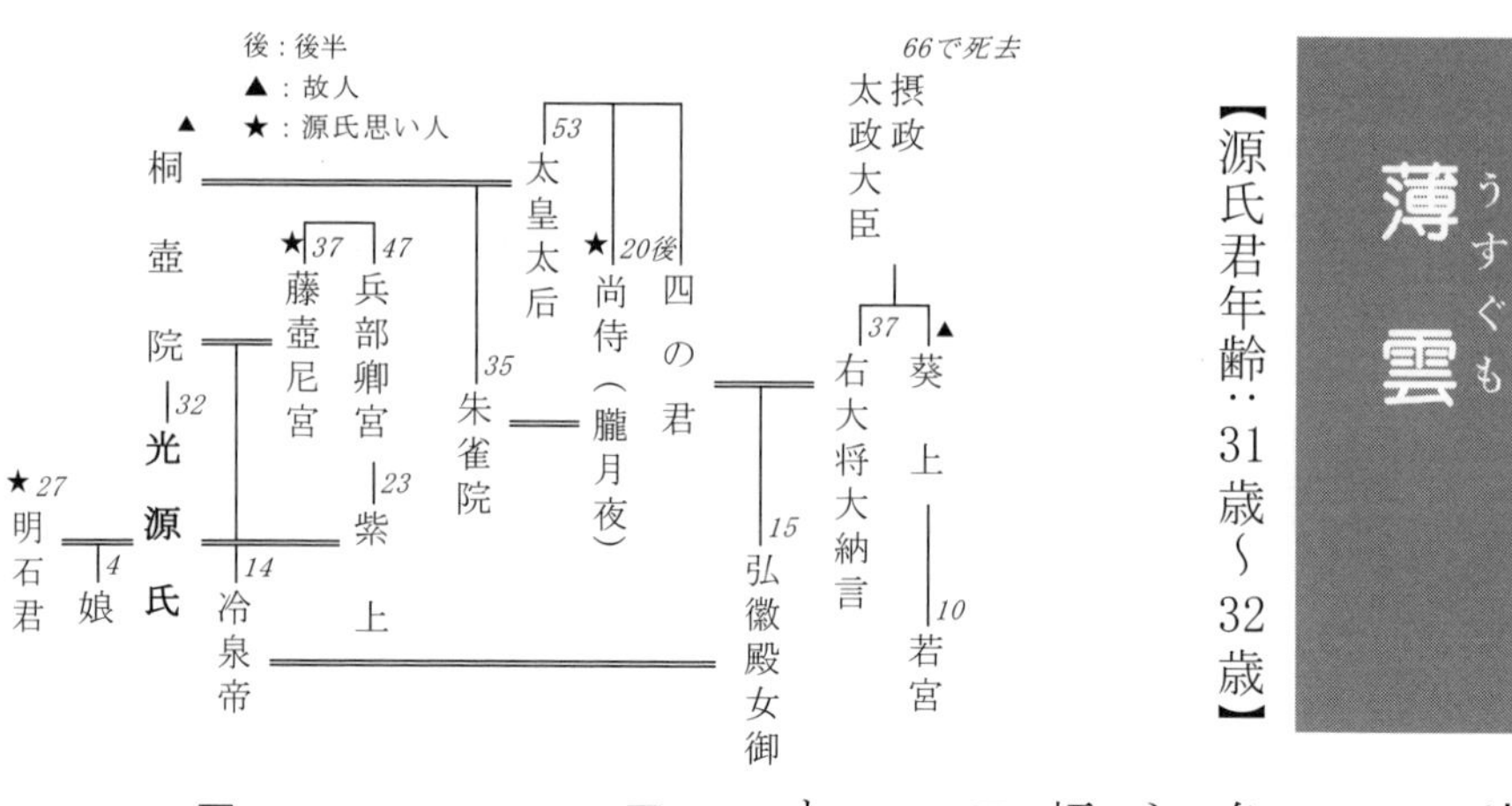

せめて幼姫を二条院へと
（源氏君年齢　31歳）

冬なるにつれ　大堰邸
心細さが　募って来
頼り無さそに　暮らすんを
「このままここで　過ごさんで
二条東院（源氏君の別邸）　移っては」
と勧める源氏君に　明石君
「二条東院行っても　同じや
冷淡い心　そのままじゃ
後は行き所　ないからに
決められへん」と　躊躇うを
「そんならせめて　幼姫だけを
将来思たら　ここは無理

紫上に　言うたなら
是非に会いたい　言うのんで
しばらくあっちで　馴染まして
袴着（女性の成人式）とかを　正式に」
と心込め　源氏君言うが
（そう言て来る）と　思てたが
言われた明石君　胸潰れ

「貴い人(紫上)居る　所行って
大切に　育てられたかて
母親の身分が　洩れたなら
覆い隠すん　難しい」
と手放すん　惜しがるを

「継子扱い　気にするか
紫上これまで　子お無うて
寂しがったが　前斎宮を
大人やけども　世話してる
まして可愛い　この幼姫を
疎かにせん　性格や」
とに紫上を　褒めて言う

(二条東院　移ったら
良え人やけど　紫上は
比較もならん　この私を
きっと疎むに　違いない
この身どうでも　構わんが
そのうちこの幼姫　世話になる
なら物心　着かん内)
思ぅてみるが　一方で

(手放すのんも　気懸りで
慰め相手　無なったら
いままで通り　暮らせるか
幼姫のおらへん　この場所に
なんで源氏君が　来るもんか)

とかあれこれを　悩んでに
前世の縁を　恨んでる

雪や霰が　降り続き
心細さが　増すにつれ
(なんでいろんな　苦しみが
この身に続いて　起こるか)と
明石君嘆息　つきながら
いつもに増して　幼姫の髪
撫でて櫛とか　入れとった

雪ちょっとだけ　解けた頃
源氏の君は　大堰へと

いつもは待ってる　明石君
(来るんは幼姫を　迎えに)と
思たら胸は　塞がるが
(こうなったんも　私の所為
「イヤ」言うてたら　良かったな
今さら遅い　断わるん)
とその胸を　収めさす

(我が子を他へ　手放すん
どないに苦しか)　思ぅてに
(可哀想に)と　源氏君

夜ぉ明けるまで　長々と
明石の君を　労わるが

「いえいえせめて　この娘
取るに足らへん　私の身と
違ごて育てて　くれるなら」
と言い切るも　堪えられず
忍んで泣くん　あぁ哀れ

変事重なり藤壺尼君も

（源氏君年齢　32歳）

藤壺尼宮この春　始めより
気分の悪いん　続いてて
三月入って　重ぅなり
冷泉帝わざわざ　見舞いにと
帝を迎えて　藤壺尼宮は
「私の方から　参内し
静かに　昔語りをと
思たが気分　良ぇ日無て
心うつうつ　過してた」
と言うのんも　弱々と
（〈また持病か〉と　油断とか
するんはどうか）と　思いながら
同座の源氏君も　嘆いてた

（長期間にわたって　堪え来た
切無い思いを　も一回
言われへんのを　悲しい）と
几帳近ぅに　源氏君寄って
容態なんかを　訊ねたら
側おる女房　詳しゅうに
「ここ何か月　良ぅないが
怠りのない　勤行で
疲れ積って　よけ弱り
今は柑子も　口にへは
回復見込み　無いくらい」
言うて泣いては　嘆くだけ
藤壺尼宮は　取次ぎ女房へと
「桐壺院遺言で　言た通り

帝の後見役　長期にと
されたん大層　有り難とて
いつかは気持ち　伝えよと
思てたけども　今なって
ほんま悔しい　思ぅてる」
幽かに言うん　仄聞くが
返事も出来んで　泣く源氏君
なんとその様　傷ましい

「力の足らん　我やけど
懸命後見役　するのんを
心の限りと　思てたが
太政大臣（総理大臣・葵上の父）も　亡ぅなって
世も落ち着かん　時やのに
今またこんな　事になり
ただただ心　乱れてて
生きても行けん　気ぃがする」

源氏君が声掛け　する間にも
灯火ぃ消える様に　藤壺尼宮は
帰らん人と　なったんで
源氏君は嘆きの　極限にと

冷泉帝の出生秘密をば

（源氏君年齢　32歳）

四十九日も　し終えてに
世の中ちょっと　落ち着くが
冷泉帝だんだん　気弱にと

母の藤壺尼宮　中宮で
おった時から　代々に
仕えた祈りの　僧都はん
年齢は七十歳　そこそこで
今は最期の　勤行と
山に籠って　居ったけど
藤壺尼宮生前に　その病気
治る祈願と　来とったが
そのまま居るん　幸いと
（祈る必要　あった時

宮中来る様） 源氏君
この僧都にと 言ぅとった

源氏君に言われ この僧都
仕えとったが 夜明け前
誰も近ぅに 人居らん
宿直出払た その時に
老人めえた 咳しつつ
僧都帝の 傍おって
世の中のこと 話す後

「これから話す そのことは
昔も今も 無い大事
これが表に 漏れたなら
隠れなさった 桐壺院始め
もう亡ぅなった 藤壺尼宮や
政務取ってる 源氏君
全部に良ぅない こと起こる

帝がお腹に 宿ってた
時から藤壺尼宮は 嘆いてて
愚僧は祈祷 しとったが
詳しいことは 何も知らん

その後に源氏君に 事件あって
罪を問われた 時かても
藤壺尼宮は恐ろし 思たんか
またまた祈祷 命じられ
お願いされた 源氏君の罪
それも加えて 数々の
祈祷をずっと やってきた
それの願いと 言ぅのんは・・・」

との細々を 聞いたんで
思わんことに びっくりし
悲し恐ろし 思ぅてに
帝は心 悩まして

「知らんままでは 来世まで
罪を負ぅかも 知れんのに
今日まで隠して おったんが
恨めし思ぅで そらそうと
他に知ってん おらへんか」

問ぅたら僧都 怖がって
「いいえ愚僧と 王命婦他
このこと知ってん 他おらん」
泣いて話して 夜ぉ明けて
僧都帰った そそくさと

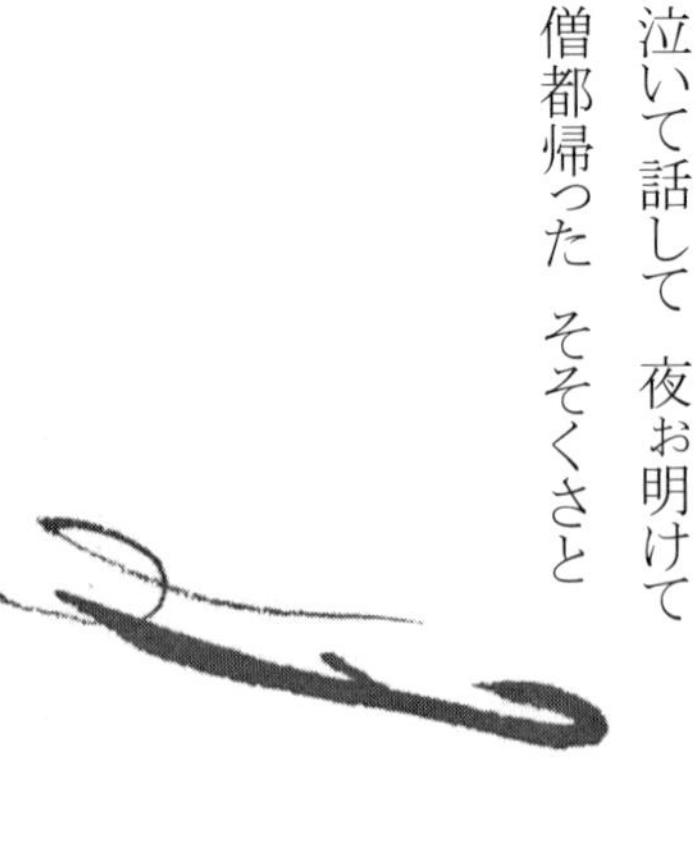

冷泉帝譲位を洩らしたら

（源氏君年齢　32歳）

秋の除目（人事異動）に　源氏君のこと
太政大臣に　就任ようと
呼んだその折　「譲位して
源氏君に地位を　譲ろか」と
洩らされたんで　源氏君
目え飛び出るほど　びっくりし
「とんでもない」と　断わって

冷泉帝の様子　見てみたら
思い付くんは　ただ一つ
（亡き藤壺尼宮も　気の毒と
帝の悩むん　見てたんも
心苦しい　ことやけど
一体誰が　洩らしたか）

不審思た　源氏君
王命婦に　尋ねみる
「藤壺尼宮は　あのことを
物の弾みに　帝へと
ふとに洩らした　ことないか」
聞いて王命婦は　「めっそうな
（冷泉帝にそのこと　知られたら
大変なる）と　思てたが
知らんままでは　帝にと
仏罰下るん　違うかな）と
心の内で　悩んでた」

言うのん聞いて　源氏君
藤壺尼宮の思慮深　思ぅてに
偲んで悲しさ　さらに増す

朝顔

【源氏君年齢：32歳】

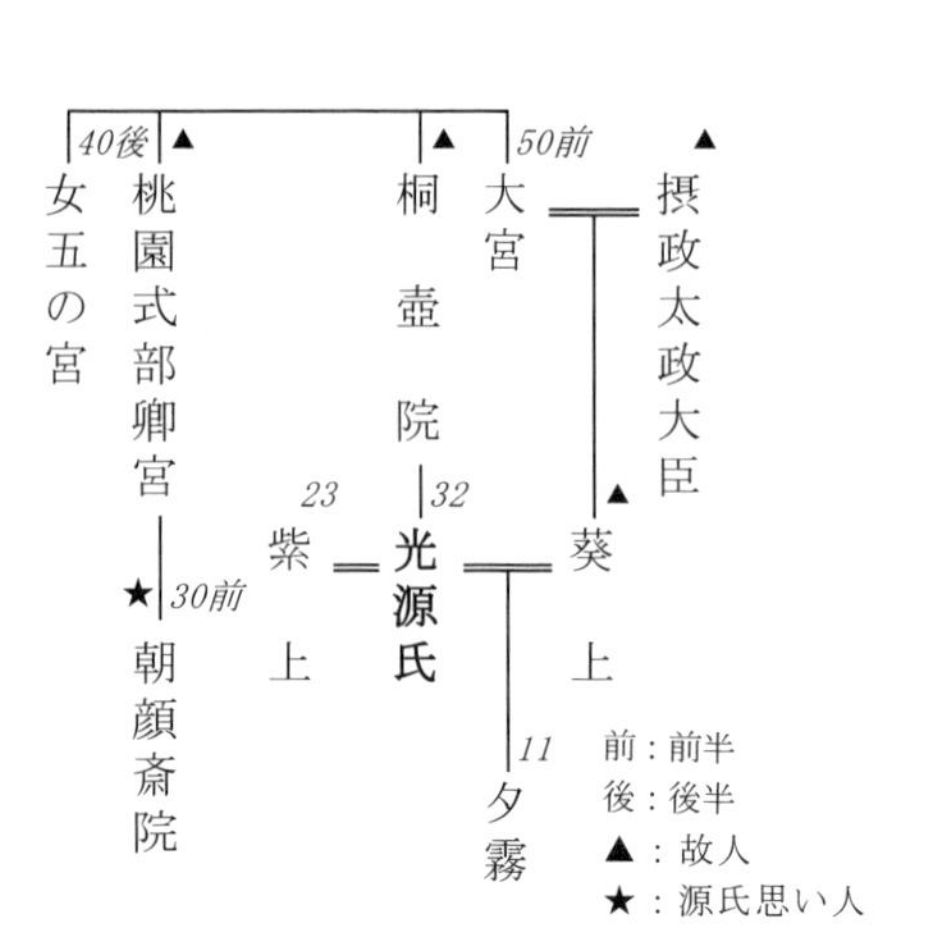

源氏君詰め寄るが朝顔は
（源氏君年齢　32歳）

父式部卿宮（源氏君の叔父）の　喪おなんで
賀茂斎院退いた　朝顔を
相変わらんと　源氏君
昔の恋の　冷めんまま
喪中見舞いを　口実に
絶えんと文を　届けてる
そやのに朝顔　姫宮は
煩し思て　返さんを
源氏君嘆かわし　思とった

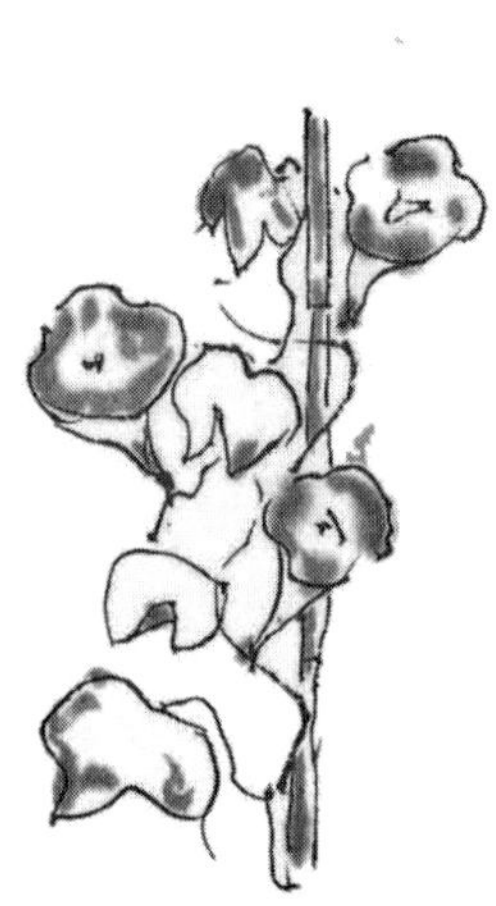

九月になって　朝顔が
父が元居た　住まいでの
桃園邸　移ったを
聞いて源氏君は　我が叔母の
女五の宮　そこ居んで
見舞いがてらに　訪ねへと

女五の宮と一緒に　朝顔は
寝殿東西　住んでるが
式部卿宮死んだ後　それほども
日い経たんのに　荒れ気配
物寂しさが　漂てる

女五の宮　とに会ぅて
互い話すが　咳込んで
老人めえた　感じした

源氏君あっちの　朝顔の
居る部屋の方に　目ぇ遣ると
枯れ枯れ草花の　前庭の
眺めも床しゅう　思うけど
静かに物思い　耽ってる
容貌偲ばれ　堪られず

「こないし訪ねて　来たのんに
挨拶せんのは　失礼や
あっち見舞う」と　断って
簀子通って　姫宮部屋へ

「（〈長ぅに慕い　来た労を
　報いたろか〉と　思ぅてに
　御簾内入るん　許すか）と
思て来たのに　何やこれ」
不満顔して　言うたなら

「過ぎた昔は　皆夢や
覚めた今でも　儚ぅて
確かなことの　無い世やで
労の報いは　また今度」

「見舞いに来たのに　なんでかな
色恋話に　なってもた」
言うて嘆息　深ついて

「年齢は取りとぅ　ないもんや
恋に窶れた　この姿」
言うて源氏君は　出て行った

冬のある日の　夕方に
藤壺尼宮の喪中の　宮中は
神事も無ぅて　寂しゅうて
することもない　源氏君
また女五の宮を　訪ねにと

西部屋では格子　下りてるが
（また拒むんかと　思われんも
　どうか）と朝顔　思ぅたか
開けたる格子が　一、二枚

部屋に通って　源氏君
今宵話すんは　真剣で
「せめて一言　〈嫌や〉とに
直接言うて　くれたなら
諦めかても　出来るのに」
と心込め　頼むけど
朝顔何も　答えんを
（あぁ冷淡い）と　思う源氏君

朝顔姫宮も　源氏君のこと
人柄良ぅて　しみじみと
心惹かれる　思ぅけど
（たとえ温情を　見せたかて
〈並の女の　見せる様な
　ごくごく普通の　情か〉と
きっと思ぅに　違い無て
至らん私の　恋心
もしも源氏君に　知られたら
　恥ずかし）思て　諦むが

思い直して（これからは
深親しむん　止めといて
支障のあらへん　返事しよう
返事せならん　時かても
失礼のない様に　はぐらかそ
神に仕えて　怠った
罪滅ぼしに　勤行を）
と思慕収める　朝顔や

久しぶりにと　二条院来て
紫上が妬くのを　見て源氏君
宥め続けて　話し込む

雪がどんどん　降り積もり
興趣覚えた　源氏君
庭に女童　下ろさして
雪転がしを　させたんや

眺めて居った　源氏君
「あぁあの昔　藤壺中宮が
　庭に雪山　作ってた
　他愛あらへん　遊びやが
　思い着いたん　すばらしい

　何かにつけて　思うんは
　口惜しい女人を　亡くしたと
　こんな良ぇ女人　今居らん

　内気おっとり　やったけど
　嗜み深て　優れてて
　貴女は藤壺中宮の　血筋やで
　よう似てる様に　思ぅけど
　嫉妬深ぅて　その気ぃの
　強過ぎるんが　気に掛かる」
と言て語る　今昔
夜もだんだん　更けて行く

少女（おとめ）

【源氏君年齢：33歳〜35歳】

▲：故人

50頃 大宮 ＝ ▲摂政太政大臣
33 光源氏 ＝ ▲葵上
37 内大臣 ＝ 30代 女 ＝ 40代 按察使大納言
12 夕霧
14 雲居雁

元服するが浅葱とは

（源氏君年齢　33歳）

葵上が産んだ　若君の(夕霧)
元服をする　準備とか
当初二条院で　思てたが
（見たい大宮(葵上の母)　その心
当然なんで　気の毒）と
育った三条邸　そこでにと
（元服したら　四位にしよ）と
源氏君当初は　思ぅてて
皆もそうなる　思てたが
（我の意通る　世おやけど
弱年がすぐに　高位では
心配やな）と　六位へと
（六位浅葱(着用する服の色)の　姿での
内裏に昇るん　想像ぅたら
とても許せん　呆れ事）
と大宮思ぅん　当たり前
そのこと源氏君に　言ぅたなら
「差し当たっての　その六位
不足と思ぅが　そのうちに
国家の重鎮　なる素養
身ぃに着いたら　安心や
今は六位で　あったかて
我がこうして　居るうちは
まさか身低い　大学生(政府の大学の生徒)と
笑ぅ人とか　居らへんわ」
と源氏君宥める　大宮を

梅壺女御 后に

（源氏君年齢　33歳）

冷泉帝が后を　立てるんに
ちょうど良え年齢　なったんで
「（梅壺に部屋　貰うてた
　梅壺女御　どやろか）と
あの藤壺尼宮も　勧めてた」
と源氏君　推挙けども
「藤壺尼宮に　引き続き
　また内親王　どうやろか
　先ずの入内は　弘徽殿女御や」
言い合て担ぐ　両方の
人らはそれぞれ　気ぃを揉む

元兵部卿宮　今式部卿
帝の伯父で　以前より
増々信頼　厚なって
その娘の入内　望んでた
三者三様　競うたが
結局后は　梅壺女御に
母の六条御息所の　不遇とは
打って変わった　幸運に
世間の人ら　びっくりや

内大臣の娘と夕霧は

（源氏君年齢　33歳）

太政大臣に　源氏君昇進り
内大臣に　右大将（元の頭中将）
「政治のことは　内大臣に」と
源氏君は実権　譲られる
内大臣人柄　剛直で
威厳もあって　思慮深い
多数の夫人が　産んできた
男は十人　それ以上
元服済まして　官職に就き
源氏君に負けへん　栄えぶり
娘は言たら　弘徽殿女御と
今も一人が　おったんや

その母皇族　出えやけど
訳あり内大臣と　別れてに
按察使大納言の　妻になり
按察使大納言と産んだ　子お多て
内大臣(多数の　子の中に
姫君(雲居雁)を居さすはどぅか　また
按察使大納言一緒は　良ぅない)
と
母親からその娘　引き取って
我が母大宮　その邸に

姫君と夕霧　大宮の
邸で一緒に　育ったが
十歳過ぎたころ　別部屋に

「仲良かっても　男子とは
近付き過ぎるん　それアカン」
と父内大臣が　言うのんで
二人離され　暮らすけど

逢いとぅ思う　幼な胸

(幼い二人　これまでも
仲良してたに　今急に
引き離すんは　どうかな)と
女房ら皆　思うけど
姫君はそのまま　無邪気やが
夕霧幼ぅ　見えるけど
ませとってから　知らん間に
不都合な仲に　なっとった

内大臣が居るんへ夕霧が

(源氏君年齢　33歳)

太政大臣や　内大臣
就任饗宴　終わったが
宮中行事　無いのんで
世の中落ち着く　時雨どき
荻に風吹く　夕方に
内大臣大宮　部屋に来て
姫君呼んで　琴なんぞ

全てに大宮　上手いんで
姫君にあれこれ　教えてた

子供らしゅうに　可愛いに
弾いてる箏の　姫君様子
髪の垂れたや　生え際の
瑞々しんを　見る内大臣

易しい曲を　弾き終わり
姫君はその箏　向こうへと
折から木の葉　はらはらと
梢裸と　散ってきて
「箏の所為では　ないやろに
やんやら寂しい　宵やなぁ
今一曲を　どうかな」と
言て大宮に　琵琶勧め
秋風楽（雅楽の曲の一種）に　合わせてに
内大臣が謡う　その声が
良えんで皆　聞き入って
いっそう興趣が　添うてたら
そこに夕霧　やって来た

内大臣は「こっちへ」と
几帳隔ての　座ぁ空ける
夕霧が吹く　笛音色
若さに添うた　興趣深に
和琴を止めて　内大臣
ゆっくり拍子　取りながら
『萩が花摺り（催馬楽の謡い）』謡たんや

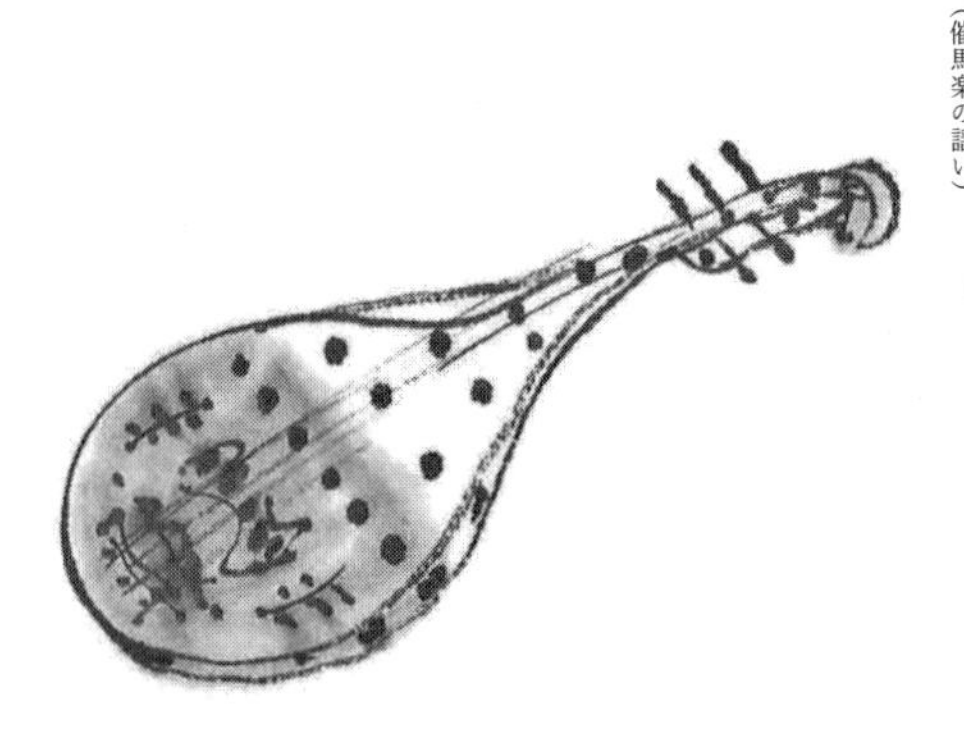

聞いて腹立つ内大臣

（源氏君年齢　33歳）

そのうち内大臣部屋を出て
たまの逢瀬を　楽しもと
いつもの女房の　部屋にへと
逢瀬済まして　内大臣
戻って来たら　聞こえるん
居った女房の　内緒話
（何のことか）と　聞いてたら
してる噂は　我がことや
「偉ぶってても　人の親
今に困るん　起こるやろ
『子を知る』言うんは　嘘やがな」
言て膝つき　悪口を

(なんちゅうこっちゃ　やっぱりや
疑わんでも　なかったが
子供なんやと　抜かってた
世の中巧う　行かへんな)
とことの全部を　悟ってに
音も立てんと　場ぁ去った

二日ほどして　内大臣
またまた大宮　邸にと
機嫌悪そに　内大臣
「ここに来るんも　気ぃ悪い
女房ら我を　どう見てる

何も出けへん　我やけど
生きてる限り　ここへ来て
心配せん様に　努めるが
不肖な娘の　その所為で
恨みを抱く　ようなった
こんなん言うん　嫌やけど
止むに止まれん　心やで」
言うて目拭う　涙見て
大宮化粧顔の　色変わり
目ぇを大きゅう　見開いて
「この年齢なって　今更に
恨まれるやて　なんでやな」
とを言うん聞き　悪いなと
「母上頼って　まだ小さい
娘を預け　世話せんで

弘徽殿女御だけに　肩入れて
仕えの競いに　負けるんが
気ぃに懸って　放っといた
(任しとったら　この娘
なんとかなる)と　思てたが
思い掛けへん　こと起こり
あぁあ口惜しと　思ぅてる
あの夕霧は　賢ぅて
天下に並ぶん　おらへんが
従姉弟同士の　ことやから
世間が見たら　間に合わせ
幼な心に　任してて
放っといたんが　情けない」

とを内大臣（うちおとど） 言（ゆ）うたなら
夢にも知らん 大宮は
「詰まらん言葉 信じてに
荒立てるんは 情けない
姫君（ひめ）の名前に 疵（きず）が付く」

口惜（くや）しして言（ゆ）たら 内大臣（うちおとど）
「なんで嘘かい 仕えてる
女房ら陰で 笑（わろ）てんが
口惜（くや）しして辛（つろ）て 気ぃ悪い」
言（ゆ）うて座ぁ蹴り 出で行った

夕霧・雲居雁（くもい）束の間逢瀬

（源氏君年齢 33歳）

（もしちょっとでも 隙（すき）ないか）
思ぅて夕霧 通（かよ）てくる

今日も忍んで 来たけども
内大臣（おとど）の牛車（くるま）に 気ぃ咎め
人目を避けて 我が部屋へ

物陰隠れ 夕霧は
様子覗（うかご）て 居ったけど
咎められるん 気になるが
自分の六位を 貶（けな）された
こと思い出し 堪えられず
声を殺して しゃくりあげ
涙を拭（ぬぐ）うて 居る様子
気付いて乳母が 可哀想と
大宮（みや）に縋（すが）って 口説（くど）いてに
夕暮（くれ）の慌（あわ）ただ 紛れ中
雲居雁（ひめ）と夕霧 逢わしたで

二人は互いに 恥ずかしと
何（なん）も言（ゆ）わんで 泣いとった

やっと夕霧 泣き堪（こら）え
「内大臣（おとど）のするん あんまりや
仕方（しょう）ないのんで 別れたが
恋しゅう思たら 堪えられず
逢（あ）おと思たら 逢（あ）えた日ぃ
無駄に過ぎたん 悔しがな」
言（ゆ）うんは幼（おさな）て 痛々し
雲居雁（ひめ）が応（こた）えて 「はい」言（ゆ）たら
「恋しかったと 思てたか」
と夕霧が 尋（たん）ねたら

頷く雲居雁の　その様子
まだまだ幼ない　感じする

夕暮れなって　内大臣
戻って来たんか　仰々しい
前駆け声に　女房共
「帰って来た」と　びくつくに
雲居雁恐ろしと　震えるを
（騒げば騒げ　離すかい）
思い詰めてる　夕霧は
雲居雁つかまえて　離さんへん

内大臣の近づく　気配して
仕方無ぅなって　雲居雁
自分の部屋へ　引き上げた

後残された　夕霧は
きまり悪うて　胸詰まり
自分の部屋で　横になる

六条辺りに新邸を

（源氏君年齢　35歳）

源氏君静かな　住まいをば
同じことなら　広かって
見栄えあるのん　造ってに
あちこち離れて　逢われへん
明石君なんかも　集めきて
一所住まわそ　思ぅてに

六条京極　辺りでの
御息所の　旧邸の
周辺四町に　新邸を
八月なって　六条院
出来上がったで　移転へと

西南町（秋町）は　梅壺中宮（秋好中宮）の
旧邸やったで　そのままに
東南（春町）　源氏君　住まいにと
東北（夏町）　花散里の君
西北（冬町）　明石君にとて
それぞれ住まう　場所決めた

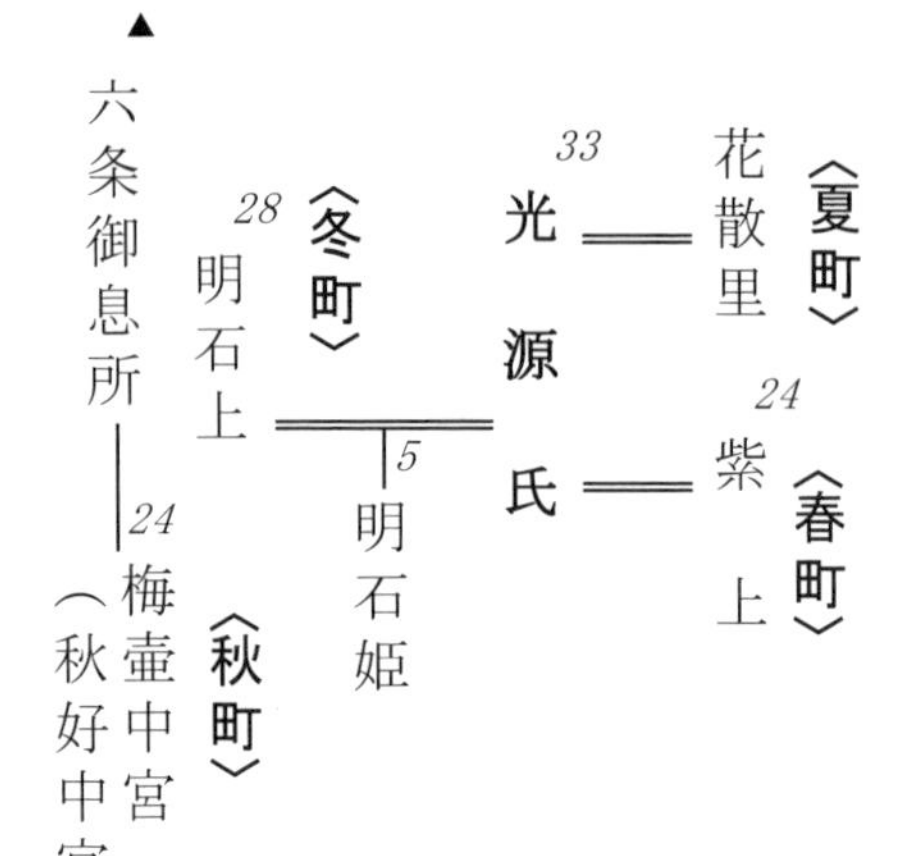

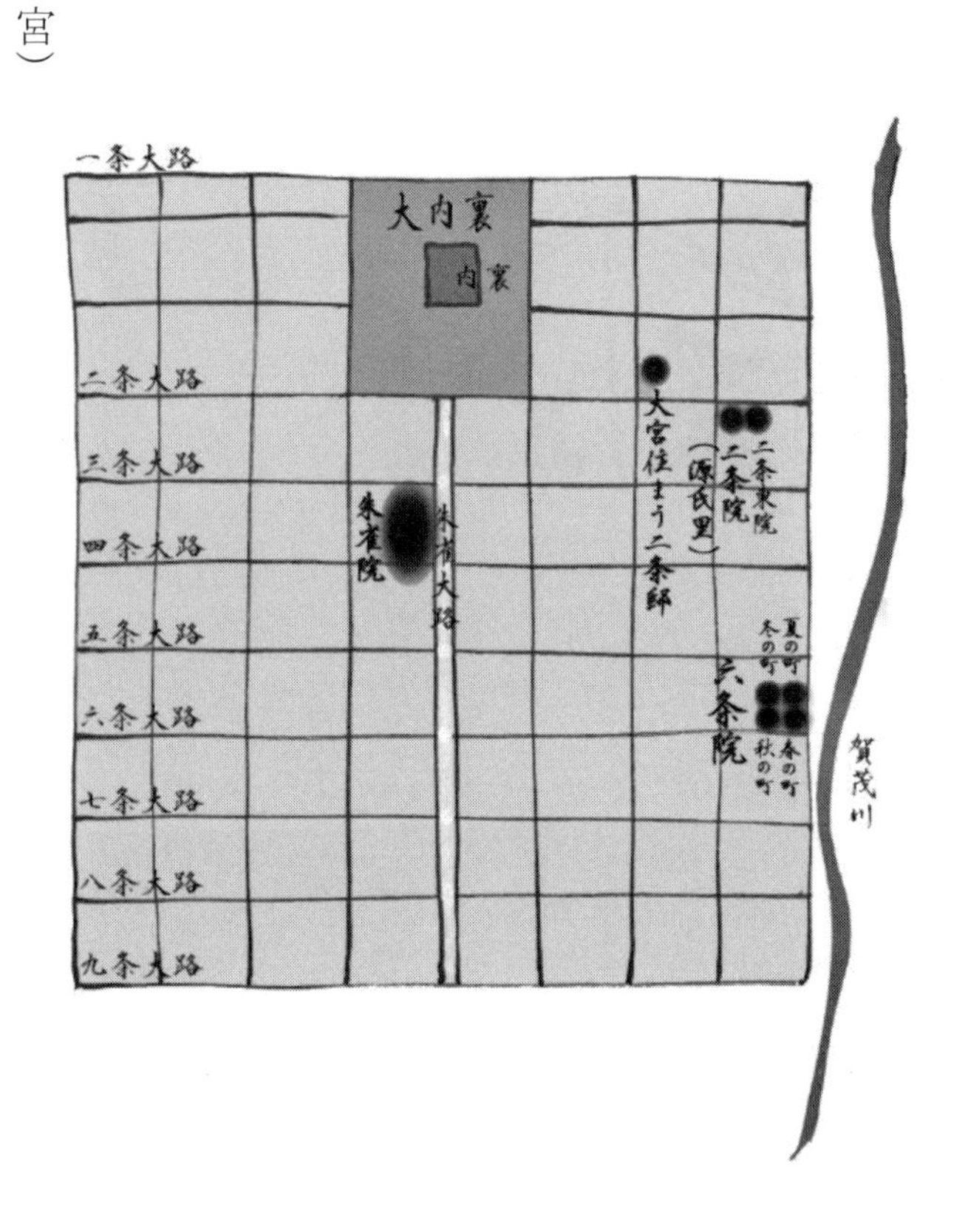

玉鬘（たまかづら）

【源氏君年齢：35歳】

大宰少弐▲ ＝ 西の京乳母 60頃
　子：兵部君 28、姉 37、三郎、次郎、豊後介 40頃
乳母 ― 右近 37
夕顔▲ ＝ 内大臣 40
　子：玉鬘 21

▲：故人

幼児筑紫で大人にと

（源氏君年齢　35歳）

夕顔死んで　幼児は
四歳なった　その年に
夕顔乳母の　その夫
筑紫へ下る　ことなって
それに連れられ　筑紫へと

年月経って　その姫君（玉鬘）は
立派に育ち　二十一歳
夕顔よりずっと　清らかで
父内大臣の血筋も　加わって
品あり美し　その上に
気立ても良ぅて　評判に
それ聞きつけて　女好き者の
田舎男の　大勢が

思いを寄せる　文なんか
せっせせっせと　送りくる
大夫監（太宰府の三等官）と　言ぅのんは
肥後に根え張る　一族で
ここでの声望　高かって
勢力の強い　土豪やった

無骨恐げの　気性やが
女好きやで（器量良ぇ
女を多数　集めてに
妻にしたい）と　思とった
姫君の噂を　大夫監聞いて
「ワシの妻に」と　せっつくが

「姫君は　身体に支障ある」
言て断るが　大夫監聞かん
（大夫の監が　睨んだら
この地住むんは　難して
事起こしたら　ひどい目）と
思い悩んで　姫君嘆き
（嫁ぐんやったら　死んだる）と
沈むんを見て　（アカンな）と
京上るん　決めたんや

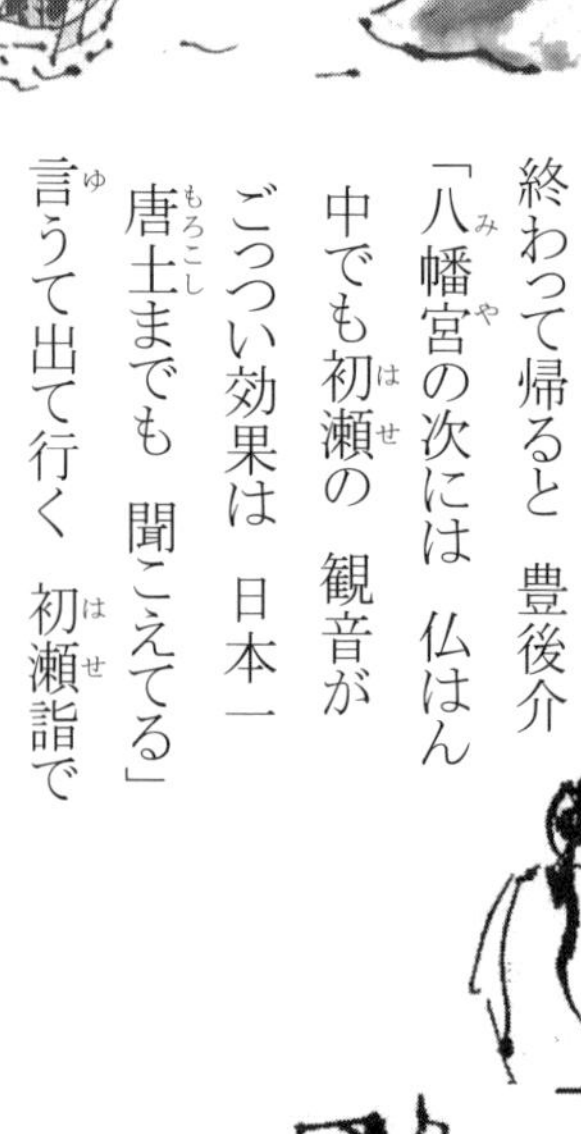

お礼参りに初瀬詣で

（源氏君年齢　35歳）

「神仏こそは　姫君の幸運
導てくれるに　違いない
ここの近くの　石清水八幡宮
今この京に　戻れたん
『ご利益貰て　無事ここに』
との報告を　早ぅにと」
言うて姫君をば　参詣せに
終わって帰ると　豊後介
「八幡宮の次には　仏はん
中でも初瀬の　観音が
ごっつい効果は　日本一
唐土までも　聞こえてる」
言うて出て行く　初瀬詣で

馴れへん歩きに　苦しけど
姫君は言うまま　懸命に
出てきて四日目　巳の刻に（午前十時ごろ）
息絶え絶えで　椿市に（初瀬寺の近くの宿場町）
歩くとも無ぅ　歩いて来
足裏腫れて　痛いんで
（仕方ないなぁ）と　宿坊へ

そこに来たんは　別の客
その来た客も　徒歩やって
相当の見分の　女二人
男女大勢　下人（下男・下女）連れ
馬を四、五頭　引きながら
人目忍んで　地味やけど
清か身形の　男らも

宿主人の法師は　泊めとうて
頭掻きつつ　揉み手なぞ

豊後介一行　気になるが
宿替えるんも　面倒やと
奥の方詰めて　片隅の
仕切り隔てに　姫君隠す

新らし客も　気置けんで
遠慮深ぅて　静かにと
互い気遣い　しておった

この客こそは　誰あろう
故夕顔慕て　恋いて泣く
右近その人　やったんや

豊後介隣の　仕切り傍
食事やろうか　盆持って
「これ姫君さんの　御前へと
　膳揃わんで　気引けるが」
言うんが聞こえ　ふと右近
（私らと違て　身分低い）と
思ぅて隙間　覗いたら
なんやら見覚え　ある男
すぐには思い　出せんけど

ずっと昔に　見た様やが
太って日焼けて　窶れてて
長い年月　会わんから
とっさの見分け　着かへんだ

「三条　姫君が　お呼びやで」
言われそこ来た　ある女
これも見覚え　あったんや

(あの夕顔の　下仕え
長ぅに勤めて　居ったんが
五条に身隠す　住まいにも
一緒に行った　者違うか)
これは夢かと　気ぃ付いて

(主人はどんな　人か)思い
確かめたいが　見えやせん

仕切りの傍の　三条を
呼んだが食うに　懸命で
すぐに来んのは　腹立たし

やっとのことで　三条が
そこに来たけど　言うのんは
「心当たりは　何もない
筑紫で過ごして　二十年
下衆のこのワテ　知っとるの
京人おらん　人違い」

右近その年齢　恥じながら
「覗いて見ぃや　もうちょっと
見覚えないか　この私を」
言うてその顔　出したなら

三条はたと　手ぇ打って
「なんとこれまあ　右近はん
嬉しや嬉し　こんなこと
どこからここへ　来たんかい
夕顔はんは　どうしてる」
言うて大声　泣き叫ぶ

会うたことをば源氏君へと

(源氏君年齢　35歳)

右近すぐにと　京戻り
源氏君に姫君との　再会を
それと無ぅにと　言う機会
あるかと思て　急ぎ足
源氏君の邸に　行ったんや

その日遅ぅに　着いたんで
翌日右近　そこ行って
昨夜初瀬から　戻ってた
上臈(位が上の女房)、若女房　居るなかで
紫上が特別　呼んだんで
晴れがましゅうに　右近思う

源氏君も側に　居ってから
「なんでや長い　初瀬詣で
律義者には　珍しい
独り者やに　どないした
若い男と　一緒かい」
と困らすの　冗談を

「お暇を貰て　七日間
特別何も　なかったが
初瀬の詣でで　懐かしい
人に遭ぅたで　パッタリと」

「捜し出したと　言ぅのんは
どこの誰かい　そこ居った
修行僧騙し　連れ来たか」
と尋ねたら　この右近
「なんと人聞き　悪いこと
実は儚ぅ　亡ぅなった
夕顔花の　その露を
見つけ出したん　言おぅかと」

聞いた源氏君は　空惚け
「ほんまと思えん　こと聞くな
長期間にどこに　居たんやろ」
言ぅたが右近は　気ぃついて
紫上がそのそば　居るのんで
そのままそうと　言えんでに

「辺鄙な山里　居ったとか
以前の女房も　居ったんで
昔偲んで　話したが
堪え切れんで　悲しゅうに」
とかを誤魔化し　話したら
「良えよ分かった　このここに
事情の知らん　人が居る」
と言ぅてから　打ち切った

それからしばらく　経ったあと
右近を一人　呼び出して
「そんならその女　我の邸
迎えることに　しようかいな
何かにつけて　長期にと
行方知れずが　気になって
心砕いて　居ったんや
嬉しゅう無事を　聞いたけど
このまま逢えんは　口惜しいで

父内大臣に知らす　必要ない
子おが少ない　我やから
思い掛け無ぅ　探す子を
捜し出したと　言うといて

夕顔を忘れた　ことないが
姫君ここ来たら　長年の
思いが叶う　気ぃがする」
言うて姫君にと　筆を執る

文は右近が　その身ぃで
言伝添えて　持ってった

源氏君は姫君に　衣装やら
女房らの分の　衣料など

当の本人　姫君は
（こんな良ぇ品　受け取れん
実の親なら　嬉しいが
知らん人から　物貰て
その上そこへ　行くなんか）
と思てなんやら　渋るんを

右近頻りに　執り成して
乳母らもそれに　加わって
「六条院行き立派に　なったなら
自然と内大臣に　伝わるで
親子の縁と　言うもんは
切れて終わるの　ことはない

右近でさえも　会いたいと
願ぅてたから　神仏が
それ導いて　くれたんや

まして内大臣の　姫君やから
お互い無事で　居ったなら
会えんこととか　あれへんで」
と皆でよって　諭させる

初音（はつね）

【源氏君年齢：36歳】

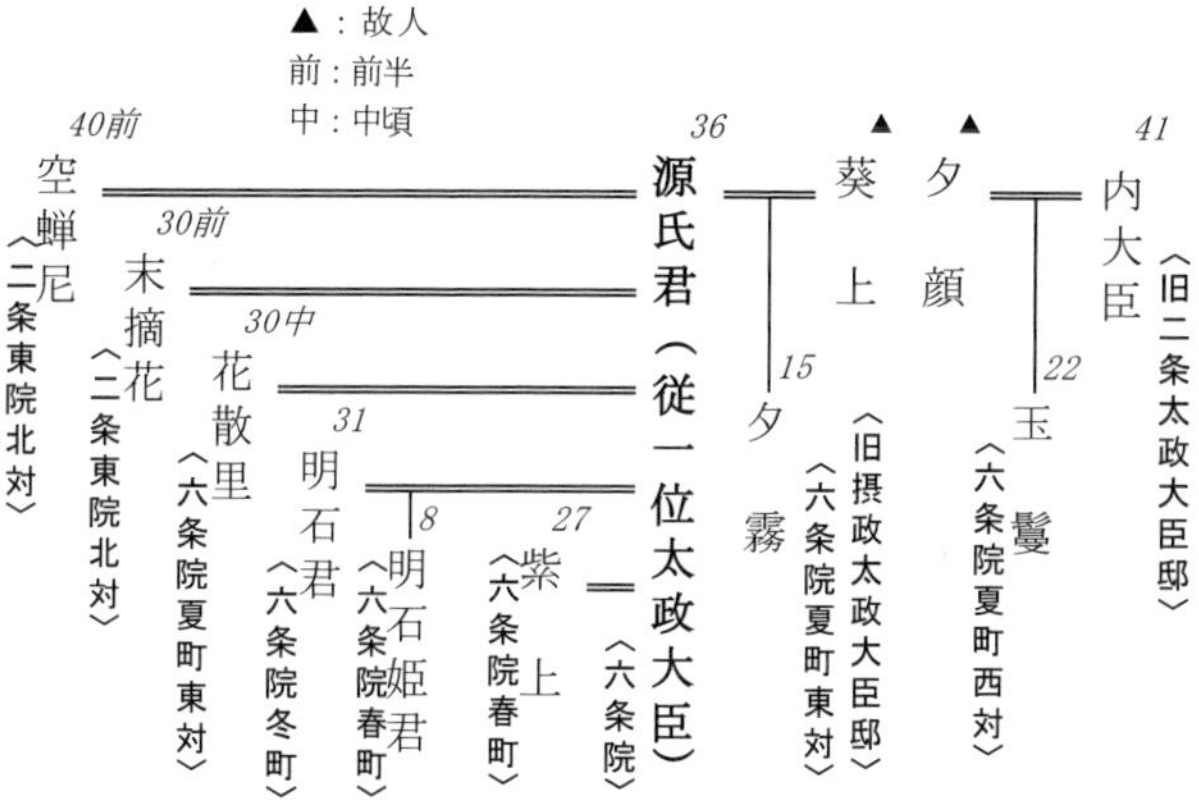

▲：故人
前：前半
中：中頃

- 内大臣 41〈旧二条太政大臣邸〉
- 夕顔▲ ― 玉鬘 22〈六条院夏町西対〉
- 葵上▲〈旧摂政太政大臣邸〉 ― 夕霧 15〈六条院夏町東対〉
- 源氏君 36（従一位太政大臣）〈六条院〉
- 紫上 27〈六条院春町〉
- 明石君 31〈六条院冬町〉 ― 明石姫君 8〈六条院春町〉
- 花散里 30中〈六条院夏町東対〉
- 末摘花 30前〈二条東院北対〉
- 空蝉尼 40前〈二条東院北対〉

春に華やぐ六条院

（源氏君年齢　36歳）

迎えた元日　朝景色
曇りもあらへん　うらうらに
そこら辺りの　垣根内
雪間に色づく　草若芽
春めく霞　たなびいて
木の芽ほんのり　萌（も）え出して
人の心も　浮き見える
まして六条院（ろくじょういん）　邸（やしき）では
玉敷いた様（よ）な　庭始め
見所（みどころ）ほんに　多かって
一層磨いた　女君（めぎみ）らの
住まいの様子　言葉には
言い尽くされん　良（え）え眺め

特に春町　御殿庭
梅の香りが　御簾内の
薫物香（たきもんこう）と　混ざり合（お）て
まるでこの世の　浄土やで
源氏君（きみ）が明石姫君（ひめ）へと　出向いたら
女童（めわらわ）とかの　下仕（しもづか）え
築山（つきやま）（庭園に造った小山）登って　小松引く
若い女房ら　私（うち）らもと
思いながらに　眺めてる

髭籠、破子が　姫君の前
五葉松の枝に　鶯の
添えられてんは　これまでに
会われんままで　北御殿におる
母の明石君が　わざわざに
思いを込めて　選んだか

【髭籠】
・竹で編み、編み残した端をひげの様に出して飾りとしたかご
・贈物を入れたりした
【破子】
檜などの薄板で作り、中に仕切りを設けた容器

これ見た源氏君　(母娘やに
会えんで居るん　可哀想)と
正月やのに　涙して

「返事は自分の　手ぇで書き
待っとるやろに　初便り」
と硯取り　書かさせる
朝晩見ても　見飽ひん
可愛い姿　これまでの
会わんだ長い　四年をば
(罪作りやな　この我は)
と胸詰まる　源氏君

花散里が　住もぅてる
夏の御殿に　行てみたら
季節に合わんで　静かにて
特別趣向　凝らさんは
品良え女主人に　相応しい
年月経っても　二人仲

心の隔て　無かってに
閨事なしの　日々やけど
仲睦まじゅう　居るのんは
他に例ない　妹背(親しい男女)やで
隔てに几帳　置いたるを
源氏君がちょっと　押しやるが
隠れもせんと　そのままで
薄藍色衣装は　地味やって
盛りを過ぎて　髪薄て
「見苦しゅうには　あらへんが
葡萄鬘(増毛鬘)とか　したら良え
我と違たら　興醒めや
そやけど我には　これが良え
心軽ぅに　我捨てた

女みたいなら　さぁ今は」
とかとか逢ぅた　時毎に
(我の気ぃの　長いんと
花散里の気持ちの　深いんを
思たら珍し　縁やなぁ)
とに思ぅてる　源氏君

去年のあれこれ　懐かしい
話し終えて　源氏君
西の対へと　向こたんや

西の対おる　玉鬘
ここ住んでんは　浅いけど
落ち着き見えるん　感じ良え
可愛らし女童　姿見え
女房らは若い　者が多い

部屋の設備は　簡単で
細々調度　揃わんが
小ざっぱりにと　住んどおる

玉鬘姫君　その人も
見るも美し　様やって
山吹襲　着ておるの
容姿一段　華やかで
何も欠点ん　見えへんで
輝くような　美しさ
見続けたいと　思うほど

長い気苦労の　その所為か
髪先ちょっと　細ぅなり
はらりと懸る　着物裾
それすら清らの　感じして
どこから見ても　素晴らしい

日暮れになって　源氏君
明石の君の　居る方へ
渡り廊下の　戸開けたら
風に送られ　簾内から
優雅で艶めく　その香り
品ある風情の　感じする
白小袿(※)に　掛ってる
鮮やかたっぷり　黒髪が
ちょっと薄まり　艶添うを
心惹かれて　源氏君
(新年早々に　どうかな)と
気咎めながらも　そこ泊まる

【小袿】
上着の着ないときに袿の上に着るもので袿より短い
【袿】
肌着と上着の間に着る下着

胡蝶（こちょう）

【源氏君年齢：36歳】

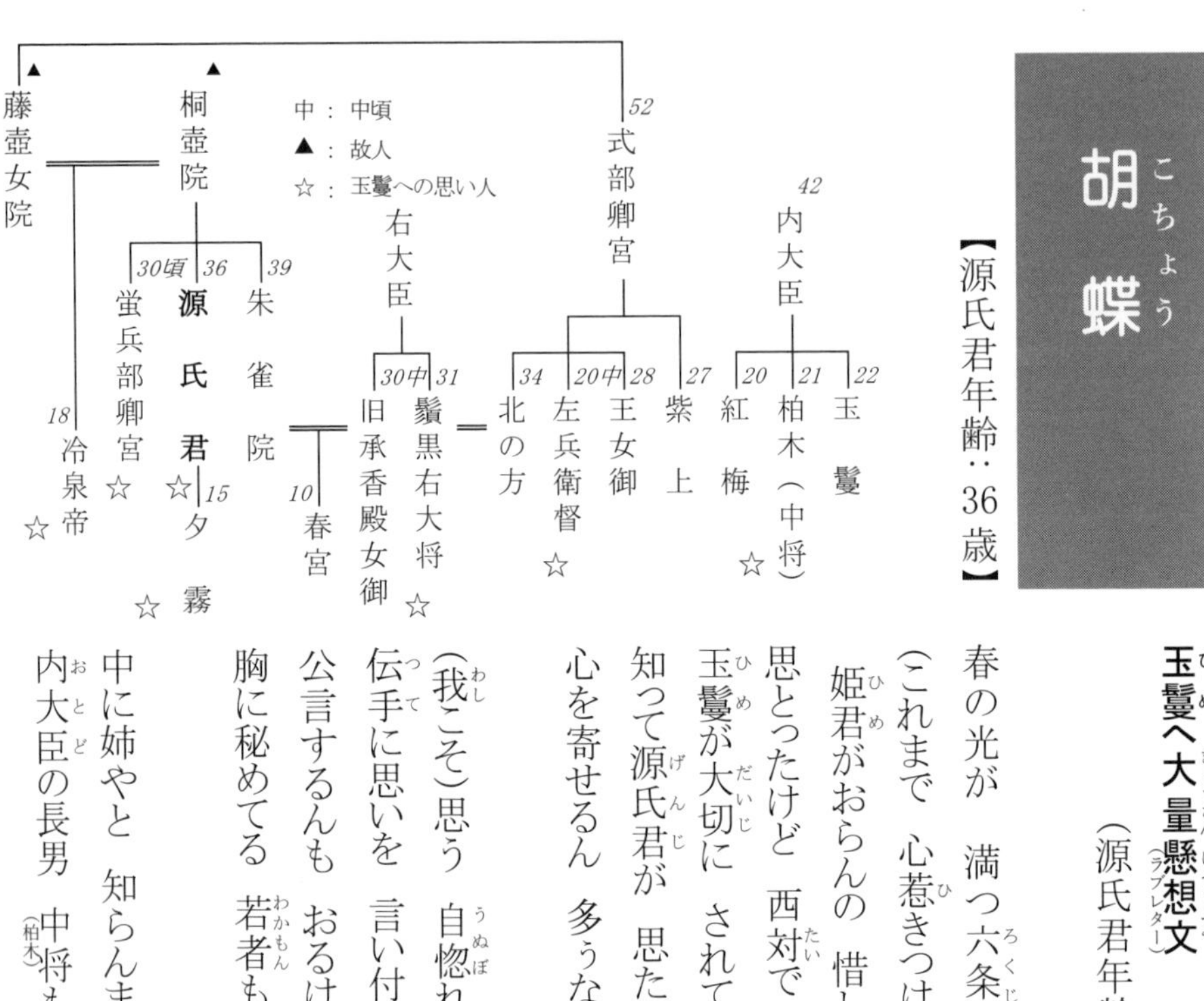

玉鬘へ大量懸想文（ラブレター）

（源氏君年齢　36歳）

春の光が　満つ六条院
（これまで　心惹きつける
姫君がおらんの　惜しいな）と
思とったけど　西対で
玉鬘が大切に　されてんを
知って源氏君が　思た様に
心を寄せるん　多ぅなる

（我こそ）思う　自惚れは
伝手に思いを　言い付くや
公言するんも　おるけども
胸に秘めてる　若者も
中に姉やと　知らんまま
内大臣の長男　中将（柏木）も

兵部卿宮（源氏君の弟）　この人も
長ぅに連れ添た　妻亡くし
独り寂しゅう　三年を
過ごして来たんで　今はもう
気遣いないと　その意思を

西の対居る　玉鬘
若いで　足らへんことあるが
心配りが　行き届き
親しみ易うて　気の置けん
人柄やから　皆好く

夕霧かても　親しゅうに
御簾近寄って　話すんを
玉鬘は恥ずかし　思うけど
女房ら実の　姉弟やと
思てる上に　夕霧は
真面目な性格　してるんで
色めく気持ち　持ちおらん

内大臣の子息ら　惹かれ来て
意思伝え様と　うろつくが
玉鬘は兄弟　思うたら
胸が迫って　（実親に
娘やとの知らせ　出来んか）と
心の中で　願うけど
源氏君にはそれを　言われんで
（そのうち何とか　してくれる）
と心許して　信じてる
その気遣いは　いじらしい

源氏君右近を　呼び出して
「文が来たかて　相手見て
返事のするせん　考えよ

恋に節度の　無い女が
不都合招く　その原因は
男にだけの　罪でない

我に覚えが　あるのんで
女から返事　なかったら
（薄情やなぁ　憎らしい）
（なんと分らん　女やな）
（身の程知らんと　生意気に）
と思とった　ことあるが

花や蝶やを　口実に
男が寄越す　文なんか
それ放っといて　焦らしたら
男心は　燃えるんや

返事出さんで　そのままで
男に　忘れられたかて
何も気にする　ことはない」
言うたら横向く　玉鬘
横顔いかにも　美しい

玉鬘を前にし　源氏君
「我があれこれ　言うのんを
なんでや思うん　分かるけど

結婚事は　親にかて
「こうや」と言えん　もんやけど
それほど若い　年齢やなし
自分で決めるん　出来るやろ

我を母親　思たら良
其女の思いに　添えんだら
我も辛ぅに　思うから」

とかとか親身に　諭すんを
心苦しと　玉鬘聞くが
(黙っておるんも　どうかな)と
「分別のない　幼なから
親を知らんと　きたのんで
親の思いは　分からへん」

とにおっとりと　言うたなら
源氏君(そやな)と　思ぅてに
(そんなら世間の　諺の
『育ての親も　実の親』
思ぅて我の　真心を
ちゃんと　見届けたら良え)と
言い掛けたけど　源氏君
照れもあってか　恋心
口にするんは　出来んでに
それとは無しに　込め言うが
玉鬘の気付かん　様子見て
嘆息しながら　帰りへと

玉鬘を訪ねて心内を

（源氏君年齢　36歳）

源氏君は玉鬘が　気になって
出掛けて度々　世話をする
「其女を初めて　見たときは
それほど似てると　見なんだが
このごろなって　夕顔かなと
見違うてに　胸騒ぐ」
と言いながら　涙ぐむ

言いつつ玉鬘の手　取ったなら
ちょっとも思わん　ことなんで
（困ったなぁ）と　うっ伏せる
姿床しゅて　手も柔ら
身形　肌つき　細やかが
源氏君の心　掻き立たせ
日頃の思いを　今こそと

玉鬘は心が　乱れきて
（どしたら良か）と　震えるん
はっきり分かるが　源氏君
「なんでそぅまで　嫌うんや
これまで思慕　隠してに
他人の咎めを　避けて来た
あんたも隠して　居ったら良

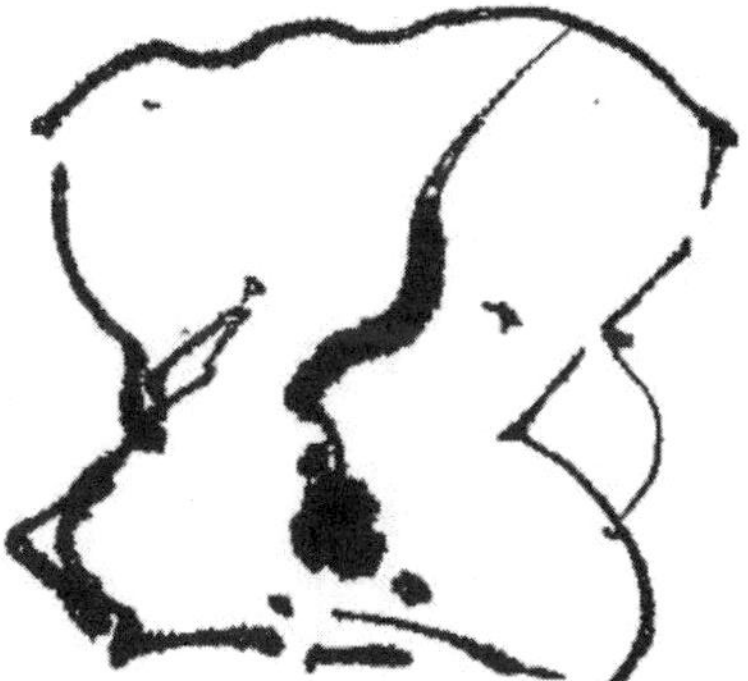

こないに深い　愛情持つ
男この世に　おらへんで
他男が慕うん　悔しがな」
と理屈に合わん　親心

いつも会ぅてる　仲やけど
滅多あらへん　チャンスやで
思いの丈を　口にした
昂ぶり堰を　切ったんか
着褻れた衣を　そぅおっと
滑らせ脱いで　玉鬘の横

「そんなに嫌う　ことないで
例え初めの　男でも
恋の道とか　落込ったら
身ぃ任せるん　ふつうやで
その上長期ぅに　親しんだ
我が隣で　添い寝する
それだけやのに　嫌言んか

今から先は　何もせん
堪え切れへん　切なさを
慰めたいと　思うだけ」

そう言た後も　また更に
募る思いを　切々と

間近感じる　玉鬘様子
あの夕顔が　偲ばれて
しみじみ胸の　源氏君

そやが自分の　突然の
軽率なんに　気ぃ引けて
(不審思われん　嫌やな)と
夜更け前やが　出て行こと

「こんな嫌われ　悲しいで
我れを忘れて　熱上げん
他には誰が　居るやろか
心の底から　思慕てんや
人から咎め　受ける様な
ことは絶対　せんからに

あの夕顔偲ぶ　慰めと
ちょっと話を　したいんや
夕顔に代わって　返事して」

としんみりと　言うけども
何も考え　出来ん玉鬘
ただ情け無ぅ　思うだけ

「見たこともない　頑固やな
大層憎まれた　こっちゃな」と

嘆息ついて　源氏君
「絶対他には　洩らさんと」
言うてそのまま　出て行った

蛍（ほたる）

【源氏君年齢：36歳】

▲：故人
★：源氏思い人

▲桐壺院
30頃 蛍兵部卿宮
27 紫上
36 源氏君
★▲ 夕顔
41 内大臣
31 明石君
（養女）
8 明石姫君
15 夕霧
★22 玉鬘

光る蛍に浮かんだは

（源氏君年齢　36歳）

兵部卿宮（源氏君の弟）　熱心に
せっせと文を　寄越し来る
恋心抱き　日ぃ経つが
なんも進展　ないままに
五月になったん　心配で
《せめてもちょっと　近行くん
許してくれたら　気休まる》
寄越す文見て　源氏君
「何考えて　おるのんや
こないに兵部卿宮が　熱心に
言うんを見過ごす　ことないで
素っ気なしにと　放っとかず
時には返事を　せんかいな」

言うて教えて　書かすけど
玉鬘はますます　気ぃ滅入り
「気分悪い」と　書ことせん
仕える女房の　誰も皆
それほど教養　持たへんが
ただ夕顔の　その叔父で
宰相（＝参議：中納言の下）やった　その娘
気立てそれほど　悪ぅない
落ちぶれたんが　仕えてた

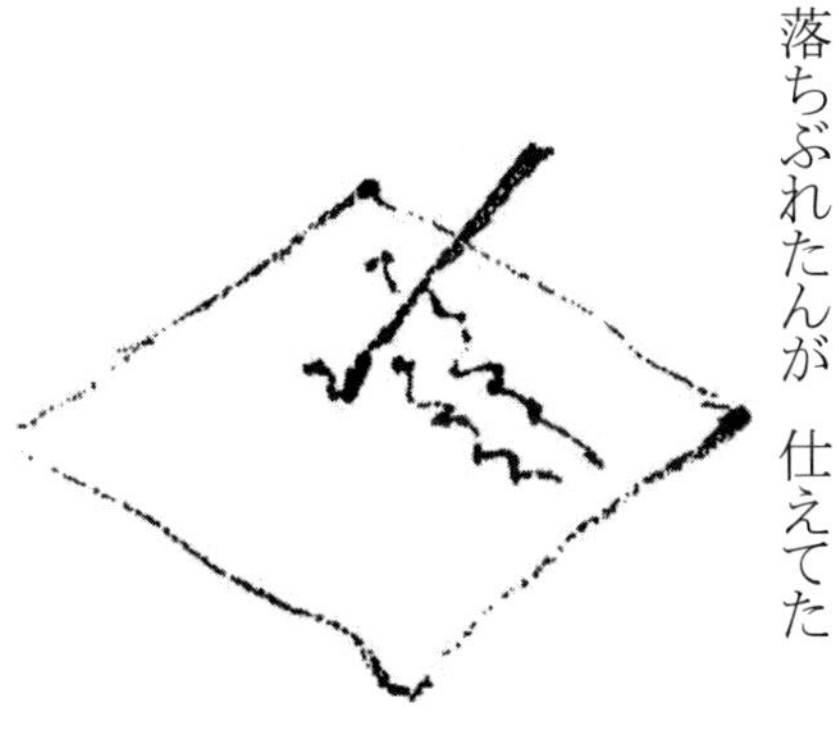

この　宰相の君だけは
文字が上手で　あったんで
兵部卿宮の反応　知りとうて
言うたまんまに　文書かす

源氏君今かと　身勝手に
来るの待ってん　知らんとに
(良え返事来た　珍し)と
忍んで来たんや　兵部卿宮

妻戸の部屋の　敷物に
几帳を隔てて　玉鬘近へ

兵部卿宮がゆっくり　言い掛ける
思慕の言葉　優しゅうて
色めきのない　趣や

源氏君は(しめた)と　隠れ聞く

玉鬘は奥深　東廂の間
兵部卿宮の言伝て　伝え様と
宰相君が　いざり来たん見て
焦れた源氏君は　小声にて

「奥での対応　もどかしい
相手次第や　何事も
年齢に合わへん　子供やで
この兵部卿宮にまで　よそよそと
女房介すん　どうかいな
直接で無うても　近うにて」

と諌めるが　玉鬘
戸惑うけども　放っとけば
(忠告するんを　口実に
今にも源氏君が　寄ってくる)

と思い悩んで　仕方ないと
その場離れて　母屋の際
几帳の傍へと　そっと寄る

兵部卿宮があれこれ　話すけど
玉鬘が返事を　せんの見て
源氏君近寄り　突然に
几帳帷子　捲ったら
ぱっと光るん　広がった

宵の間に　蛍虫
集め包んで　隠しとき
几帳に寄った　ふりをして
源氏君逃がした　その蛍

(我の娘や　からこそと
思て言い寄る　兵部卿宮やけど
蛍で玉鬘を　見さしたら
姿や器量が　これほどと
まさか思わん　やろうから
ビックリするのん　見てみたい)
と企てた　悪戯や

(玉鬘が居るんは　あの辺か)
と思とった　兵部卿宮やけど
近ぅに居てる　気配して
胸躍らして　几帳隙間
覗ことしたら　すぐそこに
思いがけ無ぅ　蛍光に
浮かんだ姿　ちらっとに

とつぜん光に　照らされて
扇で隠す　横顔は
息呑むほどに　美しい

そのうち光　消えたけど
それの眺めは　風情ある

束の間やけど　すらり臥す
美し姿　見た兵部卿宮は
源氏君の思惑　通りにと
心を玉鬘に　惹かれてに

「鳴かんけど
　蛍の光りは
　　消えへんで
　なんで消えるか
　　我の恋いの火
お分かり願い　ますかいな」

言われてぐずぐず　してんのは
どうかと思い　玉鬘

「鳴かんまま
　身焦がし光る
　　蛍火は
言うに勝るの
　私の心や」

とかさりげ無ぅ　返事して
そのまま奥へ　入ってた
呆気も無しの　扱いに
兵部卿宮は悔しと　増す焦がれ

常夏(とこなつ)

【源氏君年齢：36歳】

▲：故人

- 按察使大納言北の方（30代）＝内大臣（41）
  - 雲居雁（17）
- 某女▲＝内大臣
  - 近江君（20頃）
- 夕顔▲＝内大臣
  - 玉鬘（22）

「あの幼児(おさなご)」が現れて

（源氏君年齢　36歳）

「どこで聞いたか　忘れたが
他所(よそ)で生ました　娘とか
それ探し出し　内大臣(うちおとど)
育てる言(ゆ)うん　ほんまかい」
弁少将(内大臣次男)に　源氏君(きみ)訊(き)くと
「たいしたことで　あらへんが
この春頃に　幼児(おさなご)を
夢見た父の　その話
どこで聞いたか　女来て
「ワテの事やが　話ある」
言(ゆ)て名告るんを　右中将(ちゅうじょう)(内大臣長男)聞き
『証拠あるか』と　訊(き)いてたが
この我(わし)詳しゅう　知りはせん

珍らしいなと　世間(よのなか)の
噂になって　父かても
家(うち)の者(もん)かて　恥じとおる」
聞いた源氏(げんじ)君は　（やっぱり）と
「そやでその女(こ)は　内大臣(おや)の娘(こ)や
手当り次第　手ぇ出して
底まで澄んで　ない水に
曇らん月かて　映るかい」
笑(わろ)うて言(ゆ)たら　夕霧も
ほんまを知ってて　笑い転(こ)く

弁少将と　藤侍従(とうじじゅう)（内大臣三男）
（手厳しいな）と　思とった

新らし迎えた　女をば
邸(やしき)の皆は「あんなんは」
と軽蔑し　世間(よのなか)も
「アホやなかろか」言(ゆ)うてんを
聞いてた内大臣(おとど)　弁少将(しょうしょう)から
『何があった』と　あの源氏君(きみ)に
尋(たん)ねられたん　聞いたんで
なんやその耳　痛(いと)ぅてに

「そうや源氏君(あっち)も　これまでに
聞いたことない　賤(いや)しい娘(こ)
迎えて大切(だいじ)と　育ててる
他人(ひと)を悪ぅは　言(ゆ)わへんの
源氏君(きみ)や言(ゆ)うのに　当家(こっち)には
聞き耳立てて　貶(けな)しよる」

と言(ゆ)うたなら　弁少将(しょうしょう)は
「あの西対(たい)の　姫君は
欠点無いと　聞いとるで
兵部卿宮(みや)も心に　留めはって
悩んでるとの　噂聞く
『並の方(ひと)では　あらへん』と
皆(みんな)も思ぅて　居るらしい」

言(ゆ)うたら内大臣(おとど)　ムッとして
「新らし玉鬘(ひめ)も　もしかして
実の娘で　ないかもな

一癖持ってる　源氏君(あれ)のこと
好いた女を　引き入れて
実の娘て　言(ゆ)てるかも」

と貶すけど　口惜しんは
自分の娘の　雲居雁
(心尽くしに　育てきて
誰を婿にと　男らに
気ぃ持たせとぅ　思てたに)
とに夕霧を　恨んでに
(相応し地位に　なるまでは
許すもんか)と　思ぅてる

あれこれ思う　内大臣
ふと思いつき　雲居雁へと

雲居雁うたたね　しておって
単衣　羅(薄い絹織物)　涼し気で
横臥す小柄　可愛らして
透け見る肌も　そら綺麗

肘を枕に　扇持ち
流れる髪は　長いけど
多ぅは無ぅて　髪裾が
扇状になって　風情ある

女房も物陰で　休んでて
雲居雁は無心に　寝ておった

内大臣が扇　鳴らしたら
目覚めて見上げる　愛らして
赤ぅに染まった　頬つきは
美し見えた　男親の目に

「うたたねアカンと　言ぅたのに
なんで無様に　寝とるんや」
言ぅて雲居雁に　注意する

一方新らし　姫君を
〈どしたら良ぇんや　アホみたい
引き取ったけど　非難され
追い返すんも　軽率で
変なことやと　思われる

このまま邸に　置いてたら
〈本気で養う　気ぃかな〉と
世間が言うたら　腹立たし

いっそ　弘徽殿女御の
お付きの女房の　中に入れ
おどけ者言て　仕えさそ
皆が不器量と　貶すけど
それほど醜う　あらへんわ〉

と思い内大臣　「そう」するへ

この姫君近江の　生まれやで
近江の君と　呼ばれてる

近江君は顔色　良うてから
愛嬌溢れ　髪麗わ
それほど器量　悪ないが
狭い額と　早口が
品とか落とす　原因やろか

〈美人と言うには　遠いけど
鏡に映る　我に似る
やっぱり娘に　違いない〉と
前世を恨む　内大臣

篝火（かがりび）

【源氏君年齢：36歳】

30代 按察使大納言北の方 ═ 41 内大臣 ═ ▲夕顔 ═ 36 **源氏君**
▲某女 ═ 内大臣
30代 花散里 ═ 源氏君
内大臣 ─ 22 玉鬘
内大臣・▲某女 ─ 20頃 近江君
按察使大納言北の方 ─ 17 雲居雁
源氏君 ─ 15 夕霧
夕霧 ═ 雲居雁
花散里 ┄ 玉鬘（後見）

▲：故人

近江君と比べこの私は

（源氏君年齢　36歳）

このごろ流布れる　話種
「内大臣の新らし　姫君は」
と囃すんを　源氏君聞いて
「どんな事情か　分からんが
人目付かんと　おったんを
大騒ぎして　引き取って
単なる噂や　知れんけど
笑いの種に　さすのんは
人が悪いな　内大臣

けじめの厳しい　性格やから
良ぅ調べんと　得た姫君を
気に入らへんで　嫌ろてるか」
とその姫を　気の毒に

噂を聞いて　玉鬘
（比べて私は　まだ良ぇか
実の親やと　言ぅたかて
長年人柄　知らんから
うっかり近ぅに　行ったなら
恥ずかし目ぇに　遭ぅたかも）
と自分のこと　見返ると
右近も「そうや」　うなづいた

嫌らし恋心　持ってるが
心のままに　無理矢理に
迫らんといて　愛情を
示す源氏君に　慣れてきて
だんだん玉鬘も　馴染んで行く

野分

【源氏君年齢：36歳】

内大臣 41
夕顔 ★▲
源氏君 36
紫上 27
六条御息所 ★▲
花散里 30代
明石君 31
（養女）
秋好中宮 ★27
冷泉帝 18
玉鬘 ★22
明石姫君 8
夕霧 15
（後見）
▲：故人
★：源氏思い人

野分騒ぎに夕霧は

（源氏君年齢　36歳）

その年野分（台風）　凄まじゅう
空模様かて　急変し
場所構わんと　吹いてくる
日ぃ暮れてって　物見えず
風吹き荒れるん　気味悪て
格子とか皆　下ろさすが
「花はどやろか　気懸り」と
秋好中宮（梅壷）ひどぅ　嘆いてる

春町にかて　吹き荒れて
手入れしとった　前庭の
露を湛えて　風を待つ
風情に咲いてる　小萩をば
壊す荒風　枝折って
露残さんと　散らすんを
紫上端近で　眺めてる

その時源氏君は　そこで無て
明石の姫君の　部屋居った
源氏君居れへん　所へと
夕霧が来て　廊下での
衝立越しに　妻戸（両開きの板戸）隙
何の気なしに　覗いたら
風に屏風も　畳んでて
見通しの利く　廂の座

間違いも無ぅ　その女は
気高で清らか　美して
その様春の　曙の
霞みの間に間に　咲き誇る
樺桜(山桜の一種)かに　見えたんや

御簾が風吹き　上がるんを
抑え様として　女房が
狼狽えてんを　微笑んで
紫上が見てるん　美しい

明石姫君許　居った源氏君
西の対から　戻ったら
そこ居る夕霧　見つけてに

「お前どこから　ここに来た」
言うたら夕霧　答えるは
「三条宮に　居ったけど

『ひどぅに風が　吹いてきた』
と人言ぅんで　気になって
ここへ急いで　駆け付けた

あっちは大層　手薄やで
大宮はんも　風音に
赤児の様に　怖がって
居ったで　また行こ思ぅてる」

言うて夕霧　出て行って
大宮慰め　夜明け前
また春御殿　戻ったら
まだ格子かて　上げんまま

格子に近づき　聞いてると
源氏君と紫上の　話し声

なんやら物音　したん聞き
源氏君格子を　上げるんで
夕霧近いん　気ぃ引けて
後ろに退がって　控えたら

「昨夜はご苦労　大宮は
さぞ喜んで　居ったやろ」

「はい喜んで　居られたが
何かにつけて　涙がち
可哀想やら　哀れやら」

源氏君ふとにと　思い出し

「恐ろし風で　あったんで
秋好中宮とこに　仕え人
確かな者が　居ったかな」
言て夕霧に　文持たす

そこで夕霧見たのんは

（源氏君年齢　36歳）

紫上と源氏君おる　春の町
格子は皆　上げたって
昨夜良えなと　見た花が
見る影も無ぅ　萎れ伏し
それ眺めてた　源氏君へと
秋好中宮へ行って　戻っての
夕霧報告　したのんや

『あの荒々し　風やけど
（殿の力が　防ぐ）とに
思い信じて　居たらしが
子供みたいに　怯えてて
見舞いにやっと　安心に』
との伝言を　伝えたら
「秋好中宮に会うんは　気後れす
なんの威厳も　見えへんが
思わずこっちが　気ぃ遣う
おっとり見えるが　どこと無ぅ
　人と違うん　持っておる」
言うて御簾から　出で見たら
座る夕霧　別の方
眺めて気付かん　様子見て
感良え源氏君　怪訝と
戻って紫上に　問い掛ける

「昨夜の風に　紛れてに
夕霧が貴女を　見なんだか
あすこの妻戸が　開いとった」
聞いて紫上　頬赤め
「いえそんなこと　廊下にも
　足音なんか　せんかった」
言うたら源氏君　首振って
「それは違うやろ　怪しいな」
と独り言　言いながら
あちこちの姫君　見舞いにと
夕霧連れて　出向いて行
夏の町での　西の対
風恐ろしと　過したか
寝過ごしたんか　玉鬘
鏡を前に　身繕い

屏風畳んで　隅に寄せ
調度をざっと　片付けて
華やかに射す　日の光
中に美し　玉鬘がおる

源氏君すぐ傍　腰下ろし
風の見舞いを　口実に
いつもの様に　くどくどと
思慕の丈を　話し出す

源氏君親しゅう　話すんを
(玉鬘のあの顔　なんとか)と
思うておった　夕霧は
隅の間御簾の　側にある
ちょっと乱れた　几帳端
それ引き上げて　覗いたら
遮るの物が　ないのんで
奥までずうっと　見渡せる

戯れてんが　良う見えて
(異常しことを　するもんや
親子言たかて　懐に
抱き抱えるの　年齢でなし)
と見てる目ぇ　離されん

見てるん知れたら　恐ろしが
異様様子に　びっくりし
目えを凝らして　眺めたら

柱隠れて　横向きの
玉鬘を源氏君が　引き寄すと
髪が揺らいで　顔かかり
嫌がるように　見えてるが
穏やかそうに　寄り添うは
なんや馴れてる　様やがな

見えてる玉鬘の　その姿
(実の姉やと　言うてるが
縁かて遠い　腹違い)
思たら疾しい　恋心
起こし兼ねへん　その魅力

昨夜それ見た　紫上に
ちょっと劣るが　見るだけで
微笑ましんは　変わらへん

行幸（みゆき）

【源氏君年齢：36歳～37歳】

50前 大宮
桐壺院 ▲
30頃 兵部卿宮
28 紫上
37 **源氏君**
▲ 葵上
42 内大臣
★▲ 夕顔
★23 玉鬘
19 冷泉帝

前：前半
▲：故人
★：源氏思い人

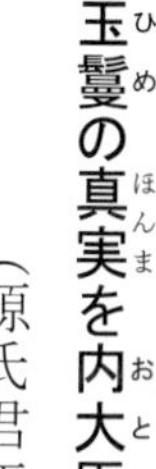

玉鬘（ひめ）の真実（ほんま）を内大臣（おとど）にと
（源氏君年齢　36歳）

十二月来て　大原野（西山一帯の台地）
行幸（みゆき）（帝が内裏を出ること全般）あるんで　見物と
世おを挙（こぞ）って　騒ぐ中
六条院（ろくじょういん）からも　女君らが
玉鬘かて　出掛け行き
大勢（ようけ）の供が　装いを
競う姿を　見たんやが
赤い袍（ほう）（束帯の上着）着て　凛々（りり）しゅうに
微動もせえへん　冷泉帝（ていい）姿
これと比べて　見てみたら
皆々なんやら　影薄い
自分の実父（ちち）は　どうかなと
探し見つけ様（よ）　しとったら

堂々として　清々（すがすが）し
男盛りの　その姿
優れた大臣（おとど）に　見えたけど
目がつと行くん　御輿（こし）の帝
冷泉帝（みかど）と源氏君（げんじ）は　別人と
思えんほどに　似てるけど
そう見る所為（せえ）か　帝の方が
威厳があって　畏れ多（お）い
源氏君（きみ）勧めるを　玉鬘
（宮仕えとか　身（み）分に合わん）
と戸惑うてたが　帝覧（み）たら
（帝（みかど）の寵愛　受けへんで
普通に側に　仕えるも
楽しいことが　あるかも）と
ちょっとはその気ぃ　傾いた

大宮にへと玉鬘のこと

（源氏君年齢　37歳）

太政大臣と　なった源氏君
以前より行動　控えるが
行幸の帝に　負けんほど
厳めしゅ光る　その容貌が
美しかって　それを見て
久しゅう会わんだ　大宮は
悪い気分も　消えた様に
起きて脇息　寄り掛り
弱々しいが　話する

昔話の　あれこれを
した序でにと　源氏君
「内大臣はちょくちょく　ここ来るか
なんかの時に　会えたなら
こんな嬉しい　ことはない
是非に話を　したいけど
会われへんのが　気になって」

「実は内大臣の　縁続き
思い違いで　偶然に
我が引き取る　破目なった

年齢を確認　してみたら
内大臣が探す　娘と分かり
事情伝えて　このことを
どしたら良えか　話したい」

思わんこと聞き　大宮は
「それはまあまあ　なんという
内大臣は名告って　来た皆を
拾い引き取り　したのんに
なんでそっちへ　行ったんや

そっちを親やと　間違ぅて
源氏君を訪ねて　行ったんか」

「いいえそれには　ちと訳が
詳しいことは　内大臣から

身分賤しい　女のこと
言うたら世間　騒ぐやろ
夕霧にかて　言うてない
外へは滅多に　洩らさんと」
と口止めをする　源氏君

聞いてびっくり内大臣

（源氏君年齢　37歳）

源氏君三条邸に　来てるんを
聞いた内大臣は　びっくりし
すぐに装束　特別に
簡素なもんに　着替えして
前駆け連れて　三条邸へ

久しぶりでの　対面に
内大臣昔を　思い出し
離れとったら　仕方もない
ことで競争　するけども
膝合わしたら　懐かしい
あれこれ出てきて　気ぃ和いで
昔や今を　長々と
話してその日ぃ　夕暮れに

内大臣源氏君に　酒勧め
「こっちが訪ねん　ならんのに
呼ばれへんのを　良えことに
そのまま日ぃが　過ぎてもた
今日のお越しを　知っとって
またまた　スッポかしたなら
怒られるかと　思たんで」
言うたら源氏君は　杯受けて
「叱り受けるん　こっちの方
いろいろ　思い当たるんや」
と意味ありそうに　言うたなら
（やっぱりそうか）と　内大臣
（雲居雁と　夕霧の
あのことかな）と　気ぃ廻し
面倒やなと　身ぃ正す

そんな内大臣(おとど)の　胸うちの
思いと違(ちご)て　源氏君
玉鬘のこと　それと無(の)ぅ

聞いて内大臣(おとど)は　びっくりし
「なんちゅうこっちゃ　嬉しがな
不思議なことも　あるもんや」
言(ゆ)うて出たんは　先ず涙

「往時(むかし)に　（どこへ行ったか）と
探した時は　悲しゅうて
いつの時かな　堪(た)えられず
洩らしたような　気ぃがする

人並なった　この今は
若気の至りの　詰まらん子
体裁悪いん　多数(よけ)おるが
それぞれ見たら　愛(いと)おしが

そんな時かて　まっ先に
思い出すんは　夕顔(あれ)の子や」

言(ゆ)うて話すん　思い出の
昔の雨夜の　品定め
あれやこれやの　体験談(たいけん)を
思ぅて泣いて　笑(わろ)ぅてに
打ち解け進む　この二人

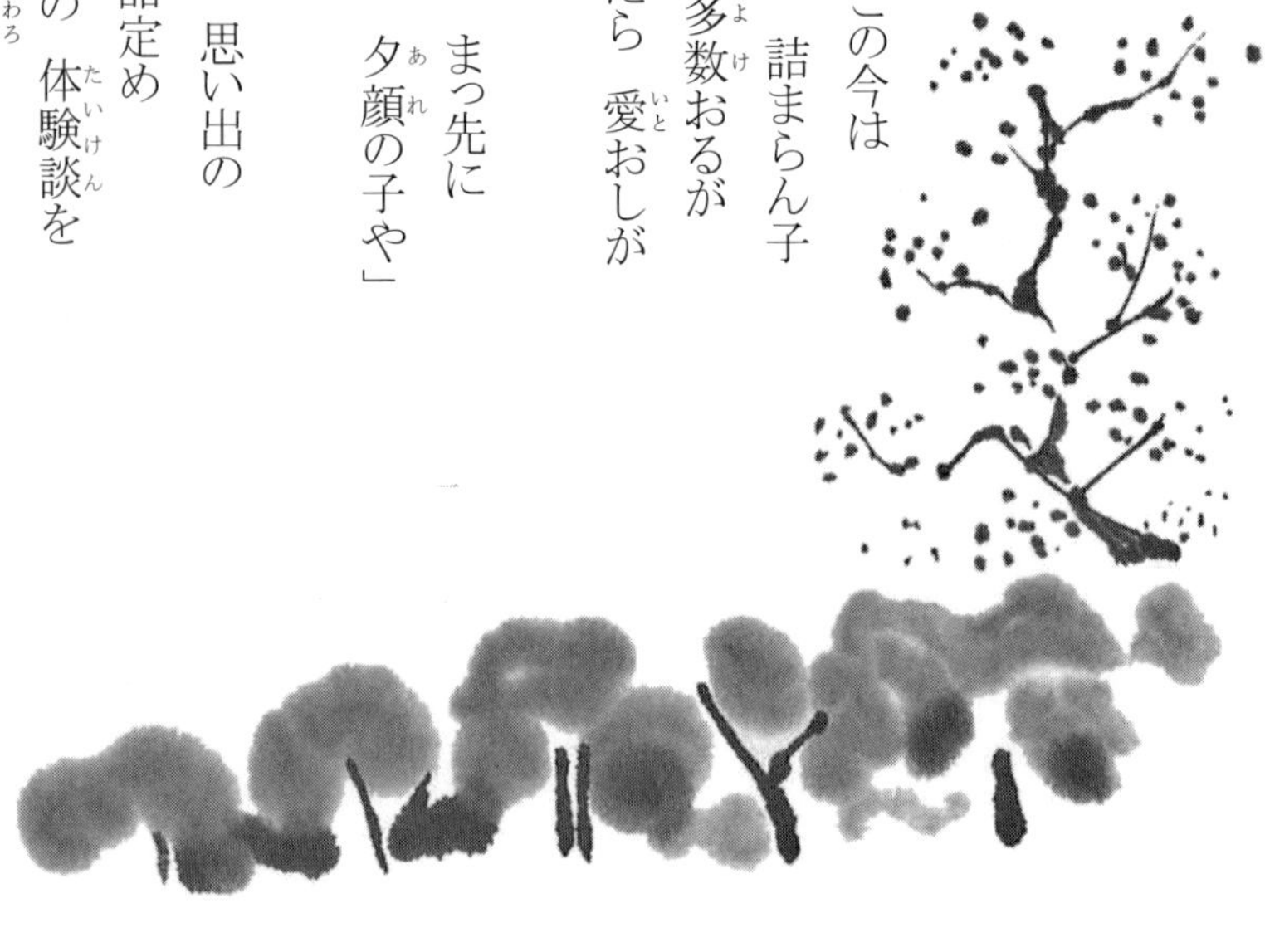

藤袴（ふじばかま）

【源氏君年齢：37歳】

中：中頃
▲：故人
☆：玉鬘への懸想人

- ▲藤壺女院 ＝ ▲桐壺院
  - 冷泉帝 19 ☆
- 桐壺院の子：蛍兵部卿宮 30頃 ☆／源氏君 37／朱雀院 40
  - 源氏君の子：夕霧 16 ☆
- 朱雀院 ＝ 旧承香殿女御
  - 春宮 11
- 右大臣の子：旧承香殿女御 30中／鬚黒右大将 32 ☆
- 鬚黒右大将 ＝ 北の方
- 式部卿宮 52（藤壺女院の兄）の子：北の方 35／左兵衛督 20中 ☆／王女御 29／紫上 28
- 内大臣 42 の子：紅梅 21 ☆／柏木（中将）22 ☆／玉鬘 23

夕霧玉鬘（ひめ）に言い寄るが

（源氏君年齢　37歳）

大宮（頭中将の母）死んで　喪ぉなんで
薄い鈍色（にびいろ）（濃い鼠色）　裳服とか
地味なん着てる　玉鬘（ひめ）姿
いつもと違（ちご）て　キリとした
華やか姿　女房らが
微笑（ほほえ）み見てた　その時に
同じ鈍色（にびいろ）　濃い直衣（のうし）
冠（かぶ）りに纓（えい）（冠の後ろに垂らす飾り布）を　巻いとおる
宰相中将　夕霧の
優美で清（すが）しが　源氏君（きみ）望む
宮仕えの気ぃ　確かめに
そこに訪（たん）ねて　来たのんや

初めは夕霧　玉鬘（ひめ）姉と
真面目に好意　寄せてたで
他人行儀で　ない態度
それ変えるんは　出来（でけ）ん玉鬘（ひめ）
几帳越しやが　直接（じか）話す

こんな時こそ　思ぅてに
持て来た美し　藤袴
御簾の端から　そと中へ

「実の姉では　ない今は
　この花の意味　分かるやろ」
と花放さんと　持ってんを
知らんと伸ばす　玉鬘の袖
引いて掴まえ　放さんで

「もうちょっとだけ　近ぅにと」
と夕霧が　言い掛ける

不審思ぅた　玉鬘
気付かん振りし　身ぃ引いて

「こないし話すん　縁深い
　人やからこそ　思うから」

言うたら夕霧　ちょと笑い
「我の胸深　知らんのか

（内侍で宮仕えん　仕方ないが
（帝の第一秘書官）
抑え切れへん　この思慕
どないにしたら　伝わるか
言うたら　嫌われるん違うか）
と胸内に　秘めてたが
押さえも出来ん　この思慕」

聞いて（嫌らし）思たんか
玉鬘は後ろへ　腰を引く

「なんと冷淡い　無理矢理に
迫らん我と　知ってるに
なんでこないに　嫌がるん」
言うて夕霧　続けるが
「気分悪い」と　玉鬘奥へ

残され夕霧　嘆息し
その場すごすご　立ち去った

（打ち明けん方が　良かったか）
悔むその胸　紫上浮かび
（せめて　今ほど近い所
物越しででも　仄かでも
声聞きたいな　いつの日か）
と思いながら　六条邸戻る

気付いとったか夕霧は

（源氏君年齢　37歳）

戻って夕霧　玉鬘のこと
報告したら　源氏君
「気ぃ進まんか　宮仕え
あの兵部卿宮恋に　長けとって
心を尽して　口説いたで
その気になったか　知れへんな
そやのに宮中に　仕えさすん
兵部卿宮に　気の毒や
そやが大原野　行幸折
冷泉帝を覧てに『ご立派』と
思ぅたのんは　確かやで
若い女は　仄かでも
帝を覧たら　良え思い

宮仕え断る　はずないと
思ぅて事を　進めたが」
と源氏君言たら　夕霧は
「玉鬘の気性を　思ぅたら
どないになるんが　良んやろか
秋好中宮の地位　万全で
弘徽殿女御覚え　高いんで
どないに帝が　好いたかて
肩並べんは　無理やろな

兵部卿宮は大層　熱心で
女御で入内　せんまでも
宮仕えして　その気ぃを
無視されたなら　不快やで
親しい兄弟　言ぅのんに
なんちゅう扱い　気の毒や」
と夕霧が　大人振を
「いやはやどない　したら良え
我の思いの　一存で
決めることでも　あらへんな
あの鬚黒　右大将も
煮え切らん我　恨むとか
玉鬘気の毒で　見過ごせず
引き取ったけど　その挙句
親でもないのに　恨まれる
思たら軽率　この我は

母親の遺言　忘れんと
山里に居る　聞いたんで
『実父内大臣が　嫌がる』と
言うて来たんを　引き取った

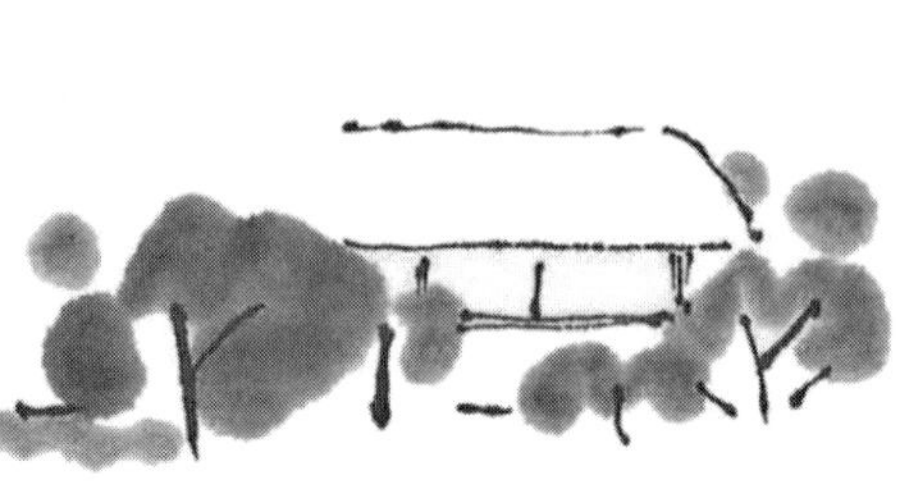

我が世話して　大切すん
見届けたんか　やっと今
内大臣娘と　認めた」と

源氏君つらつら　言うのんを
（本心どうか）と　夕霧は
「玉鬘を育てた　その好意
『自分のための　口実や』
と言う怪訝　噂聞き
内大臣でさえも　『そや』思て
鬚黒が結婚　願たんに
応えてOK　言うたとか」
言うたら源氏君　笑ぅてに
「見当違いや　皆全部
宮仕えでも　何にでも
実親が許すに　従ぅて
するんが事の　筋道や
我がどうこう　出来やせん」

と笑いながら　言う源氏君の
澄ますその顔　見たかても
夕霧掛けた　疑いは
ほんのちょっとも　晴れやせん
そんな夕霧　見て源氏君
（やっぱり気付いて　居ったんか
噂の通り　なったなら
面白無ぅて　口惜しから
我の潔白　内大臣にと
知らせたいな）と　思いつつ
（宮仕えをば　口実に
誤魔化しとった　恋心
良ぅも見抜いた　もんやな）と
気味悪思ぅ　源氏君

焦る男ら懸想文
（源氏君年齢　37歳）

内大臣の長男　頭中将（柏木）を
鬚黒右大将　始終呼び
玉鬘との結婚　せっついて
内大臣へ向こて　願うてた

この鬚黒の　右大将
今の春宮　その母の
承香殿女御の　兄やって
源氏君と内大臣の　その次に
冷泉帝の信任　篤うてに
年齢は三十歳　ちょっと過ぎ

その奥方は　式部卿宮（紫上の父）の
長女であって　紫上の姉
年齢が三つ四つ　上なんは
それほど不似合い　違うけども
その人柄か　右大将
「婆ぁ」と呼んで　大切せず
（別れたいな）と　思とった

恋に現を　抜かす様な
右大将では　ないのんに
今度のことは　そう違て

『内大臣も右大将　望んでる
玉鬘も宮仕えに　気進まん』
との内情を　知っておる
頭中将（内大臣の長男・柏木）からそれ　漏れ聞いて
（ただ源氏君だけが　嫌がるが
実の親さえ　良え言なら）
と玉鬘付きの　女房の
弁のおもとに　催促を

真木柱（まきばしら）

【源氏君年齢：37歳〜38歳】

式部卿宮 52 ＝ 大北の方 50中
　└ 北の方 35 ＝ 鬚黒右大将 32
　　　├ 真木柱 12
　　　├ 太郎君 10
　　　└ 次郎君 8

内大臣 42
　├ 玉鬘 23（＝ 鬚黒右大将）
　├ 柏木 22
　├ 紅梅 21
　├ 弘徽殿女御 20
　└ 八郎君 9

玉鬘を得たんは鬚黒や

（源氏君年齢　37歳）

玉鬘を得たけど　その後は
日数経ったに　玉鬘
打ち解け様子　見せんのを
(巧ぅは行かへん　もんやな)と
思い詰めてる　鬚黒は
辛ぅ思うが　その縁の
浅そぅないんを　噛みしめる

大勢に居った　求婚者
皆それぞれに　苦労したが
思わん男に　幸運や

日い暮れてくに　鬚黒は
玉鬘が住んでる　六条院へ
出て行きとおて　気も漫ろ

雪が激しゅう　降ってきて
(今の出掛けは　人目立つ
奥方が怒って　妬くんなら
腹立ちまぎれに　出掛けるが
こないに平然　されてたら
それも出来ん)と　悩みつつ
上げた格子の　外見てる

そんな様子を　奥方が見て
「ここに居っても　その心

他向いてたら　気ぃ悪い
他所に居っても　このワレを
せめて思い出し　くれるなら
凍ったこの袖　解けるけど」
とて穏やかに　手伝いを

奥方香炉　持て来させ
良人の衣装に　香を焚く

詰所におった　供の人
「雪が小止みに　なってきた」
「このまま居ったら　夜ぉ更ける」
とか奥方に　気ぃ遣こて
小声で(出掛を)　それと無ぅ

さぁ出掛けよと　した時に
思い鎮めて　脇息に
寄り座ってた　奥方が

突然ガバと　起き上がり
大き伏籠(※)の　香炉取り
鬚黒背後に　近付いて
バッと灰をば　打ちまけた

人が止める間　なかってに
アッと言う間の　出来事で
唖然鬚黒　呆と立つ

【伏籠】
・伏せておいて上に衣服を掛ける籠
・香炉で香りを付けたり、火鉢で衣を温めたりする

細かい灰が　目や鼻に
何が何やら　分からんで
慌てて払うが　更に舞い
堪らず装束　脱ぎ棄てる

大童なり　着替えるが
灰が大量　鬢掛り（耳ぎわの髪）
どこもかしこも　灰だらけ
これでは華美な　六条院へ
向かうことなど　出来やせん

奥方の父　式部卿宮
この経緯を　洩れ聞いて
「こんな冷淡う　されるのに
堪え続けんは　恥ずかしい
笑い者にと　されてまう」
と突然に　迎えにと

「さあ出掛けよ」と　奥方言うが
鬚黒右大将　以前から
可愛がってた　姫君は（真木柱）
（父に会わんで　行けんがな
ここで言葉も　聞かんだら
二度とは会えん　ようになる）
と思うんか　うつ伏して
出掛ける様子　見せんのを
「あの父思うか　情ない」
と奥方が　せっつくが

姫君は（今にも　帰るか）と
待ってて日暮れ　来たけども
その父親帰る　はずも無い

姫君は常々　凭れてた
東座敷の　中柱
他人に取られる　気ぃがして
小っちゃい字ぃで　和歌書いて
檜皮色した　紙重ね（濃い紫赤）
笄先で（髪を掻き上げるへら）　挟もうと

「これ限り
この邸出るが
親しんだ
真木の柱よ
（私を）忘すれんとって」
書くが涙で　書き切れん

梅枝（うめがえ）

【源氏君年齢：39歳】

桐壺院▲

後：後半
▲：故人

- 30後 旧承香殿女御 ＝ 42 朱雀院 ── 13 春宮
- 34 明石君 ＝ 39 源氏君 ── 11 明石姫
- 紫上 ＝ 源氏君
- 花散里 ＝ 源氏君 ── 18 夕霧
- 30中 蛍兵部卿宮
- 六条御息所▲ ── 30 秋好中宮

明石姫君の入内の薫物を

（源氏君年齢　39歳）

春宮はんが　二月には
元服儀式　するのんで
続いて明石姫君も　入内する
それ向け明石姫君の　裳着儀式
準備と源氏君　気ぃ揉むは
並々でない　心から

正月月も　末なって
公私共々　ゆとり出来
入内用意の　薫物を
準備と思う　源氏君
二月の十日　雨降って
庭先紅梅は　咲き盛り

色も香りも　床し折
兵部卿宮　訪ね来て
「裳着の儀式も　今日や明日」
と労いの　声掛ける
（ちょうど良えな）と　人呼んで
「調合された　薫物を
湿り気のある　この夕べ
試してみるんに　具合良え」
と姫君らにと　伝えたら
いろんな薫物　届き来る

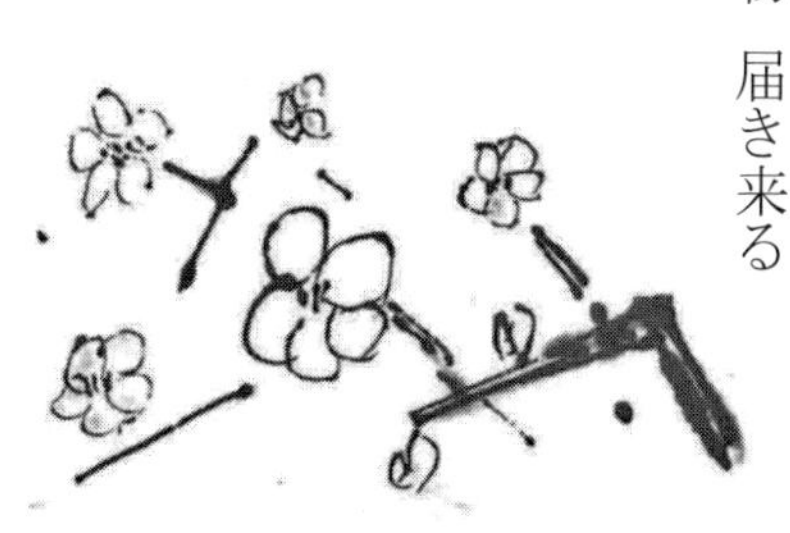

並べられたん　前にして
「どれが良えかを　判じてや
これ出来るんは　貴男だけ」
と源氏君言うて　香炉とか
運び来さして　試しみる

「我に資格は　ないけども」
言うて謙遜　しながらも
得も言われへん　芳し香
強い弱いを　嗅ぎ分けて
材料ちょっと　足らんをも
見逃さんとに　優劣を
次々決める　兵部卿宮

源氏君も自分で　調合の
二種類の薫物　出してくる

判定進めて　兵部卿宮
「なんと因果な　判定役なんや
大層煙い」と　愚痴を言う

優劣着かん　その中で
「前斎院(朝顔)作る『黒方』は
床しさ　心憎いほど

源氏君調合の　その『侍従』
優雅で優しい　香りや」と
兵部卿宮は判定　次々と
三種類作った　紫上のでは
華やか今風　『梅花香』
これまでに無ぅ　新鮮で
ツンと香るの　冴え香り

「今の季節の　そよ風に
香らせるには　これが良え(え)」
と褒めちぎる　兵部卿宮(ひょうぶみや)

花散里が　作ったは
(皆がそれぞれ　作るから
私(うち)が目立つん　どうかな)と
控え心で　慎ましゅう
『荷葉(かよう)』一種を　出しとった

これまで違い　しめやかな
懐かししみじみ　香りする

冬の御殿の　明石君
(薫物(たきもん)それの　それぞれが
季節を表す　もんやから
同じ(おんな)もんでは　負けるな)と

季節に関わり　無いもんと
『百歩(ひゃくぶ)の方(ほう)』を　思い付き
優美な香を　合わせてた

「苦心の作や　優れてる」
と兵部卿宮(みや)言(ゆ)うは　そのどれも
(素晴らしい)との　判定で
「上手(うま)うに逃げる　判者やな」
言(ゆ)うて微笑(ほほえ)む　源氏君

藤裏葉（ふじうらは）

【源氏君年齢：39歳】

39 源氏君
▲葵上
44 内大臣
24 頭中将
20 雲居雁
16 夕霧

▲：故人

遂に許さる二人仲

（源氏君年齢　39歳）

夕霧雲居雁（ひめ）を　長年に
思慕（おもい）続けた　甲斐やろか
内大臣（おとど）は気弱に　なっていき
（わざわざで無（の）て　さり気無（の）う
相応（ふさわ）しの機会　ないもんか）
思ておったが　四月来て
庭の藤花　見事咲き
妙なる香り　漂ようて
見過ごすん惜し　花盛り

管弦遊び　催して
日暮れて花の　美しに
（そうや夕霧　誘おか）と
頭中将（ちゅうじょう）（内大臣の長男）を使者（つかい）に　夕霧へ

使者（つかい）帰した　その後で
部屋に戻って　夕霧は
化粧念入り　施して
黄昏（たそがれ）時も　過ぎたころ
（待たしたったら　気揉むか）と
焦（じ）らし焦（じ）らして　出て行った

夕霧来たんを　知ったんで
冠（かんむり）付けて　出る内大臣（おとど）
北の方やら　若女房（にょぼ）に
声掛けそっと　言（ゆ）うたんは

「さぁさぁ見てみ　夕霧は
年齢取るに連れ　立派なり
態度落ち着き　堂々と
抜きん出大人の　その様子
源氏君より遥か　勝ってる
『あの夕霧は　学あって
その性格も　雄々しゅうて
全部備わる』て　皆が言う」
言て夕霧に会いに行く

「春の花皆　それぞれに
咲く美しさ　目え引くが
それも束の間　散るのんを
惜しいと思うが　藤花の
夏まで咲残る　愛おしさ
後れ咲く花　藤花は
（行き後れてた　雲居雁）
色も懐かし　思わんか」
（幼馴染の　縁やろう）

言うて笑顔を　浮かべるん
風格あって　美しい

だんだん夜ぉ更け　夕霧は
酔ぅた振りして　頭中将に
「酔ぅて苦しい　帰るにも
途中危ない　どっか部屋」
と頼んだら　内大臣
「そしたら頭中将　用意せぇ
酔ぅた老人　失礼や
ここら辺りで　消えるか」と
言い捨てその場　出て行った
そう頼まれた　頭中将は
「花の影での　泊まりかい
（行(ゆ)きずり恋と　違うやろな）
案内するんも　アホらしい」
との冗談に　夕霧は

「松に絡んだ　藤花は
（相惚れ恋の　二人仲）
一夜限りの　はずないで
とんでもない」と　言い返す

頭中将は（しゃくや）　思うけど
夕霧人柄　出来とって
（こうなったら）と　願てたで
気ぃ良ぅ雲居雁の　部屋へとて

（夢と違うか）と　夕霧は
（まんざら我も）と　思ぅてる
（恥ずかしなぁ）と　顔伏すが
美しなった　雲居雁容姿
飽きもせんほど　素晴らしい

雲居雁を前にし　夕霧は

「なんでその顔　隠すんや
『焦がれ死ぬか』と　世間で
噂になった　この我が
我慢したんで　許された
知らん顔すん　かんにんや

長い間の　苦しみと
酔いの辛いん　重なって
もう何もかも　分らへん」
言うたが苦しさ　増えてきて
そのまま横で　夜明けまで

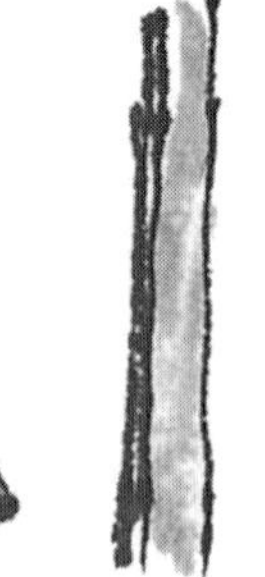

若菜上

【源氏君年齢：39歳から41歳】

45 太政大臣
▲ 葵上
21 雲居雁
26 玉鬘尚侍
24 紅梅
25 柏木（右衛門督）☆
19 夕霧（中納言）☆
40 源氏君 ☆
43 朱雀院
30後 蛍兵部卿宮 ☆
22 冷泉帝 ☆
14 女三の宮
14 春宮

後：後半
▲：故人
☆：女三の宮への懸想人

朱雀院気懸りの女三の宮
（源氏君年齢　39歳～40歳）

朱雀院は明け暮れ　女三の宮
気に懸けてるが　年の暮れ
病状ますます　重ぅなり
御簾の外へも　出られんに
これまで物の怪　その所為で
患ぅことも　あったけど
こんな長ぅは　なかったで
（今度ばかしは　助からん）
と朱雀院　思ぅてる
可愛い無邪気な　女三の宮
朱雀院がそれ見て　言うのんは
「女三の宮の身分を　弁えて
足らんをそっと　教えるの
頼れる人に　預けたい」

朱雀院　年配の乳母呼んで
裳着の支度を　させながら
「式部卿宮の　その娘
源氏君が引き取り　育てるが
同じ様に　この女三の宮を
引き取り大切に　してくれる
相応し人は　居らんかな

あの夕霧が　独り身で
居った時　言た良かったな
若て優秀て　将来に
有望あると　見えたけど」

と言うたんで　その乳母は
「夕霧元から　誠実で
長ぅ雲居雁に　思慕い寄せ
他には心　移さんで
今は望みが　叶たんで
それは無理やで　受け入れは
むしろ源氏君の　お方こそ
昔も今も　変わらんと
女性に興味　お持ちとか
特に高貴に　ぞっこんで
前斎院（朝顔）とかへ　今も文」

（そうやな真面な　暮らしをと
願う娘の　居る親は
〈あの源氏君こそ〉と　思うやろ）
と思い朱雀院は　悩んでる

病癒えんが　朱雀院
女三の宮の裳着をば　済ましての
三日の後に　出家した

しばらくしての　とある日に
（朱雀院がちょおっと　落ち着く）と
聞いた源氏君が　見舞い来る
朱雀院は来たんを　喜んで
苦しん押して　会ぅたけど
格式張るんは　避け様と
いつもの部屋に　座ぁ一つ

心細気に　朱雀院
（堪え切れん）と　涙して
弱々語るは　女三の宮こと
「皇女多ぉ　残すんを
心苦しゅう　思てるが
中の一人を　任される
人が居らんで　悩んでる」

とはっきりと　言わへんを
源氏君（気の毒）と　思たけど
やっぱり気になる　女三の宮のこと
聞き流すんは　出けへんで

「並の人なら　仕方ないが
内親王の　身ぃやから
後見無いんは　どうやろか

女性のための　全部を
世話さすんなら　預けてに
責任持って　大切する
保護者がおったら　安心や

女三の宮の将来　思うなら
これやと言んを　選んでに
内々婿と　決めとけば」

と思たこと　言うたなら
「我もそぅやと　思うけど
これがまたまた　難しい

さて厚かまし　頼みやが
幼い女三の宮を　気の毒と
思ぅて女三の宮に　相応しい
婿をその後　選ぶまで
源氏君に預けよ　思うんや」

とを朱雀院　願うんで

「畏れ多いけど　この我が
女三の宮のお世話を　するんなら
朱雀院のお傍と　変わらんと
気安ぅ女三の宮は　過される

そやけど余命　短ぅて
お世話の出来る　婿とかを
見つけ出すんが　出来るかと
心配やけど　まあ良えか」

言うて女三の宮をば　引受た

話すに紫上の胸内は

（源氏君年齢　40歳）

朱雀院から帰る　道すがら
心重たい　源氏君

（女三の宮を源氏君への　その噂
紫上は以前から　聞いてたが

（そんなことには　まずならん
前斎院相手の　執心も
そぅならへんで　終わったわ）
思ぅてそのこと　触れんまま
気ぃにも掛けん　振りするが
それ見て源氏君　可哀想と
（このことどないに　思うかな
女三の宮迎えても　この我の
紫上への愛は　変わらんが
それ分かるまで　紫上は
我を疑う　かもしれん）
という不安が　胸過り

「朱雀院が弱るん　見舞い行き
その場で身ぃに　沁みること
いろいろ話すん　聞いたんや

女三の宮を捨て難　思ぅてて
我に後見　頼んだで
気の毒思て　拒めんだ

紫上気悪う　思うやろが
何があっても　この心
変わることとか　あれへんで
嫌思わんと　おってえな

我の愛情　ないままに
ここ来る女三の宮が　可哀想や
お互い穏やか　過ごすんを
この我芯から　思ぅてる」

ちょっとの浮気も　不満やと
心を乱す　紫上やから
（どない思うか）　気にしたが
想像と違て　紫上は

「心の深い　頼み事
なんの不快も　あらへんわ

もしも女三の宮が　この私を
『目障りなんで　どっかへ』と
咎めることとか　せなんだら
気安ぅここに　居れる思ぅ

その母君私の　叔母やから
嫌われること　無い思ぅ」
と謙って　言ぅたなら

「なんと心の　広いこと
そやが（なんで）と　気に懸る
まあご理解を　頂いて
互い譲って　暮らすなら
こんな嬉しい　ことはない

慌てて騒いで　詰まらへん
嫉妬なんかは　せんように」
と懸命に　紫上諭す

紫上は　胸内に
（天から降った　出来事や
避けは出来へん　恨まへん

私に気兼ねを　するような
私が嫌やと　言われへん
源氏君の自分の　意志でない
朱雀院の願いや　仕方ないわ
ぐずぐず思ぅん　アホらして
世間に知れたら　恥ずかしい」

とおっとりの　紫上やけど
そぅ思ぅんも　もっともや

（思ぅてみたら　今さらに
なんと迂闊な　私なんや
〈好かれてるんは　私だけ〉と
思ぅて過して　来たけども
女三の宮がこのここ　来てもたら
私は世間の　笑い物）

と悲しみが　胸湧くが
顔に出さんと　振る舞てる

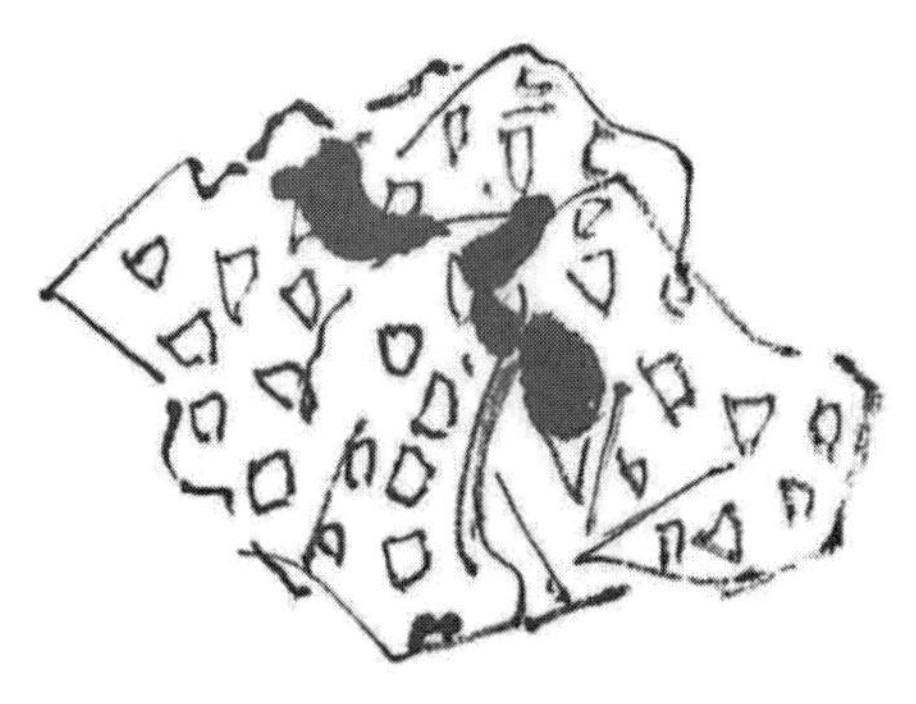

蹴鞠遊びに猫が出て

(源氏君年齢　41歳)

三月迎えて　空うらら
兵部卿宮や　右衛門督(太政大臣長男・柏木)
六条院へと　来たのんで
源氏君が迎えて　話とか

「今朝居た夕霧　どこ行った
することないんで　いつも通り
小弓(遊戯用の弓)射させせして　見よ思う
射るのん好きな　若いんが
居ったが惜しい　帰ったか」

と尋ねたら　「右大将(夕霧)は
大勢で　夏の町行って
蹴鞠をさして　見物に」

言うのん聞いて　源氏君
「見た目無粋な　蹴鞠やが
活気があって　面白いな
いっそそれなら　ここでに」と
言われて　そこへ来たのんは
多うは若い　公達や
見たい源氏君は　また更に
「鞠持て来たか　誰がおる」
問うたら「誰々」　答えたら
「そんならこっちへ」　言うてから
寝殿南の　庭に行く

風情な木立に　霞立ち
色々蕾　膨らんで
若葉の梢　萌える木陰
遊びは他愛　ないけども
蹴鞠上手や　下手とかが
(我は負けん)と　競う中
軽う参加の　右衛門督
その足捌き　さて見事
顔良て様子　美して
気遣いながら　生き生きと
鞠蹴ってんは　面白い
階段前の　桜陰
皆　花忘れ　やってんを
見てる源氏君と　兵部卿宮

（ちょっと休み）と　夕霧は
階段中段　腰掛ける
右衛門督も　そこ座り
「桜花が大層に　散ってくる
　花避け吹いたら　良えのんに」
言いつつ女三の宮の　部屋見たら

几帳を無造作　隅に寄せ
人がなんやら　騒いでて
そこへ可愛い　唐子猫（中国渡来の猫）
大っきい猫に　追われたか
急に御簾下　飛び出して
びっくり女房が　右往左往と
してる衣擦れ　音響く

まだ懐かへん　猫やから
着けてる長い　紐とかが
物引っかかり　まといつき

猫が逃げよと　引いたんで
御簾の端ほど　捲れるが
すぐには直す　人無うて
柱の傍居た　女房らも
慌てて腰引く　ばっかしや

几帳のちょっと　奥の方
袿姿で　立つ人が

そこは階段　西寄りの
柱間二つ　東やで
隠れ様も無う　目え届く

紅梅襲　なんやろか
濃いんや薄いん　次々と
重ねた色は　華やかで
なんやら冊子の　綴じ口や
上は細長（小袿の上に着る身幅の細い服）　桜色

裾まで見える　黒髪は
糸縒る様に　なびいてて
豊かな裾髪　切り揃え
身より長うて　七、八寸

衣の裾が　余ってん
細うて小柄な　人やろか
髪の掛かった　横顔や
容姿ほんまに　品良うて
言い様も無う　可愛らしい

夕霧かても　この様子
(見てたいなぁ)と　思ぅたが
猫紐解けて　簾ぅ下りて
(あぁあ)と嘆息　つい漏らす

まして夢中の　右衛門督
胸かて潰れる　思いして
(あれはほんまに　女三の宮
はっきり目立つ　袿姿やで
他と見違う　はずない)と
心に懸かって　離れへん

(知らん顔して　おるけども
きっと目にした　違いない)
思ぅて女三の宮を　気の毒と
気が気であらへん　夕霧や

胸が痛うて右衛門督

(源氏君年齢　41歳)

一人で今も　右衛門督
住んでん太政大臣の　東対

(皇女違たら　結婚は
絶対せんと)　思ぅてに
長年独り身　続けるが
自分が決めたん　寂しゅうて
(心細ぅは　あるけども
この家柄や　そのうちに)
と自惚れて　おったのに
女三の宮見た夕べ　それからは
気ぃも塞いで　物思いに
沈みがちにと　なっとった

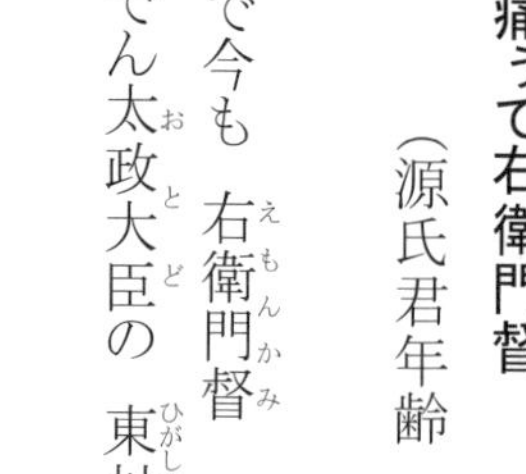

(またあの姿　一目でも
目立たん身なら　嘘ついて
(忌み方違え)　とか言うて
気軽ぅ出掛け　隙見付け
近付くことも　出来るけど)
とを思ぅけど　手立てない
(大切に奥の方　住む女三の宮に
自分の思慕　伝わるか)
と胸痛て　気晴れんで
いつも出す文　小侍従へ

《先日風に　誘われて
六条院行ったが　我のこと
なんと軽率　思たやろ
あれから我は　滅入ってに
訳無ぅ一日　呆けてる

見るだけで
　寄られん嘆き
　　深いけど
夕陰で見た
　姿忘られん》

と書いたるが　小侍従は
その経緯を　知らんので
（なに沈むんや）　思たんや
文を開け見た　女三の宮
その文中で　《見るだけで》

とあるん見て　（あッそうか
　御簾が上がった　あの時）と
気付いて顔が　赤ぅなり
源氏君が度々　言うとった

「夕霧とかに　見られん様
子供っぽいから　貴女さん
ついうっかりと　覗かれる」
という戒め　思い出す

いつもと違て　黙るんを
何も言えんで　小侍従は
女三の宮返事を　貰わんと
いつもの様に　返事書く

《素知らん顔で　来たのんか
『女三の宮に恋する　なんちゅんは
無礼なこと』と　言うたのに
『見るだけで』とか　言うのんは
なんのことやろ　厚かまし》
とてうきうきと　筆運び

《嫌やのに
　言い寄るんかい
　　この私に
例え慕ても
　　届かん身分
諦めを》とに　書き付けた

若菜下

【源氏君年齢：46歳から47歳】

38 紫上 ＝ 47 源氏君 ─ 26 夕霧

後：後半
▲：故人

▲藤壺女御 ＝ 50 朱雀院 ─ 21 女三の宮（＝源氏君）

朱雀院 ＝ 40後 一条御息所 ─ 20前 女二の宮（落葉宮）

52 前太政大臣 ─ 32 柏木

柏木 ＝ 女二の宮

柏木 ＝ 女三の宮

女三の宮を迎えて悩む紫上

（源氏君年齢　46歳）

年月穏やか　五年過ぎ
冷泉帝の御治世　十八年
「朕の後継ぐ　皇子無うて
張り合いもない　この朕は
いつまで生きるか　分からんが
気軽に親しい　人と会て
気儘にのんびり　暮らしたい」
と思い口にも　出してたが
ひどい病気に　なってもて
突然譲位　したのんや
太政大臣（元頭中将・柏木の父）は　辞表出し
「この世の無常　悟ってに
畏れ多いが　帝はん
地位を後に　譲られた
老人の我　辞めるんに
なんの未練も　あらへんわ」
言うて邸に　籠ってる
今上帝が　立ったんで
新たに東宮　なったんは
源氏君の娘の　明石女御
それが産んだ子　一の宮
朱雀院は　春秋の
今上帝の　行幸には
昔を　思い出すけども
今は仏道　励んでて
政治向きには　無干渉
女三の宮だけは　気に懸り
（源氏君の後見　表向き）

思うがもっと　配慮をと
帝通じて　願い出る

女三の宮は二品（親王の位階で二番目）に　昇進し
御封（収入源）増え威勢　盛んにと

月経つにつれ　だんだんに
女三の宮の声望　高ぅなる

(源氏君から受ける　愛情は
誰にも負けへん　思うけど
そのうち年齢を　取ったなら
それも衰え　仕舞うかも

そんな憂き目を　見る前に
いっそこの世を　捨てたい)と
紫上はいっつも　思てるが
「アホか」と源氏君に　言われんを
困ると思て　言い出せん

朱雀院はもちろん　帝まで
女三の宮を気にして　居るのんで
(粗略に扱ぅ　との噂
広がるのんは　かなんな)と

源氏君あれこれ　気ぃ遣て
女三の宮と過ごす夜　増えてきて
紫上と過すと　同じに

(そんなん当然)　思いながら
(やはり)と妬み　湧くけども
知らん振りして　過す紫上

源氏君は紫上　憐れんで
昔話を　あれこれと
話をしてる　そのうちに
突然紫上　言い出した

「先が短い　気ぃがする
厄の今年を　何もせんと
過し暮らすん　大層不安

以前から願てた　出家とか
なんとか許して　くれへんか」

言うたら源氏君　大慌て
「なにを言うんや　そんなこと
貴女に出家　されたなら
なんの生き甲斐　ある言んや

ただなんと無ぅ　過ぎる日ぃ
そやけど明け暮れ　一緒にと
暮らすだけでも　嬉しんや
我の心の　変わらんを
その最後まで　見届けて」

言うんを聞いて　紫上が
(いっつも同じ　こと言う)と
涙ぐんでる　様子見て

可哀想思い　源氏君
慰め言葉　いろいろを

夕方なって　源氏君
女三の宮居る　寝殿へ

自分を気に病む　紫上居るを
知らんと　女三の宮
無邪気に琴の　稽古とか

それ見て源氏君　優しゅうに
「今日は休みに　したら良え
師匠に褒美　あげなされ
辛い稽古の　甲斐あって
安心できる　上達や」

言うて琴押し　臥所へと

一人残った　紫上は
(源氏君が言う様に　この私は
人とは違う　幸運に
恵まれてると　思うけど
忍べん悩み　抱いたまま
死んでまうんか　情けない)

とかとか思て　夜更けにと
床にと就いた　夜明け前
胸が痛んで　苦しいに

女房ら介抱　出来へんで
「源氏君に知らせを」　言うたけど
「アカン」と紫上は　止めさして
我慢のできん　苦しみを
堪えながらに　夜ぉ明かす

体熱って　気分悪いが
すぐは戻れん　源氏君へは
起こったことは　伝わらん

そのうちそれを　伝え聞き
源氏君胸潰れ　急ぎ足
戻ってきたが　紫上は
ひどぅ苦しむ　ばっかしや

「どしたどうや」と　触ったら
熱あるのんで　昨晩に
言うてた厄年　謹慎を
思い出したか　わなわなと
身震いをする　源氏君

粥とか運んで　来たけども
見向きもせんと　源氏君
終日側付き　介抱を

紫上果物も　口せんと
起き上がりかて　出来んまま
日ぃ何日も　過ぎてった

(どないなるか)と　気ぃ揉んで
いろいろ祈祷　始めてに
僧とか呼んで　加持とかを

重体やっても　快方に
向かう兆候　見えたなら
心強いが　気配無て
心配なんで　悲しいと
見守るだけの　源氏君

源氏の君の隙衝いて

(源氏君年齢　47歳)

あの右衛門督(柏木)　中納言にと
声望だんだん　高まるが
思慕の叶わん　悔しさか
皆勧めるで　渋々に
女三の宮の姉君　女二の宮を
その奥方に　迎えるが
母は身分低い　更衣やで
右衛門督軽ぅに　思ぅてる

今も思うは　女三の宮
秘めた思慕を　捨てられず
相談するんは　小侍従や

紫上が病んでて　源氏君
六条院居らんを　（チャンスや）と
思て小侍従　呼び出して
熱心に頼む　いつも通り
あれこれ頼むが　小侍従は
「無理むりムリ」と　拒むんで

「ただの一言　この思慕
物越しにでも　言うのんが
女三の宮の汚れに　なるやろか
神や仏に　その願い
言うんに何の　罪がある」
と右衛門督　神掛けて
言うたが小侍従　始め内
「アカンアカン」と　断わるが
思慮分別が　浅かって
若い女房の　小侍従は
『身に代えても』と　言うたんを
強う断る　出来んでに
「運良う好機　あったなら
案内なんか　するけども
好機見つけん　出来るか」と
困りながらも　戻って行

「どうや　どうや」と　責められて
疲れた小侍従　やっとこさ
好機見つけて　知らしたら
右衛門督喜び　目立たへん
姿になって　六条院へ
傍に居るんは　小侍従だけ
（今がチャンス）と　こっそりと
御帳台ある　東端
そこに右衛門督を　座らせる
そこまでするんは　やり過ぎや
女三の宮は無心に　寝てたけど
男の気配が　するのんで
源氏君が来たかと　思うたが
恭しいに　御帳台から
抱下ろされたんで　女三の宮

怖い夢かと　目ぇ凝らし
見たらなんやら　違う男

わなわな震えて　水の様な
汗も流れて　ぞっとして
気失うみたいな　顔付きは
痛々しゅうて　可愛らしい

「取るに足らへん　我やけど
嫌われる様な　身ぃと違う

大それたこと　するのんは
思慮が欠けてて　恥ずかしが
これ以上する　気はない」と

言い続けたら　右衛門督やと
知ってあんまり　心外で
恐ろしなって　一言の
返事も出来ん　女三の宮

右衛門督抑える　理性消え
（どこへとなりと　連れてって
いまの暮らしも　捨ててもて
行方晦まそ）と　錯乱に

眠った思えん　夢の中
なんやら猫の　声がする

猫鳴く声に　目ぇ覚めて
（なんで見たんか　こんな夢）
不思議思う　右衛門督

現実ととは　思えんで
胸の塞がる　女三の宮向こて
「こうなったんは　前世の
逃れられへん　因縁や
我も正気と　思われん」
言うて女三の宮　知らへんだ
御簾の端とか　猫引いた
夕べをここで　話した

（やっぱりそうか）と　女三の宮
（悔しいこっちゃ）と　思うけど
（私の良ぅない　前世の
運命なんや）と　情け無に

夜ぉ明けていく　気配やが
帰るも出来んで　切無ぅて

「どしたら良んや　この我は
憎んでる様に　見えるんで
もう話かて　出来んから
せめて一言　お声とか」

とくどくどと　困らすを
（煩わしいな　辛いな）と
思う心の　女三の宮
一言すらも　答えへん

「そんなら生きて行　甲斐がない
いっそ死んだる　貴女をば
忘れられんで　生き来たに
今宵限りの　命やと
思たらなんや　悲しいが
ちょっと心の　端なりと
せめて開いて　くれたなら
それを頼りに　我死ねる」

言うて脅して　女三の宮抱いて
部屋を出ようと　するのんで
（何するんや）と　女三の宮唖然

夜がだんだん　明けて行く
右衛門督は　気ぃ急えて
「意味ありそうな　夢話
しとぅ思うが　こないにも
憎んでるのに　今無理か
そやけどいつか　気付くやろ」
言うて急いで　帰りへと
右衛門督女二の宮邸　戻らんで
そっと前太政大臣の　邸へと

横になっても　寝られんと
（猫夢出るん　懐妊の
予兆や言うが　ほんまかな
正夢と違う　こともある）
思たら夢中　猫の様子
あぁ恋しいと　思い出す

（それにしたかて この我は
えらい過ち したもんや
まともに生きて 行けんがな）
思たら怖て 身ぃ縮み
外出歩くん 出来ん様に
（女三の宮もそうやが 我が身かて
傷つけたな）と 思ぅたら
（あぁ恐ろし）と 身ぃ責めて
人の前にも 出られんに

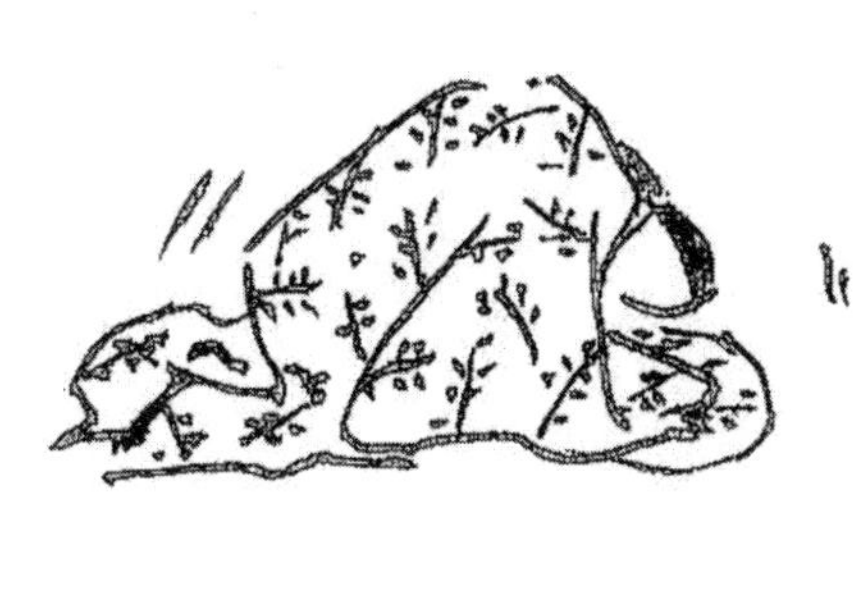

この女三の宮 深い思慮無ぅて
無暗に怖がる 性格で
（今も誰かが 見てるか）と
後ろめとぅて 恥ずかして
明かるい場所に 出られんで
（ほんまこの身が 情ない）
と自分から 感じてる

息絶う紫上に物の怪が

（源氏君年齢 47歳）

久しぶりにと 女三の宮へ来て
すぐ帰ること 出来ん源氏君
紫上が 気になって
落ち着かへんで 居った時
「息が絶えた」と 使者来て
心真っ暗 なってもて
急えて二条院へ 駆けつける
呆然として 中入り
「ここ数日は そんなでも
ないと思ぅて おったのに
急にこないに なってもた」
言いつつ仕えの 女房共
（私もお供）と 惑てんは
悲惨極まり ない様子

「息が絶えても　物の怪（け）の
仕業（しわざ）か知れん　云（ゆ）うことも
そんな無闇に　騒ぎなや」
と静まらせ　これまでの
願（がん）に加えて　数々の
大願（たいがん）とかを　立てさして
法力優れた　験者（げんざ）（祈祷師）呼ぶ

そこ来た験者（げんざ）　懸命に
「寿命が尽きて　死んだかて
不動明王　信じたら
もうちょとだけ　その命
願（ねがい）で命　長（なご）出来（でけ）る
せめてもそれの　日数（ひかず）など
生き永らえて　くれんかな」
と唱えつつ　頭から
黒煙（くろけむ）出し　加持とかを
一心腐乱に　し続ける

源氏君（きみ）の悲痛な　胸内を
仏（ほとけ）もご覧に　なったんか
ここ数ヶ月　出んかった
物の怪（け）　女童（めわらわ）乗り移り
大声出して　喚（わめ）いたら
紫上は　ようように
息吹き返し　助かった

源氏（げんじ）君嬉しい　思うけど
なんや恐ろし　気ぃがして
心はざわざわ　騒いでる

調伏（ちょうぶく）された　物の怪（け）は
「源氏（げんじ）君を残して　皆（みんな）去れ
ここ何か月　調伏（ちょうぶく）に
苦しみ辛（つろ）て　情け無（の）て
目に物見せたろ　思てたが

貴男（あんた）が命　絶える程
身ぃを削って　嘆くんで
物の怪（け）やけど　このワレは

生前の愛情　残ってて
貴男が苦しむ　堪えられず
遂に正体　見せてもた
悟られへんと　思たのに」

そう言て髪で　顔隠し
泣くその様子　昔見た
見覚えのある　物の怪や

びっくり呆れて　気味悪て
昔と同じや　不吉やと
女童の手取り　引き据えて
足掻きせん様に　抑え付け

「ほんまにお前　あの女か
悪い狐の　狂るたんが
死んだ人の名　汚す様な
こと口走る　こともある
その名ぁちゃんと　言うてみぃ」

言うたらほろほろ　ひどぅ泣き
「昔と変わる　ワレの姿
貴男恍けん　変わらへん
ええい悔しや　恨めし」と

泣き叫ぶけど　恥じる様な
様子は昔の　六条御息所
それとそっくり　変わらへん

一層気味悪　恐ろして
（何も言わせんとこ）と　源氏君

そやのに物の怪　また更に
「空彷徨うてて　ワレの娘を
秋好中宮までに　してくれて
嬉しゅう有り難　見てるけど
あの世に居ると　娘を思う
心が浅ぅ　なるかして
ワレの恨みが　深残り
この世に留まり　居ったんや

中でも生前　このワレを
葵上より　軽ぅ見て
捨てられたけど　それよりも
紫上と話した　あの時に
嫌な不快な　女やと
口にしたんが　恨めしい

死んだから言て　侮って
他人がワレを　悪ぅ言うを
庇うてくれると　良ぇのんに
と恨めしい　だけやのに
魔界に堕ちた　その所為か
紫上にこないな　仕打ちした

なんと悔しい　ワレの身や」

と長々と　続けるが
物の怪向こて　話すんは
アホらしいなと　女童を
そこに閉じ込め　紫上を
別の部屋へと　そと移す

紫上が死んだと　世間に流れ
弔問客が　来るのんで
源氏君は不愉快　思ぅてる

噂を聞いて　胸潰れ
右衛門督は　二条院へと

見舞いの客が　次々と
来るんを知って　源氏君
「重篤やった　紫上が
突然　息が止まったと
見てた女房が　取り乱し
大慌てして　騒ぐんで
我もびっくり　したけども
死んではおらん　安心を
見舞いのお礼は　また後日」

言う声聞いた　右衛門督
胸に早鐘　轟いて
声の気配に　慄くん
胸に疾しさ　あるからか

なんとこの筆跡は右衛門督

（源氏君年齢　47歳）

一方六条院　女三の宮
思いも寄らん　あの事を
嘆いて毎日　悩んでに
いつもと違て　苦しむが
たいした病気で　ないけども
ただ六月の　前からは
食欲も無て　青ざめて
ひどう窶れて　見えとった

右衛門督は　恋心
抑えられへん　時とかは
夢の様思う　その逢瀬
隙を見つけて　忍んでに
重ね来るんで　女三の宮
（ひどいことや）と　思うてる

乳母らが　懐妊してるなと
気付いて　（源氏君のお渡りが
　稀やになんで）と　呟いて
女三の宮の身ぃ　案じつつ
源氏君の来んのを　恨んでる

（女三の宮が　苦しんでる）と聞き
源氏君今にも　六条院へ
行かんならんと　腰上げる

紫上の病気を　思うたら
出掛ける心　進まんが
今上帝やら朱雀院の　手前あり
女三の宮気分悪いと　聞いてから
日ぃ経ったけど　病人が
そばに居るんに　感けてて
女三の宮に会わんで　おったけど
(紫上の容態　まずまずで
　天気も良ぇから　このここに
　籠ってるんも　どうかな)と
思ぅて女三の宮へと　出掛け行く

女三の宮は気咎め　会うのんを
恥ずかし思い　気ぃ引けて
口も利けんで　居るのんで
(何日間も　逢わへんを
　さり気無ぅには　してるけど
さすがにひどいと　思てるか)

と可哀想思い　源氏君
何やかんやと　機嫌取る

右衛門督源氏君が　居るん聞き
身分の弁え　せんでから
逆恨みして　次々と
嫉妬の文を　書いて来た

たまたま源氏君が　座ぁ外し
人も居らへん　かったんで
小侍従文を　こっそりと

「読みた無いんを　見せるんか
　気分の悪いん　増えるがな」
言て横に臥す　女三の宮にへと
「そうは言わんと　これだけは
　可哀想なこと　書いたぁる」
と来た文を　広げたら

なんやら足音　したのんで
小侍従困って　几帳寄せ
そのままそこを　立ってった

女三の宮がどきどき　しとったら
そこへと源氏君　来たのんで
文を隠すん　出来んでに
座布団下へ　差し込んだ

(夜になったら　紫上が待つ
　二条の院(源氏君の本宅)に　帰ろか)と
思ぅておった　源氏君

「貴女それほど　悪うない
紫上は今まだ　良ぅ無ぅて
見捨たんかと　見られるん
なんともアホらし　思うんや
我を悪うに　言う人が
居っても何も　気にせんと
そのうち我の　本心が
分かると思う　きっとやで」

と言うたなら　女三の宮
いつもは子供　みたいにと
打ち解け冗談　言うのんに
今日は沈んで　真面には
目ぇ合わさんのが　気になって
（いっつも傍に　居らんのを
嘆いて我を　恨むか）と
思い直して　源氏君

昼間は座敷で　横になり
話してたら　日ぃ暮れて
紫上気になって　思沈んでに
菓子だけ食うて　寝てしもた

（朝の涼しい　その間にも
二条院へ帰ろ）と　源氏君
早ぅに起きて　うろうろと

「昨夜扇を　どこやらに
忘れてしもた　この扇
涼しないんで　探そうか」
言うて持ってた　檜扇を
置いてそこいら　探しだす
転寝してた　あの座敷
そこ立ち止まり　探したら
座布団ちょっと　乱れてて

端に浅緑の　薄い紙
文を巻いたん　覗くんを
何気無ぅにと　引きだすと
なんと男の　筆跡や

薫きしめた香　色っぽて
気取って書いた　二枚紙
細々書くんを　見たらすぐ
（これは右衛門督）と　気ぃ付いた

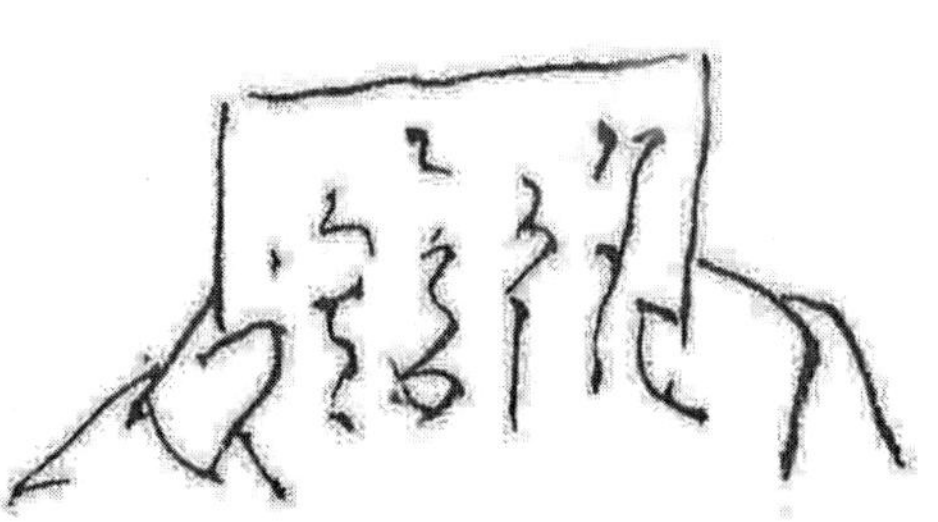

柏木（かしわぎ）

【源氏君年齢：48歳】

39 紫上 ＝ 48 源氏君 ― 27 夕霧
▲ 藤壺女御 ＝ 51 朱雀院 ― 22 女三の宮
源氏君 ＝ 女三の宮 ― 1 男子（薫）
朱雀院 ＝ 40後 一条御息所 ― 20前 女二の宮（落葉宮）
53 前太政大臣 ― 33 柏木
柏木 ＝ 女二の宮（落葉宮）
柏木 ＝ 女三の宮

後：後半
▲：故人

産れた子供は　はて誰の

（源氏君年齢　48歳）

女三の宮が夕方　苦しむを
（さぁ産気か）と　女房ら
大騒ぎして　知らしたら
慌てて源氏君　駆け付ける
源氏君心で　思うんは
（あぁあ口惜しい　我の子と
疑いも無ぅ　生まれたら
こんな嬉しい　ことないが）
思たが（素振りも　見せんとこ）
と修験者を　呼び出して
祈祷なんかを　絶え間無ぅ
させよう思て　集めたら
効き目のある僧　皆が来て
加持や祈祷で　大騒ぎ

一晩中に　苦しんで
明けて朝日が　昇る頃
生まれたのんは　男の子
男君と聞いて　源氏君
（右衛門督に似たら　困るなぁ
女やったら　誤魔化して
他人に顔を　見せんので
安心なんやが）　思たけど
（そんな気掛かり　付きまとう
女で無ぅて　男なら
世話掛からんで　まだましか

それでも不思議　以前からも
我が恐ろし　思とった
藤壺中宮とでの　あの罪の
報いか知れん　恐ろしい

思い掛けない　報復を
被ったんで　来世の
罪もちょっとは　軽なるか）
とにとも思う　源氏君

皆は秘密　知らんので
（こんな高貴な　お方から
晩年に生まれた　若君やから
その喜びは　どれほどか）
と懸命に　お世話する

女三の宮はひ弱な　体やで
気味悪かった　初めての
お産の恐ろし　思うたら
薬湯なんかも　飲めんでに
不義の子産んだ　身痛みに
（いっそ死にたい）　思ぅてる

源氏君は人前　繕ぅが
生まれたばかしの　若君を
特別見よとも　せんのんで
年老い女房　これを見て

「なんとまあまあ　冷淡いな
久しぶりにと　お生まれの
若君これほど　美しに」
と若君向こて　言うてんを
女三の宮が小耳に　挟んでに

（この冷淡さが　続くか）と
恨めし思い　自分さえ
情け無いなと　思ぅてに
（いっそ尼に）の　気ぃ起こる
夜も源氏君は　そこ来るが
女三の宮の所では　寝もせんで
昼間ちょこっと　覗くだけ

あれよあれよに女三の宮出家

（源氏君年齢　48歳）

朱雀院はお産の　無事聞いて
愛しい逢いたい　思てたが
『良ぅ無いのんが　続いてる』
と聞いたんで　心配で
（どうなるんやろ）思ぅたら
仏の勤めも　出来ん様に

弱り切ってた　女三の宮
何も食べんと　日ぃ過し
大層頼り無さ　増えてきて
長期ぅ会わへん　時よりも
朱雀院を恋しゅう　思ぅてに
（死んだら二度と　逢われんな）
と大層泣いて　おったんや

こんな様子を　源氏君
人を通じて　伝えたら
朱雀院堪えられん　思ぅてに
（出家身なんで　どうかな）と
思いながらも　夜闇紛れ
山下りて来て　六条院へ

女房ら女三の宮を　あれこれと
身繕いさせ　帳台の
下の板敷　下ろさせる
朱雀院は几帳を　ちょっと押し
「夜居の加持僧　みたいやが
まだまだ修行　足らんでに
効果が無ぅて　恥ずかしが
逢いとぅ思ぅ　この姿
ようよう見ぃや　さあ娘」
言ぅて目拭い　するん見て
女三の宮も　弱々しゅう泣いて
「とてもこのまま　生きられん
ここ来てくれた　その序で
この私尼に　してんか」と

言ぅのん聞いて　朱雀院
「そう望むんは　尊いが
人いつ死ぬか　知れんから
まだまだ先の　長い女が
出家とかして　その後で
仮にも間違い　起こしたら
世間の非難　受けるから
軽々しゅうな　出家は」と

言いつも源氏君に　向こぅての
「こないに女三の宮が　望んでる
この病状が　最期なら
残るちょっとの　間ぁででも
功徳受けさせ　助けよう」

言うたら源氏君　びっくりし
「毎日こんなん　言うてるが
物の怪なんかが　人騙し
そんな気持ちに　させるかも
聞き入れへんぞ　この我は」

と抑えるが　朱雀院
「物の怪なんかに　誘われて
悪い結果に　なるのんは
放っとく訳に　いかんけど
こんなに弱って　おってから
最期や言うて　願うんを
聞いてそのまま　しとくんは
後々悔やむ　ことになる」

と決心を　固めてに
「ちょうどこの我　来た折や
せめて出家の　戒なんか
受けさせ仏と　縁結び」

言うたら源氏君　あのことで
女三の宮を憎うに　思てたん
忘れて（どうなる）　思ぅたら
悲して無念が　胸湧いて
辛抱できんで　堪らんで
几帳の中へ　入り込む

源氏君はあれこれ　この女三の宮の
出家するんを　止めさそと
してるそのうち　夜ぉ明ける

朱雀院は山へと　帰るんで
（昼間は目立って　困るか）と
急いで祈祷の　僧の中
位の高い　僧侶を
御簾内呼んで　髪下ろす

今が盛りの　髪削いで
戒（出家に際して教えられる戒め）を受けさす　儀式見て
悲しや無念と　思ぅたら
堪え切れんで　激しいに
源氏君涙が　止まらへん

朱雀院も特別　大切にし
（他の誰より　幸せを）

と願てたが　甲斐も無ぅ
尼の姿に　なった見て
悲しして　涙ぐんどぉる

後夜（夜半から夜明けまでの間）に行ぅ　加持祈祷に
突然物の怪　現れて
「どうだ見たやろ　紫上を
取り戻したと　喜ぶを
見たら悔しさ　湧いてきて
女三の宮にこっそり　取り憑いて
何日間も　隠れてた」

さぁさあ済んだ　もう帰る」
と言てからから　うち笑ぅ

びっくり呆れ　源氏君
（そぅか物の怪　去らんとに
女三の宮に居ったか）　思ぅたら
女三の宮が可哀想　気の毒で
尼にしたんが　悔しいに
物の怪消えて　女三の宮ちょっと
元気になった　様子やが
頼り無さげが　残ってる

悩み悩んで右衛門督（源氏君年齢　48歳）

女三の宮の出家を　聞き右衛門督
源氏君を怖がり　病んでたが
だんだん消え入る　様になり
回復見込み　無ぅなった

女二の宮（右衛門督の正妻）思て　母にへと
「こないし女二の宮を　後残し
死ぬか思たら　可哀想や

命は思う様　ならんから
添い遂げられん　夫婦仲
それ残念と　女二の宮が
どんな嘆くか　思ぅたら
辛て死んでも　死に切れん

女二の宮のこの後　面倒を
くれぐれお願い　したいんや」
言うたらその母　きっとなり
「なんで不吉な　こと言んや
貴男が先に　逝てもたら
もう老人の　このワレが
どれほど長ぅ　生きられる
何を思うて　そんなこと」
と泣き続けて　おるのんで
右衛門督そのまま　黙り込む

今上帝も右衛門督　惜しんでに
「もう最期や」と　聞いたんで
急いで手続き　省略し
大納言へと　昇進せる

（聞いたら喜び　気ぃ奮て
また参内も　出来るかと）
思ての昇進　やったけど
病状一向　良ならんで
お礼は苦しい　臥床から

いつも大層　心配し
見舞いに来てた　夕霧は
昇進祝いと　駆け付ける

年明け以来　右衛門督
起き上がるんも　出来んので
（身分の重い　夕霧に
不作法な姿　見せられん）
と（会わんとこ）と　思うたが
（このまま会えんで　死ぬのんも
残念やな）と　思い変え
「やっぱしこっちへ　通してや
見苦しけども　親友やから
きっと許して　くれるやろ」

と加持僧とかを　下がらせて
枕元へと　夕霧を
「なんでこないに　なったんや
今日は　昇進されたんで
気分良えかと　思て来た」
言うて　几帳の端の方を
引き上げその顔　眺め見て
「長う患ろて　おるわりに
それほど窶れて　見えへんで
いつもの顔より　ずっと良え」
言うて夕霧　涙拭く
それに答えて　右衛門督
「この我かても　分からへん
どこも苦しゅう　なかったが

急にこないに　なるなんか
思てもおらん　かったけど
あんまり月日　経たんのに
弱なってまい　もう今は
正気も失くす　ほどなんや
こんな嘆きは　良えとして
思い悩んでる　ことあって
死に際に言うん　なんやけど
これ言えるんは　誰も無て
其男やったら　思うんや
実は源氏君との　その間
ちょっとの間違い　あったんで
この何か月　心内で
お詫び続けて　おったんや

この世で　生きて行くのんも
心苦しゅう　思てきた
それが病気の　原因（もと）やろか

このこときっと　漏らさんと
なんかの機会が　あった時
覚えといてに　源氏君（げんじ）にと
伝えて欲し思（も）い　話すんや

一条に居る　女二の宮（にのみや）を
なにかにつけて　訪（たん）ね欲し」

いろいろ話　あったけど
気分の悪さ　増えてきて
「もう帰りや」と　手ぇを振る

加持祈祷僧（そ）が　近（ちこ）ぅ寄り
母や父とか　集まって

女房ら皆が　騒ぐんで
夕霧泣く泣く　帰りにと

もとより妹　弘徽殿（こきでん）女御も
雲居雁（くもいのかり）も　嘆いてた

まわりの皆を　思い遣り
長男らしゅう　振舞（も）ぅて
面倒（めんど）見良かった　右衛門督（えもんかみ）
そやから　姉の玉鬘
右衛門督（うえもん）だけを　親しめる
弟（おとと）と思て　心配し
特別な祈祷　させてたが
祈りは薬で　ないのんで
何の効果も　あらへんだ

とうとう女二の宮（みや）にも　逢えんまま
泡が消える様　死んでもた

女三の宮（みや）は（右衛門督（えもん）の　大それた
その恋心　嫌やな）と
思てたのんで　（生きて欲し）
と思ぅては　なかったが
死んだと聞いて　さすがにも
胸にしみじみ　込み上がり

（若君こないし　生まれるん
確信してて　右衛門督（あのひと）は
自分が死ぬんを　運命と
知ってて起こした　不義やな）と
思い当たって　悲しいと
ついつい涙の　女三の宮（さんのみや）

【源氏君年齢：49歳】

49 源氏君
▲藤壺女御
52 朱雀院
40後 一条御息所
23 女三の宮
20中 女二の宮（落葉宮）
2 若君（薫）
54 前太政大臣
▲葵上
源氏君
▲右衛門督（柏木）
30 雲居雁
28 夕霧（左大将）

後：後半
中：中頃
▲：故人

気ぃを引こうと『想夫恋』

（源氏君年齢　49歳）

秋の夕べの　寂しさに
女二の宮の居る　一条宮が
気になり夕霧　訪ね行く
しんみり寛ぎ　琴とかを
弾いてた女二の宮は　突然で
琴の片付け　出来んまま
南の廂間　そこにへと
来た夕霧を　入れさせる
対応するんは　いつも通り
一条御息所（女二の宮の母）が　出てきてに
交わす話は　柏木の
思い出とかの　いろいろを

夕映え景色　見ながらも
そこある和琴が　目に入る
これ引き寄せて　見てみたら
律（※短調）の調子に　整えて
弾き慣らされた　その琴に
移り香染みて　気ぃを惹く

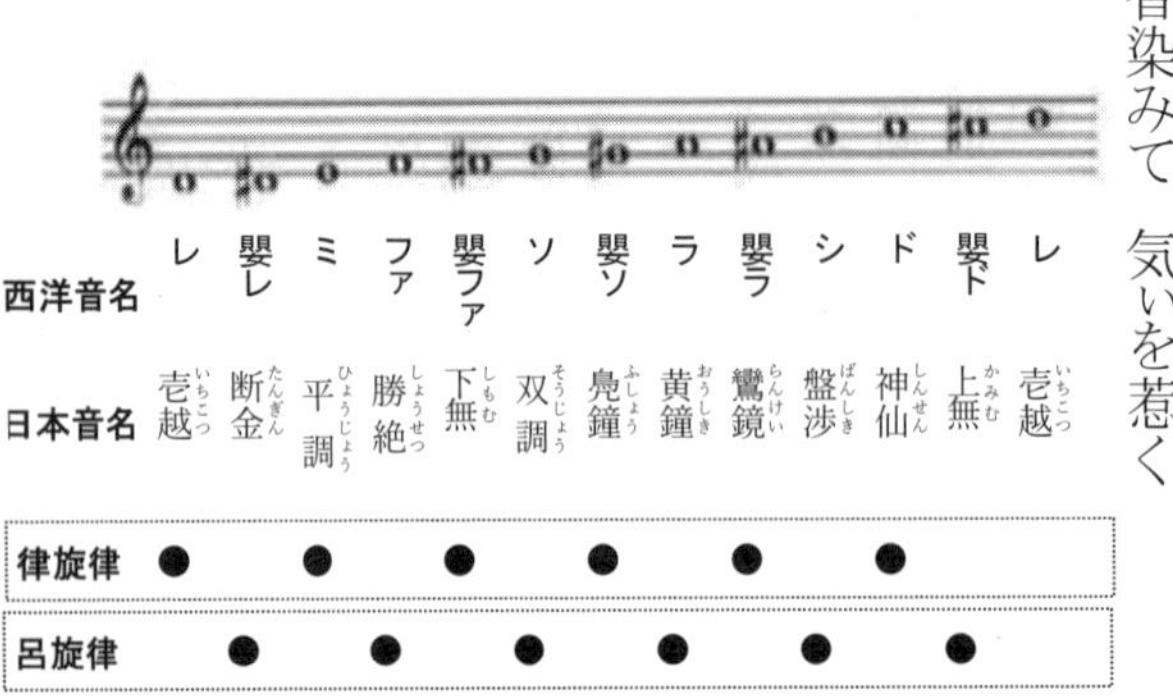

その和琴取って　夕霧は
手ぇ添え静かに　掻き鳴らす

これこそいつも　故柏木が
置いて弾いてた　その和琴

趣のある曲　一、二手を
ちょっとだけ弾き　夕霧は
「世にも素晴らし　音出して
柏木弾いてた　あの音色
この和琴の中　籠っとる
あぁ聞きたいな　女二の宮の手で」

言うたら　一条御息所
「柏木死んで　あれ以来
昔童で　遊んでた
曲も忘れて　しもたんか
思い沈んで　おるのんで
この和琴弾いたら　柏木を
思い出すやろ　悲しゅうて」

言うたん聞いて　夕霧は
「それ分かるけど　悲しみに
限りなんかは　無いのんで
夫婦同士で　伝わった
音色も良えと　思うんで」
と言てその和琴　御簾傍へ

そやが女二の宮　(とてもや)と
受け入れ出来んで　おるのんで
無理には勧めは　せんかった

月が出て来て　雲もない
空に羽並べ　飛ぶ雁を
羨ましいと　思たんか
女二の宮　箏の琴　取り出して
風肌寒ぅ吹く　悲しさに
誘われたんか　幽かにと
掻き鳴らす音　聞こえたが
じきにその音　消えてもた

心惹かれた　夕霧は
物足らなさを　感じたか
琵琶取り寄せて　優しゅうに
あの『想夫恋』　弾きながら

【想夫恋】
・晋の大臣王倹が蓮を愛して作った曲
・後には男を思慕する女心の曲と解される様になった

「心の中を　察したら
こう言うのんも　憚るが
この曲やったら　もしかして
なんか一言　貰えるか」
と御簾内の　女二の宮に

催促したが　曲が曲
尚更答え　難いんで
ただただ悲しむ　女二の宮に

「もの言わんのは　恥ずかして
黙ってるんか　貴女はん
言わんは言うより　勝つ言うで」

聞いて女二の宮　『想夫恋』
終りをちょっと　だけ弾いて
「夜中に琵琶を　弾くことの
趣なんとか　分かるけど

琴を弾く他　この私は
何も言うこと　できまへん」

ちょっと鳴らして　止めたんで
口惜しい思ぅて　夕霧は
「和琴や琵琶を　弾くなんか
聞き苦しんを　見せてもた
秋の夜やのに　遅ぅまで
おったら故人に　怒られる
そろそろ暇　貰ぅてに
また改めて　ここ来ます

琴の調子は　このままで
思いも寄らん　こと起こる
この世ぉなんで　心配や」

とかと直接　違うけども
思慕をちょっと　仄めかし
帰ろぅとして　席を立つ

その夕霧に　一条御息所
「今宵みたいな　風流は
柏木も許して　くれるやろ

取り留めのない　話して
寿命が延びる　貴男の音
聞けんで帰すん　口惜しけど」
言うて横笛　土産にと

「これは由緒の　ある笛や
この草深い　邸(いえ)とかに
埋れさすんは　可哀想
貴男(あんた)が帰る　道々で
前駆(さきが)けの声に　負けんほど
吹くん聞きたい　ここ居って」

言(ゆ)うんで受け取り　夕霧は
「我(わし)に似合わん　笛やな」と
言(ゆ)うて手にした　その笛は
柏木いっつも　肌身付け
愛用してた　笛やんか

「故人(あいつ)を偲ぶ　独り和琴(ごと)
弾くんは許して　くれたけど
この笛吹くんは　とてもやで」
言(ゆ)うて立ち去り　難(にく)ぅてに
帰るん躊躇(ためろ)て　おるうちに
夜もとっぷり　更けてもた

何を思ぅてこの笛を

（源氏君年齢　49歳）

夕霧三条邸(さんじょ)　帰ったら
格子下りてて　皆寝てる
『女二の宮(みや)に心　惹(ひ)かれてて
一生懸命　訪(たん)ねんや』
とかを誰かが　告げてたで
夜更けに遅ぅ　帰ったを
憎(にく)ぅに思う　雲居雁
夕霧が部屋　来たような
気配したけど　寝た振りを
し続けそこに　臥(ふ)しとった
「これどないした　全部(ぜえんぶ)の
戸ぉ閉め切って　うっとしい
今宵の月を　見ん家か」

と嘆息し　女房らに
格子上げさし　自分でも
御簾巻き上げて　端近の
簀子に横なり　夕霧は

「良え月夜やに　のんびりと
夢見てるんは　詰まらんぞ
ちょっと出てきて　見てみぃや」
とか言うたけど　雲居雁
不愉快やから　聞かんふり

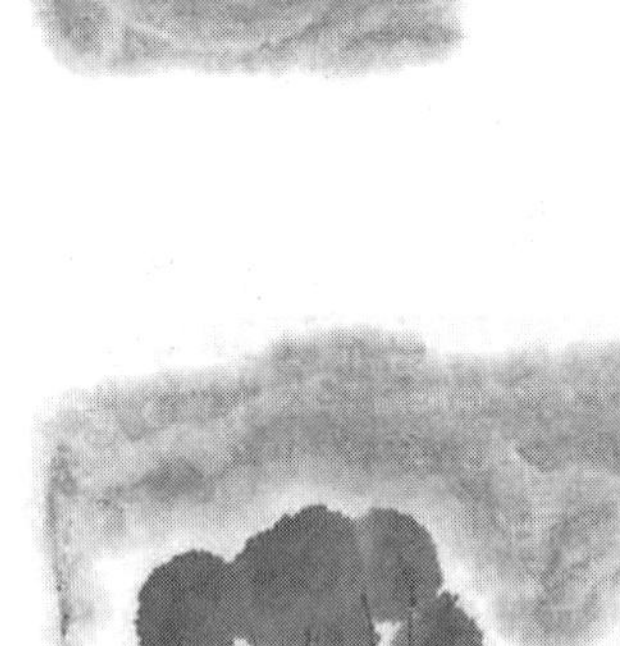

夕霧その笛　吹きながら
(あの方後も　物思いに
沈んでるかな　琴なんか
調子そのまま　変えんとに
弾いておるかな　あの一条御息所
和琴の名手で　あるのんで)
とかとか　想像し続けて
そのままそこに　臥したまま

(なんで柏木は　見た目には
あの女二の宮大切に　してたのに
それほどまでは　深うにと
愛せんかったか　不可解な)
とにの思いが　胸に湧く

ちょっと眠った　その夢に
死んだ柏木　あの時の
袿姿で　傍座り
あの笛手にし　見てるがな

夢中やけど　夕霧は
(さてはこの音を　追い求め
ここへ来たんか　なんでやろ)
思たら柏木　言うのんは
「この笛伝える　その相手
末長我の　子孫やで
相手は貴男と　違うんや」

言うんで(それ誰　聞こうか)と
思ぅた丁度　その時に
子供が寝惚け　泣く声が
響いて目ぇが　覚めてもた

(どないしたん)と　夕霧が
寄ってきたけど　雲居雁

「何やしらんが　うなされて
寝惚けて　苦しんでるのんや

若ぶってから　ふらふらと
出歩きしてて　その上に
夜更けの月見と　格子上げ
そのため物の怪　入ったか」
とかとか若て　美しい
顔して愚痴を　こぼしたら

聞いた夕霧　笑ぅてに
「物の怪入るん　戸ぉ開けた
我の所為やと　言うのんか
たしかに格子　上げんだら
通り道無て　物の怪は
入って来ること　出来へんわ
大勢の子ぉの　母親やから
考え深ぅ　なったんで
立派なことを　言いなさる」

言うて睨んだ　目付きにと
気圧されたんか　雲居雁
何も言えんで　一言を

「もうあっち行き　見苦しい」
言われて夕霧　部屋を出る

夕霧夢を　思い出し
（なんやらこの笛　煩わし
柏木(あれ)が執着　した笛が
伝わる人に　渡らんで
女が持っても　仕方(しょう)ないと
我(わし)にこの笛　預けたが
霊が思うん　誰かいな

執念そこに　残(のこ)ってて
明けへん闇に　惑(まど)うかも

そやけどどんな　理由(わけ)あって
ここに来たんか　分からんが
執着残した　アカンな）と
思ぅて愛宕(あたご)で　誦経供養(ずきょうくよ)

更に柏木　信じてた
寺でも誦経(ずきょう)　して貰(もろ)て

笛を寄進と　思ぅたが
（一条御息所(みやすどころ)が　〈由緒深いで〉と
言(ゆ)うてこの笛　この我(わし)に
預けたのんで　寺とかに
寄進するんは　柏木の
供養になるとは　思われん）
と考えて　六条院(ろくじょう)へ

鈴虫（すずむし）

【源氏君年齢：50歳】

後：後半
▲：故人

53 朱雀院
41 紫上 ＝ 50 源氏君
20後 女二の宮（落葉宮）＝ ▲右衛門督（柏木）＝ 24 女三の宮 ＝ 源氏君
3 若君（薫）
22 明石女御 ／ 29 夕霧（左大将）
24 今上帝 ＝ 明石女御

柏木居らんこの宴（うたげ）

（源氏君年齢　50歳）

女三の宮（みや）の部屋での　西側の
渡り廊下の　前辺り
仕切りの塀の　東側
そこ一面に　草植えて
まるで野原に　作らして
尼宮なった　女三の宮（さんのみや）
それが住むんに　相応（ふさわ）しい
閼伽（あか）の棚とか　作るんは
（仏に供える清水を供える棚）
仏に仕（つか）える　趣（おもむき）や
源氏君（げんじ）その庭　秋虫（むし）放ち
ちょと吹く風が　涼しげに
なった夕べに　そこへ来て
虫声を聞く　ふりをして

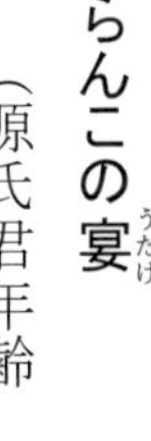

女三の宮（みや）誘う様（よ）に　囁（ささや）いて
悩ますのんで　女三の宮（さんのみや）
（尼なったのに　なんとまぁ）
と不愉快が　胸に湧く

（人前ででは　これまでと
何（な）も変わらへん　振りするが
内心あれを　知る様に
見えるに心　冷（さ）めてもて
逢（あ）いたない気ぃ　増えてきて
決めた出家を　したのんで
もう夫婦仲　消えたか）と
思て居ったに　また誘う
（離れ住みたい）思うけど
何（な）も言（ゆ）い出せん　女三の宮（さんのみや）

八月十五夜　夕暮れに
女三の宮は仏前　端近に
座って物思い　沈んでに
念仏唱えて　居ったんや

若い尼らが　二、三人
花供え様と　鳴らしてる
閼伽杯（水入れ容器）の音　水の音
今までせなんだ　お勤めに
勤む姿は　風情ある

いろんな虫の　鳴く音色
なかでも鈴虫　鳴き声は
鈴振るみたい　華やかや

(例年通り　仲秋の
管弦遊び　あるかな)と

見当つけて　兵部卿宮
源氏君の邸を　訪ね来る

そこへ左大将　夕霧が
殿上人の　相応しい
人らを連れて　来てみたら
琴の音聞こえて　きたのんで
(源氏君居るのんは　女三の宮の部屋)
と気付きそのまま　そっちへと
今宵今上帝の御前でも
あるはずやった　月の宴
中止なったん　寂しゅうて
暇持て余して　おったけど
(六条院に　人らが
集まってる)と　聞いたんで
次々上達部　詰め寄せる

皆で虫音を　品評し
いろんな琴を　掻き合わせ
興趣が乗った　その時に
源氏君がふっと　思い出し

「故大納言　柏木は
もう居らへんと　思う度
ますます　思い出すん多い
公私の　催　ある度毎
あの華やかさ　あったらと

花の色やら　虫の声
何かにつけて　趣を
弁えとって　嗜みも
深う持ってた　者やのに」

言うて自分の　弾く琴の
その音に柏木　偲んでか
我が袖濡らす　源氏君

（御簾の内では　女三の宮かても
耳を澄まして　聞いとるか）
と恨めしい　一方で

（内裏で　管弦遊びとか
した時真っ先　思うんは
あの柏木の　ことなんで
帝も悲しゅう　してたな）と
源氏の君は　胸迫り

（今宵はしみじみ　鈴虫の
宴を続けて　夜ぉ明かそ）
と思い皆に　そう言うた

夕霧（ゆうぎり）

【源氏君年齢：50歳】

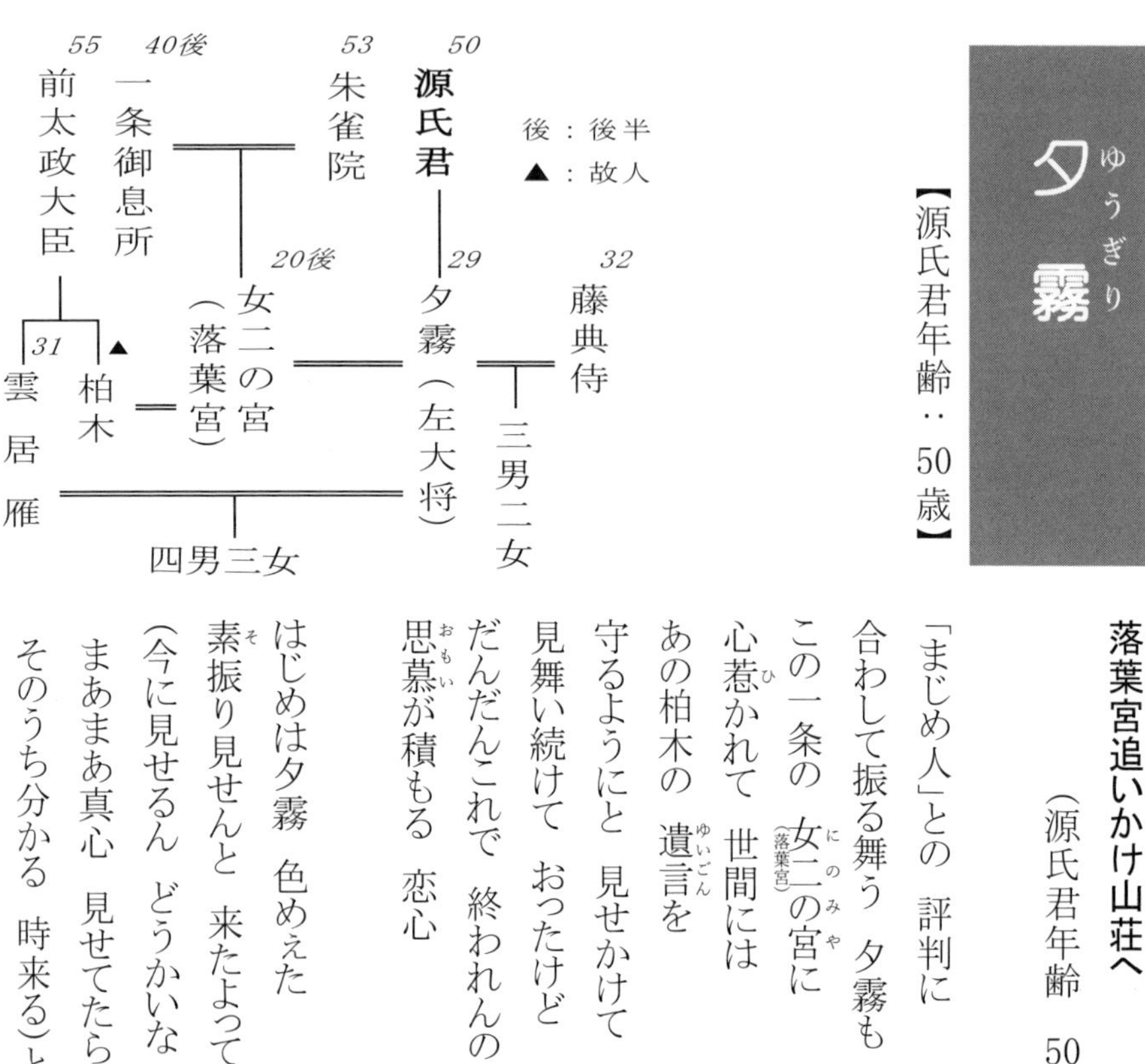

落葉宮追いかけ山荘へ

（源氏君年齢　50歳）

「まじめ人」との　評判に
合わして振る舞う　夕霧も
この一条の　女二の宮に
心惹かれて　世間には
あの柏木の　遺言を
守るようにと　見せかけて
見舞い続けて　おったけど
だんだんこれで　終われんの
思慕が積もる　恋心
はじめは夕霧　色めえた
素振り見せんと　来たよって
（今に見せるん　どうかいな
まあまあ真心　見せてたら
そのうち分かる　時来る）と
思うて女二の宮に　来る度毎
様子や態度　見ておるが
女二の宮自分では　対応じへん
（なんとかきっかけ　作ってに
思慕を直接に　話して
女二の宮の思いを　知りたい）と
思い続けて　おるうちに
一条御息所　物の怪に
患わされたか　ひどうなり
小野の辺りに　持っとった
山荘そこに　移り行た

八月二十日の　頃なって
野辺の景色も　床しなり
小野の山里　気になって
「何や言う律師(第三順位の僧)珍しゅう
下山してるて　聞いたんで
相談したい　ことがある
一条御息所も　病んでおるのんで
見舞いがてらに　行ってくる」
と言い普通の　訪問と
騙して夕霧　山荘へ
寝殿かなと　思われる
建物東の　広間には
祈祷の壇を　塗り固め
北の廂間に　一条御息所おり
西の座敷に　女二の宮が

「物の怪憑いたら　困るから」
と女二の宮は京に　残る様と
勧めたけども　女二の宮は
「なんで離れて　暮らせるか」
と付いてきて　ここ居るが
物の怪乗移るん　怖がって
ちょっとばかしの　仕切り置き
北廂には　入れさせん

山里屋敷　手狭やで
夕霧座る　場所無ぅて
女二の宮居る部屋の　御簾の前
一条御息所ひどぅに　苦しむん
聞こえて来たんで　女房ら
北の廂間へ　行ってもた

仮住まいやで　元々に
大勢は居らん　女二の宮の部屋
余計人数　少ななり
ますます女二の宮　沈み込む
部屋内　静まり返ってて
(思慕言うんに　チャンスや)と
夕霧なにやら　言うたんで
それ取り次ごと　女房が
御簾の中へと　入るんに
付いて夕霧　御簾内へ

気付いて女二の宮は　気味悪て
北の襖の　外の方へ
いざって出よと　したけども
夕霧り手探り　引き止める

襖の向こうに　その身ぃは
入っておるが　着物裾
こっちに残って　おってから
そこには掛け金　ないのんで
閉めることさえ　出来んでに
汗水出して　震うてる

女二の宮は襖を　抑えるが
なんにも防ぎに　ならへんを
敢えて引き開け　とかせんで
「これで防げる　思うんは
なんと気の毒　気ぃ知れん」
と笑うけど　無理矢理な
ことも出来へん　夕霧や

「こんな我の気　知らんのか
なんと冷淡い　心やな
知ってるくせに　男女仲」

といろいろと　責めたけど
（どう答えたら　良えんや）と
女二の宮困り　果てとおる

「死んだ人忘れて　この我を」
言うて明るい　月の照る
表に引き出そ　するのんで
（何するんや）と　思う女二の宮

気強ぅ振る舞う　女二の宮やけど
夕霧た易う　引き寄せて
「誰にも負けへん　この思慕
安心してに　任しとけ

許さへんだら　絶対に
これ以上のこと　せんからに」
と自慢気に　言い続け
夜も明け方に　近ぅなる

塗籠中で契りをば　（源氏君年齢　50歳）

そのうち一条御息所が　亡うなって
女二の宮は元居た　一条宮へ
一条宮東対の　南側
そこを夕霧　我が部屋と
主人気取りで　居つきおる

食事とか済み　静まって
夕霧が来て　小少将君へ
（すぐにでも）とに　責っつくが
女二の宮は固うに　逢おとせん

こないに固う　拒むんで
もう辛抱が　出来へんと
小少将君連れて　（ここかな）と
見定め付けて　女二の宮の居間
覗いてみたが　そこ居らん

（こんなことでも　あるかな）と
思うておった　女二の宮は
（あぁ情けない　あの方は
ほんまに　思い遣り無うて
軽率やな）と　不愉快で
（幼稚やなぁと　言われても
仕方ないけど）と　塗籠の
中に入って　内側に
鈎掛けそこで　寝てしもた

（いつまでこの身　守れるか
人の気知らんと　女房らが
夕霧居るんが　嬉しいて
浮かれて騒ぐん　口惜しい）と
悲しゅう思う　女二の宮や

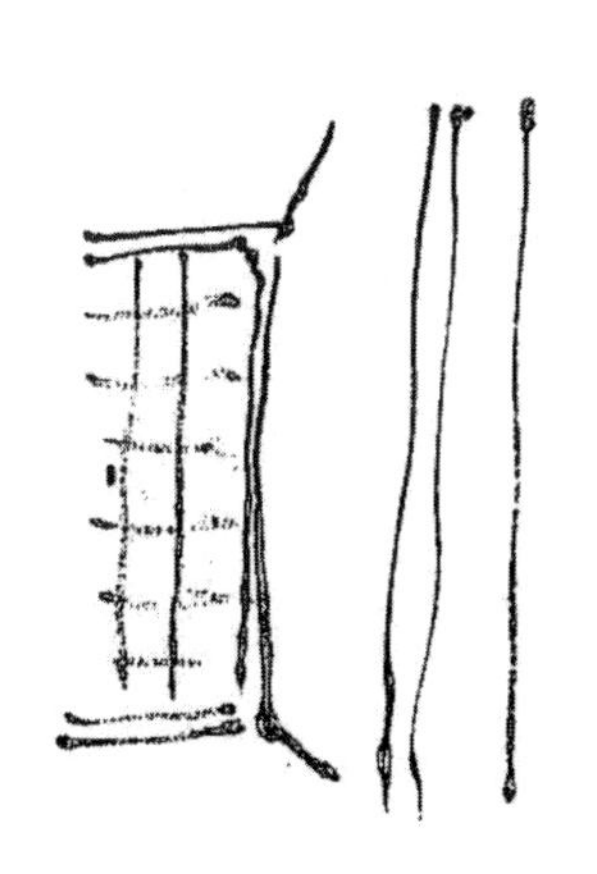

一方夕霧　呆れ果て
（大層冷たい）と　思うけど
（諦めるかい　これくらい）
と気長にと　いろいろを
考えながら　日ぃ過ごす

一条宮で　女二の宮は
長期に塗籠　籠ってた

来る度夕霧　小少将君を
やいのやいのと　責め立てる
責められ続け　小少将君
女房出入りの　塗籠の
北の戸開けて　夕霧を
やっとのことに　入れたんや

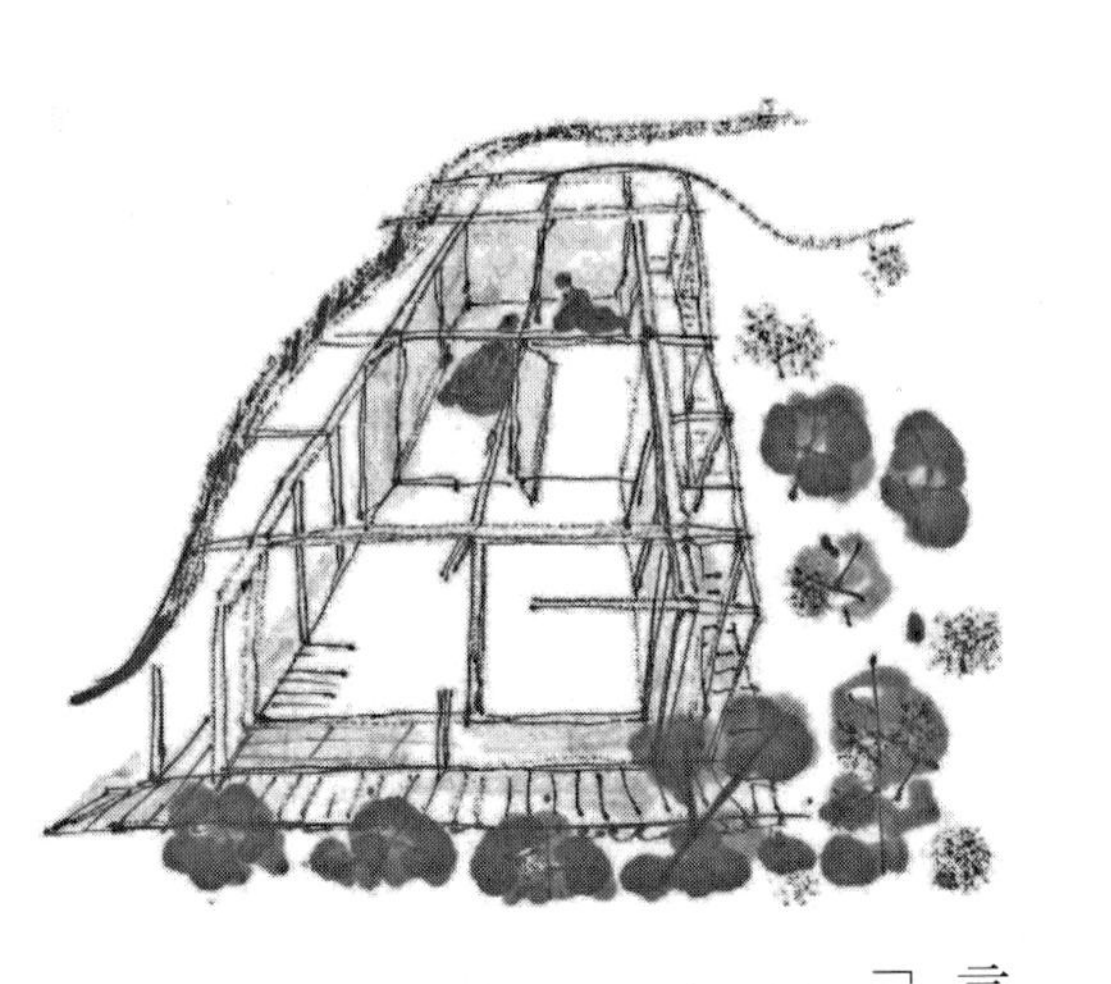

夕霧女二の宮が　分かる様に
世の常識を　教え言て
言葉尽くして　しみじみと
気ぃ引ことして　話すけど
女二の宮はただただ　恨めして
（あぁ嫌やな）と　思ぅてる
言い倦ねたか　夕霧は
「〈これほどひどぅ　嫌やな〉と
思われるんも　恥ずかしい
身分に合わへん　恋心
思慮あらへんと　悔むけど
もう世間では　噂され
身分尊い　その名前
落ちてしもてん　確かやで
（もうこれまで）と　諦めや」

言うけど単衣を　頭から
被って声上げ　泣く姿
見たら可哀想　なってもて
（こうなったんも　我の所為）
とに何やかや　思ぅてに
無理に女二の宮　宥めんと
嘆息ついて　夜明かしへ
女二の宮に拒まれ　惨めにと
出て行くのんも　気ぃ悪て
そのままそこで　寝ることに
（こんな無茶苦茶　ひどいな）と
思ぅて嫌う　女二の宮様子
夕霧（アホな）と　恨めしゅぅ
思うが可哀想　気ぃもする

ちゃんと身形を　整えた
普段のそれより　夕霧が
こんな寛ぎ　居るのんは
もう十分に　美しい

比べて柏木　それほどは
美貌優れて　おらんのに
女二の宮を見下し　侮って
〈器量あんまし　良うない〉と
見てたを思い　女二の宮は
（ましてこないに　衰えた
私をこの方　ちょっとでも
我慢出来るか　どやろか）と
思たら恥ずかし　胸湧いて
いろいろ思いを　巡らして
起こったことを　呑み込もと

雲居雁堪らず実家にへと

（源氏君年齢　50歳）

こないし夕霧　無理やりに
女二の宮の邸に　居続けて
夫婦顔して　居ったけど
（もうこれまで）と　雲居雁
（まさか）と　信じておったのに
（『真面目の浮気　手に負えん』
と言うのんは　ほんまや）と
夫婦の関係　噛みしめる

（こんな侮辱は　もう嫌）と
方違えをば　口実に
前太政大臣の邸へ　帰ってもた
日い暮れてから　夕霧は
三条邸戻り　これ知って
帰った雲居雁を　戻そうと
前太政大臣の邸　訪ねたら
「雲居雁は　弘徽殿女御が
居てはる　あっちの寝殿に」
と言うので　仕方無うて
雲居雁いつも居る　部屋行たら
女房らだけが　控えてて
乳母の傍には　若君ら
あちこちうろうろ　居ったんで

「若うもあらへん　年齢やのに
子おらあちこち　放りだして
寝殿なんかで　遊ぶとは」

言うてその旨　伝えたら
「飽きられてもた　私やから
この性格は　なおらへん
なんで今更　帰れるか

出来の悪い子　捨てらんと
育ててくれたら　嬉しいな」

と言ん　返って来たのんで
「あれまあ殊勝な　ことを言う
他人が聞いたら　このことで
悪言われんは　誰かいな」

言うて無理矢理　「戻れ」とは
言わんと夕霧　その夜は
前太政大臣の邸で　一人寝る

夜明けて夕霧　雲居雁へと
「人が聞いたら　見苦しい
別れる言なら　仕方ないな

三条邸に　残してる
あの子らお前　恋しがり
泣いてるのんが　気ぃなるが
よっぽど　出来の悪いんを
残したんやと　思うけど
我が捨てんで　育てたる」
と脅す様に　言うたんで

(思い込んだら　突っ走る
性格持ってる　夕霧やから
ここ連れて来た　子おまでを
あの女二の宮が　住んでるの
一条宮へ行くんと　違うやろか)
と不安がる　雲居雁

御法（みのり）

【源氏君年齢：51歳】

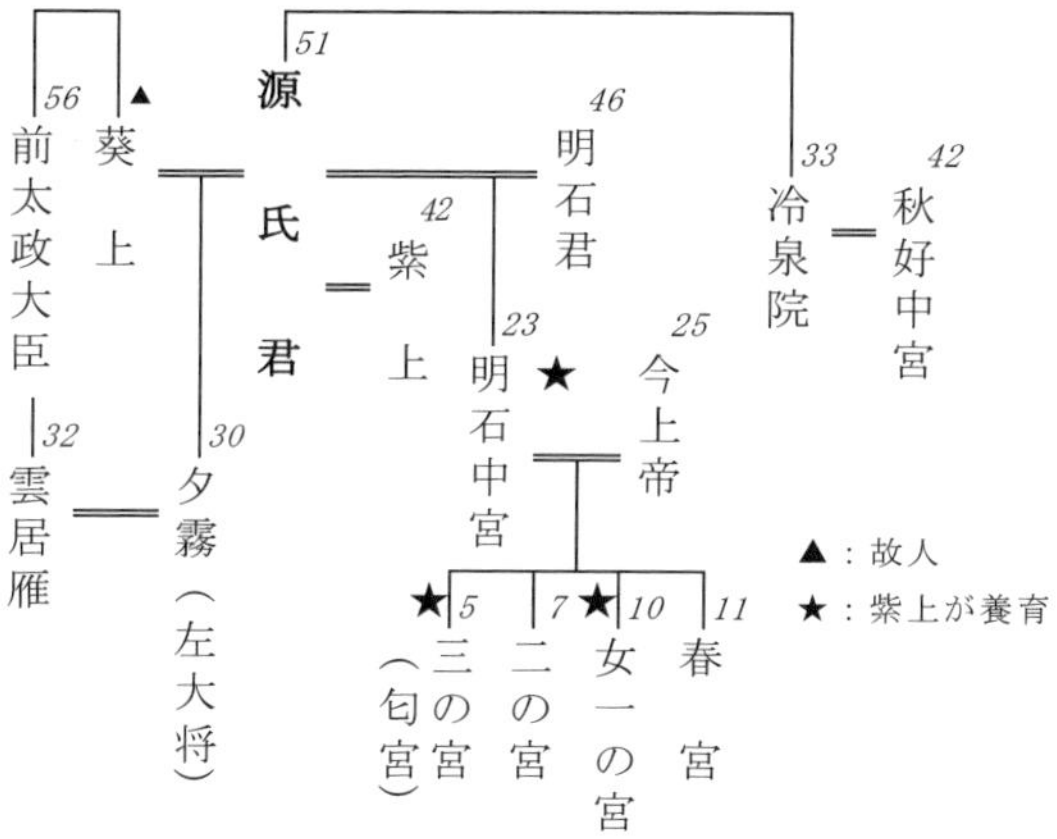

前太政大臣 56
葵上 ▲
源氏君 51
雲居雁 32
夕霧（左大将） 30
紫上 42
明石君 46
明石中宮 23
今上帝 25
冷泉院 33
秋好中宮 42
★三の宮（匂宮） 5
二の宮 7
★女一の宮 10
春宮 11

▲：故人
★：紫上が養育

秋好中宮・源氏君が見る前で
（源氏君年齢　51歳）

ひどぅ患た　その後も
紫上はなにかと　病がち
どこがどうかは　分からんが
気分の悪い日　続いてる

それほど重篤ぅは　無いけども
悪て年月　続いたで
回復見込みも　薄うなり
ますます弱って　行くん見て
源氏君嘆くん　無理もない
（先立たれたら　ちょっと間も
　生きて残るん　辛いな）と
源氏君は思い　紫上も

（この世に望み　何も無ぅて
気懸りになる　子ぉさえも
居らへん身の上　なんやから
無理に生きよと　思わんが
長期に添ぅた　源氏君ととの
縁が切れたら　どないにか
源氏君悲しむ　ことやろか）
とそのことを　思ぅたら
心の中で　しみじみと
一人自分で　悲し思い

来世の為と　あれこれと
尊い仏事　しながらに
（やっぱり出家　してしもて
せめて生きてる　間だけでも
勤行続け　過したい）
と思て何度も　頼むけど
源氏君全然　許さへん

ようよう秋が　来たかして
世の中涼しゅう　なったんで
紫上はちょっとは　爽やかな
気分で過ごす　ことあるが
どうにかすると　また悪う

まだ身に沁みる　冷たさの
秋風違うが　紫上は
（儚う死んで　まうんか）と
涙で袖を　濡らしてる

見舞いに来てた　明石中宮が
そろそろ宮中　戻るんで
（ちょっとだけでも　ここ居って）
と思い紫上　願うけど
（出過ぎ違うか）と　思う上
（早う戻り）と　催促の
今上帝の使者が　来るのんで
言い出せんまま　おったけど
明石中宮の居る　東対
そこへも来れん　容態を
気遣うたんか　向こうから
明石中宮　こっちへと

風吹き出した　夕暮れに
前庭にある　草木とか
見よかと紫上　脇息に
寄り掛かってた　その時に
源氏君がそこ来て　それを見て

「気分が良うて　起きてるか
明石中宮傍に　居るのんで
気ぃも晴れるか　良えこっちゃ」

言うんを聞いて　紫上は
ちょっ良えんを　喜ぶの
源氏君の顔見て　胸迫り
(いよいよその時　迎えたら
　どないに騒いで　悲しむか)
思たらしみじみ　悲しゅうて

「起きとって
　元気に見えるん
　　ちょっと間や
　萩に置く露
　　風すぐ飛ばす」
詠うた和歌と　同じに
庭先にある　萩の露
風に零れそ　なってんは
儚ない命を　思わせて
切無ぅなって　源氏君

「人いつか
　死ぬ時が来る
　　露世やが
　後先なしやで
　　死ぬんは一緒」
言うが涙は　止まらへん
「明石中宮そろそろ　帰ってや
気分が悪うて　苦しんや
弱っておるて　言うたかて
このまま引き留め　してるんは
　あんまり失礼　お帰りを」
言うて紫上　几帳寄せ
横にとなった　その様子
大層辛いか　頼りない

「どないどない」と　明石中宮が
手え取り見たら　紫上は
ほんに消えてく　露みたい
もう臨終かと　見えたんで
御誦経しようと　出す使者
その数多て　大騒ぎ
以前にもこんなん　あったんで
(また物の怪の　仕業か)と
一晩中に　いろいろな
祈祷なんかを　尽すけど
甲斐無ぅ夜明けに　亡うなった

【源氏君年齢：52歳】

55 朱雀院
26 女三の宮
5 若宮（薫）
▲紫上
52 源氏君（准太上天皇）
▲葵上
31 夕霧（左大将）
47 明石君
24 明石中宮
26 今上帝
12 春宮
6 三の宮（匂宮）

▲：故人

物思い沈む源氏君（源氏君年齢 52歳）

新春の光を　見とっても
心はそこには　あれへんで
落込んどぉる　源氏君

新春や言ぅのに　管弦の
遊びも無ぅて　例年とは
違ぅて今年は　何もない

することもない　寂しさに
過ぎた昔の　思い出を
時々話す　源氏君

この世に未練　持たへんの
聖心が　深まって
そうも続かん　浮気をば

紫上恨んでた　様子とか
思い出したか　源氏君

（一時遊びで　あったのに
心底悩んで　おったんか
なんで惚れたか　他の女に

それ知ってても　紫上は
恨み続けは　せんかった
それでも　その度〈どなるか〉と
心を痛めて　おったんか）
と思ぅたら　可哀想で
悔む気持ちが　胸迫る

源氏の君は　しみじみと
（女三の宮が来た時　紫上が
顔には出して　おらんだが
時々　（あぁあ情けない）
と思とったやろ　その中で

雪の降ってた　明け方に
部屋の外出て　立ったまま
身ぃも凍える　荒れ空に
優しゅう穏やに　この我を
迎えてくれた　その時に
泣き濡らしてた　袖隠し
分からんように　気ぃ遣て
居った様子が　胸に湧き
夢でも良ぇから　会えるんは
いつのことか）と　夜中中
思い続ける　源氏君

春深まるが　源氏君
（庭の様子は　変わらんが
紫上が好いてた　春風情）
と思ぅたら　淋しゅうて
何を見たかて　胸痛て
この世を遥か　離れてる
鳥の声かて　聞こえんの
山奥にでも　行きたいと
思う気持ちが　強ぅなる

気持ち良さそに　山吹が
乱れ咲いてん　見たかても
涙が出てくる　源氏君

他所では　一重の桜散り
八重の桜も　盛り過ぎ
樺桜とか　咲き始め
後れて藤花が　色づくが

ここ西の対　その庭は
紫上が選んで　植えたんで
時は違ても　次々と
美し花々　続け咲く

隅の間にある　高欄に（渡り廊下の欄干）
寄り掛ってに　源氏君
前の庭やら　御簾内を
見渡しながら　紫上を
思い出しては　沈んでる

残った文を焼き捨てて

（源氏君年齢　52歳）

十月が来て　時雨雨
ただでも雨多い　季節やが
ますます物思い　沈んでに
夕暮れ空の　景色さえ
言いようも無ぅ　寂しゅうて

「十月は
　時雨の多い
　　季節やが
　こないに袖を
　　濡らさへんだに」

と一人悲しい　独り言
空渡って行　雁の翼
それ羨ましと　見ながらに

（大空を
　行く幻術士（楊貴妃の霊を探しに行った道士）
　　夢にさえ
　出で来ん紫上の
　　行方教えよ）

何をしてても　紛れんで
月日経っても　ますますと
紫上思い出す　源氏君

（残しったら　見苦い
文とか後で　他人見たら
恥ずかしなぁ）と　思たんか

ちょっとだけやが　残してた
文探し出し　女房らに
焼かしておった　その時に

あの須磨居った　流浪時
あっちこっちの　姫君が
寄越した文の　その中に
紫上の　書いたんが
別に束ねて　結んだる

それは源氏君(げんじ)が　自分から
取り置いとった　文やけど
（遠い昔に　なったな）と
見たらこの今　書いた様(よ)に
見えるみたいな　墨具合

（ずうっと置きたい　形見やが
出家の身ぃに　なてもたら
見ることさえも　出けへんな
　残しとっても　甲斐ない）と
親しい女房(にょぼ)の　二、三人
それらに言(ゆ)うて　目の前で
ビリビリビリと　破らせる

親しゅうなかった　人かても
死んだ後での　筆跡(ふであと)は
見たら悲しゅう　思うのに
まして紫上(むらさき)　書いた文

それ見て今は　なおさらに
悲しみ増えて　堪(た)えられず
どうすることも　できんまま

（あぁ情けない　これ以上
取り乱したら　女々(めめ)しゅうて
見苦しいか）と　良(よ)う見んと
細々(こまごま)書いたる　その横に

《残しても
　見る甲斐もない
　　こんな文
紫上(あれ)と同(おんな)じ
　　煙になれや》

と書き付けて　皆焼いた

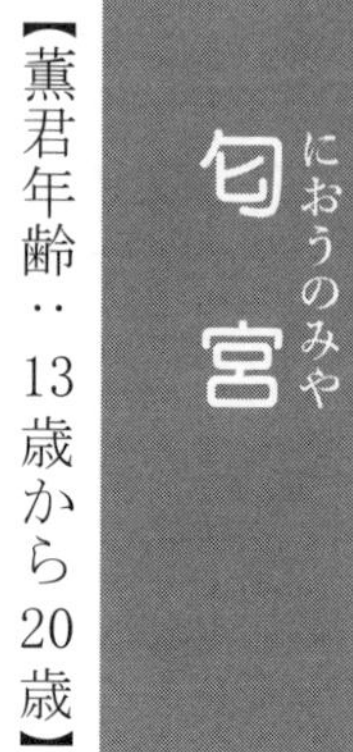

【薫君年齢：13歳から20歳】

▲朱雀院　31 女三の宮
▲柏木
▲源氏君　61 明石君
38 明石中宮
40 今上帝
19 薫君
26 春宮
20 匂宮
▲：故人

源氏君の子孫のその中で

（薫君年齢　13歳～14歳）

年月八年　過ぎてって
その間に源氏君は　世ぉ去って
寂しさ募る　日々やった

源氏君亡ぅなった　その後に
大勢子や孫　居るけども
美貌を継いでん　そう居らん

今上帝の子　三の宮（匂宮）
それと同じに　六条院で
育てて貰た　若君（薫君）と
このお二人が　それぞれに
気高ぅかって　美しと
評判なって　おったけど
なるほど人並み　以上やが
源氏君の眩さ　欠けとった

紫上が特別　心込め
育てておった　匂宮
紫上居た二条院に　住んどぅる

今上帝や明石中宮も　この匂宮を
特別大切に　しとってに
内裏の中で　住ませたが
やっぱり気楽な　二条院
そこが住み良ぇ　思とった

元服したんで　この匂宮を
兵部卿と　言うのんや

女三の宮から生まれた　若君（薫君）は
源氏君が願うた　通りにと
冷泉院が　特別に
大切にしてて　皇后の
秋好中宮は　一人の皇子さえも
居らんで　心細いんで
なんと頼もし　後見役と
この薫君を　頼りにと

新春迎えて　薫君
元服するんは　冷泉院御所で
年齢は十四で　二月には
侍従（帝の近くにいて諸用を務める）の官職に　就いたんや

秋には　右近中将（帝の警護役の次官）に
更にと冷泉院が　持っとった
昇進させる　権限を
使うて地位　上げさして
急いで四位に　進ました

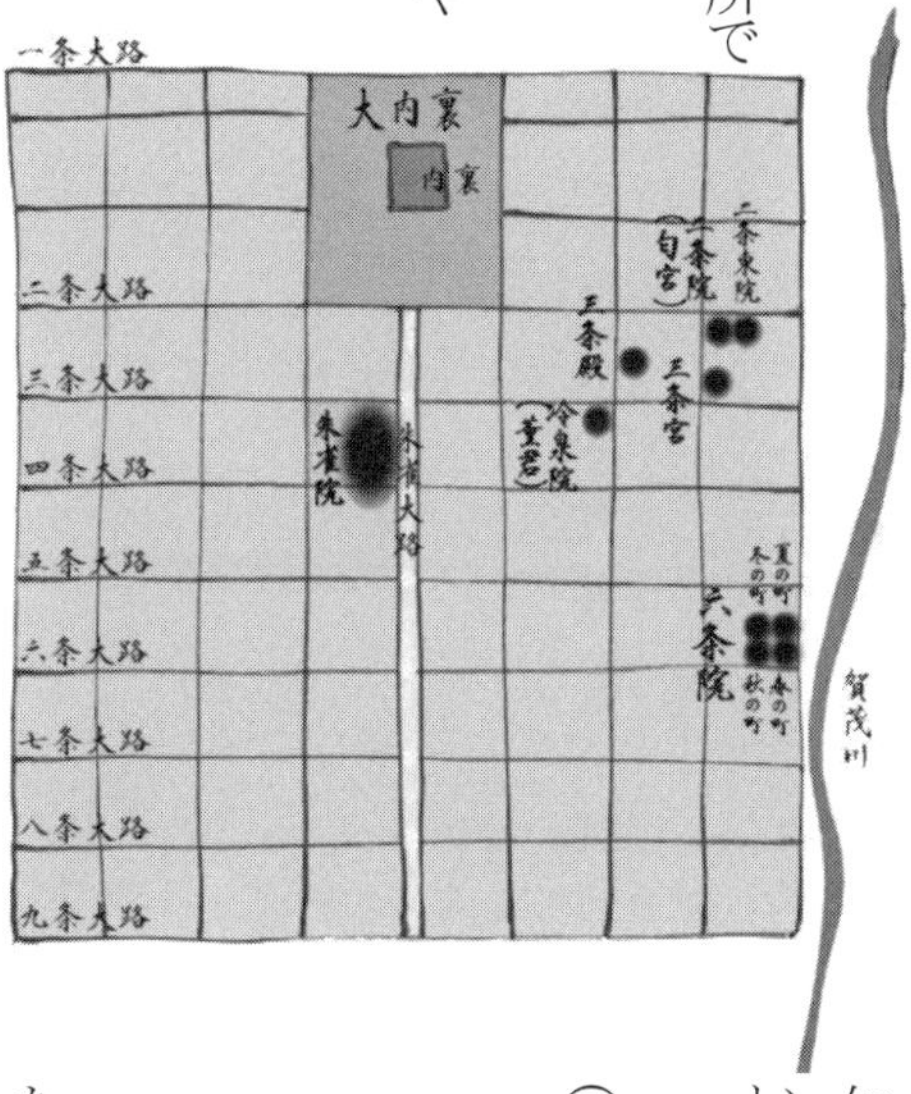

秘密知ってるこの薫君は
（薫君年齢　14歳～15歳）

幼心に　薫君
うすうす聞いた　あの不審
ずうっと気掛かり　やったけど
問うて訊く人　誰も無い
母宮には　自分が知ってると
知られた困る　ことやなと
いつも心で　気に懸かり
（どんな経緯　あったんか
何の因果で　こんな様な
苦しみ背負て　生まれたか
ことある度毎　この我に
なんか穢れが　あるんか）と
ただ悲しゅうて　思うんは

(母宮(はは)が若(わこ)ぅに　出家して
どんな道心　持っててに
急(せ)えて仏道　入ったか
思い掛けない　こと起きて
この世を嫌に　なったんか
皆(みんな)は秘密　知っとって
隠さんならん　ことやから
我(わし)に言(ゆ)うのん　避けとんか)
あれこれ思て　日ぃ過ごす

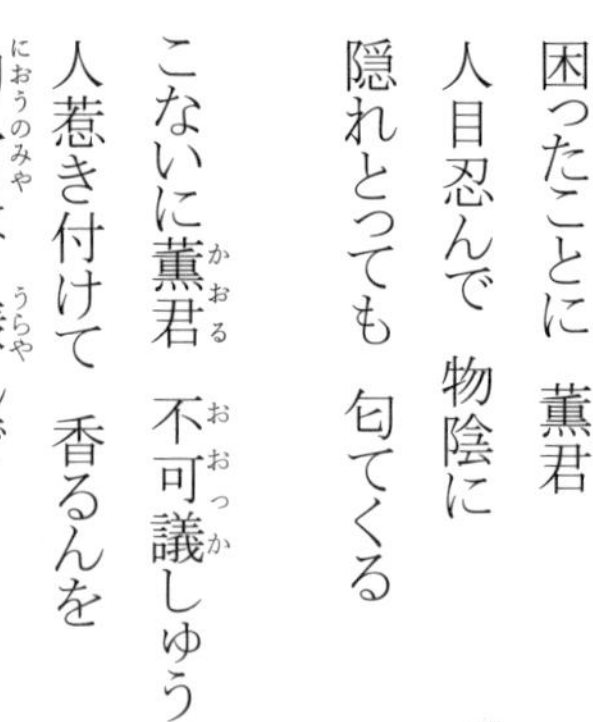

薫君(かおる)に備わる　良(え)ぇ香り
この世のもんと　思えんの
不思議な香りで　動いたら
百歩離れた　遠(とお)ぅまで
匂ぅてくる様(よ)な　気ぃがする
これほど高貴(たかい)　身分(み)の人は
誰もが身形(みなり)　気に掛けて
(我(わし)こそ人よりに　上やで)と
衣装や化粧に　気配るが
困ったことに　薫君
人目忍んで　物陰に
隠れとっても　匂てくる
こないに薫君(かおる)　不可議(おおっか)しゅう
人惹き付けて　香るんを
匂宮(におうのみや)は　羨(うらや)んで

(他(ほか)は良(え)ぇけど　香りでは
負けへんでぇ)と　思ぅてに
わざわざ優れた　薫香を
いろんな衣に　薫(た)き染(し)める
これを捉まえ　世の人は
『薫る中将(ちゅうじょ)　匂う兵部卿宮(みや)』
と喧(やかま)しゅう　囃してる

紅梅（こうばい）

時代としては「竹河」「橋姫」の後
【薫君年齢：24歳】

薫君 24
右大臣夕霧 50 ＝ 大姫君 30
明石中宮 43
今上帝 45 ＝ 明石中宮 → 匂宮 25、春宮 31
春宮 ＝ 大姫君
▲柏木
紅梅大納言 55 ＝ ▲前北の方 → 大君 18、中君 16
大君 ＝ 春宮
真木柱 46 ＝ 紅梅大納言 → 若君 11
▲蛍兵部卿宮 ＝ 真木柱 → 東姫君 21

▲：故人

紅梅大納言に娘三人居り

（薫君年齢　24歳）

その後三年　過ぎた頃
紅梅大納言　言うのんは
前太政大臣の　その次男
兄は言うたら　柏木や

紅梅大納言奥方　二人居て
最初の奥方　死んでもて
次の奥方　これまさか
故鬚黒の　その娘
別れる柱を　悲しんだ
真木柱の　姫君や

この真木柱　その昔
蛍兵部卿宮へ　嫁いだが
その蛍兵部卿宮　死んだんで
後で紅梅大納言の　奥方に

紅梅大納言の　子供らは
元の妻の子　二人居り
これ大君と　中君や
それを寂しゅう　思うてに
神仏祈り　生まれたは
真木柱とに　男君

真木柱が産んだん　もう一人
蛍兵部卿宮とに　女君

紅梅大納言はどれの　姫君も
隔ても無うに　可愛がり
親子の情を　交わすけど
それぞれに付く　女房らは
そう言う訳には　行かんへんで
競争心　溶けんでに
何や揉め事　時々に

紅梅大納言の　姫君らは
次々大人　なったんで
裳着の儀式を　それぞれに

間口の広い　七間の
大つきい寝殿　造ってに
南面に紅梅大納言と　大君
西に中君　東には
真木柱の姫君　住まわした

紅梅大納言が　姫君らを
大切に世話して　居るのんの
評判立って　次々と
求婚話　多かって
今上帝や東宮　そっからも
入内の話　やってくる

（帝には明石中宮　居るのんで
あの威勢には　敵わんな
東宮の方は　右大臣にと
なってる夕霧　その姫君で
並ぶ人居らん　人柄で
競争するんも　難しいが
そう言うてたら　埒明かん）
と思い紅梅大納言　心決め
東宮にへと　大君を

年齢は十七、八位
愛らし華やか　容貌やった

また中の君　同じ様に
気品で優美で　物静か
姉に勝って　美して
並みの臣下に　遣るのんは
勿体ないの　器量やで
(匂宮が　望むなら)
とかとか思う　紅梅大納言

あれこれ悩む真木柱

(薫君年齢　24歳)

東の姫君は　物事に
(蛍兵部卿宮の子)
分別の付く　大人やで
(世間と同じに　結婚とかし
　夫持つんは　さらさら)と
全然その気ぃ　持ち居らん

世間の男　競ぅてに
権勢に阿る　気もあって
先妻産んだ　姫君らには
あれこれ熱心ぅ　言い寄って
華やか話題　多いのんに
一方東の　姫君の方は
全てにわたって　ひっそりと
静かに奥で　籠ってる

そやのに匂宮は　これ知って
(我に合うんは　この女)と
手に入れたいと　強よ思い
紅梅大納言と　真木柱
その子で　東姫君の弟の
若君いっつも　傍置いて
こっそり東姫君に　文を出す

東姫君から返事　ないのんで
(なんでこのまま　下がれる)と
意地加わって　匂宮
諦めとかは　せんかった

このこと知って　真木柱
(匂宮の所へは　中君と
紅梅大納言思ぅて　居るのんに
その気もあらへん　東姫君にへと
甲斐無い文を　届け来は
無駄やのに)とは　思いながら

（申し分無い　お方やな
匂宮なら　婿として
お世話のし甲斐　あってから
将来これも　豊やで）
とかとも思う　真木柱

そやけどこの匂宮　気移りで
こっそり通う　女多て
八(※)の宮の娘の　姫君へをも
執心深う　思うてに
宇治にちょくちょく　通うてる

頼り甲斐無て　不真面目な
性格気になり　気ぃ引けて
（東姫君を遣るんは　どうかな）と
思うが匂宮が　熱心に
言い寄るのんも　畏れ多て

東姫君には言わんで　真木柱
お節介にも　返事出す

※八宮の娘の姫君〈中君〉は「橋姫」
で登場、匂宮が宇治に通うのは
「総角」の中で

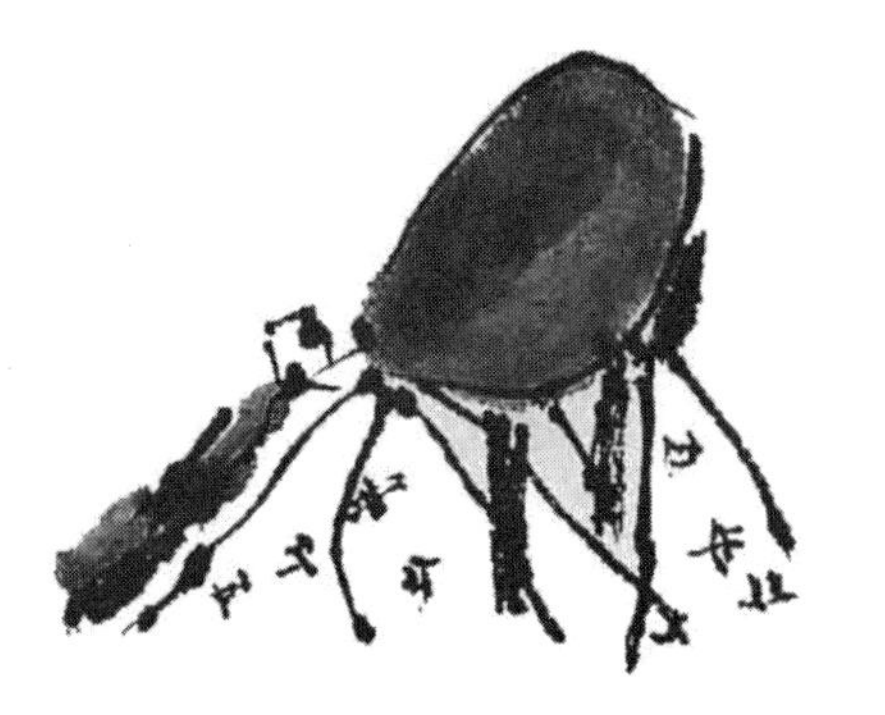

竹河（たけかわ）

時代は「紅梅」より前

【薫君年齢：14歳から23歳
〈ここでの記載は16歳まで〉】

▲：故人

- ▲鬚黒 ＝ 49 玉鬘
  - 26 左近中将
  - 25 右大弁
  - 21 大君 ＝ 45 冷泉院
  - 19 中君 ＝ 37 今上帝
  - 15 藤侍従
- ▲鬚黒 ＝ ▲前北の方
  - 36 藤中納言
  - 38 真木柱

その後の玉鬘（ひめ）とその子おは

（薫君年齢　14歳）

尚侍（ないし）（帝の第一秘書官）になった　玉鬘
もう亡（の）うなった　鬚黒の
間に生まれた　子供らは
男三人　姫二人

（どの子も立派に　育ってに
どんな大人に　なるんか）と
楽しみしてた　それやのに
呆気無（あっけの）鬚黒　亡（の）うなって
悪夢見る様（よ）な　玉鬘

『是非宮仕え　させたい』と
以前（まえ）から鬚黒　願（ねご）うてて
今上帝（みかど）にお願い　してたんで
年月数えて　帝からも
（そろそろその年齢（とし）　違（ちが）うか）と
入内（じゅだい）の誘い　絶えずある

（帝の妃（きさき）の　明石中宮（ちゅうぐう）の
威勢増々　強（つよ）うなり
その勢いに　圧倒（あっと）され
帝に仕える　女御（にょご）・更衣
皆居れへんと　同（おんな）じで
その末席に　仕えても
明石中宮（ちゅうぐう）に睨まれ　可哀想
他（ほか）の妃（きさき）と　比べられ
数にも入らん　女やと
思われるんは　気苦労か）
と迷うてる　玉鬘

姫君の噂を　聞いたんか
冷泉院から　丁寧な
申し出言葉　来たのんや

昔に冷泉院が　願うたが
それに背いて　玉鬘
入内するんを　断った
それ根に持って　恨み言
込めて咎める、みたいにと

「今はいっそう　年齢取って
面白もない　所やなと
思うやろうが　そ言わんと
安心出来る　親やなと
思うて姫君を　我の所」
と真剣に　言うて来た

大君冷泉院に　中君帝へ

（薫君年齢　15歳～16歳）

あれこれしてて　過ごすうち
月日自然と　経ってくが
姫君らの将来　心配で
思案に暮れる　玉鬘

冷泉院からの文　毎日に

（こうなったんも　宿命か
これほど是非と　言うのんを
畏れ多うて　無視出来ん）
とかとか思う　玉鬘

既に輿入れ　調度類
前以て用意　してたんで
女房らの衣装　その他の
細々した物　用意にと

お付きの女房や　女童は
器量の良えのん　揃えてる

冷泉院へ出掛ける　その儀式
内裏の入内と　変わらへん

やがて夜更けて　大君は
冷泉院の御前へ　参上に

冷泉院大君を　華やかに
深ぁい愛を　注がれる

胸が躍って　冷泉院
臣下と同じ　気ぃなって
気楽ぅ振る舞う　その様子
ほんまに喜び　溢れてる

そのうち大君　実家戻り
四月に生まれた　女宮

退位の後の　誕生で
晴れがましゅうは　ないけども
冷泉院は格別　お喜び

女宮ずっと抱き　玉鬘
可愛いてたまらん　やったのに
「大君と女宮　連れ立って
早ぅ戻り」と　冷泉院からは
しきりの催促　来るのんで
五十日の祝いの（生まれて五十日目の祝い）　その頃に
冷泉院の邸へ　戻りにと

女一の宮　お一人が
冷泉院の子として　居ったけど
久しぶりの子　可愛らして
冷泉院は嬉して　堪らんで
大君の所　入り浸る

「帝も大君　思慕ぅてて
冷泉院に行ったん　羨んで
気ぃ悪ぅして　恨んでに
しょっちゅう不満　言ぅてる」と
言て来る人が　おったんで
ほとほと嫌になり　玉鬘

（仕方ないそんなら　帝への
入内と言う形　取らへんで
女官で公職に　就かさして
実家に住まして　勤めさそ）
と決め自分が　勤めてた
尚侍を　譲ろうと

尚侍は　朝廷の
重職なんで　おいそれと
交替するん　難して
長期に勤めて　そろそろに

辞任思てた　玉鬘
（代わりに中君）とを思て
帝にお願い　したのんや

昔にも鬚黒　願うての
実家居るままで　玉鬘
通い勤めた　例倣て
今度も帝　仕方ないと
尚侍替わるん　許された

尚侍に中君　就いたんは
前世の運命で　あったんか

玉鬘は長年に　願うてた
辞職出来んで　来たけども
それはこのため　やったんか

橋姫(はしひめ)

【薫君年齢：20歳から22歳】

▲桐壺女御 ＝ ▲桐壺院
　└ ▲**源氏君** ── 22 薫君

▲桐壺院 ＝ ▲某女御
　└ 56 八の宮

▲左大臣 ＝ ▲北の方
　└ ▲北の方

56 八の宮 ＝ ▲北の方
　├ 24 大君
　└ 22 中君

▲北の方 ＝ ▲左中弁
　└ 54 弁君

▲右衛門督の乳母 ─ ▲侍従の乳母
　└ 小侍従

▲：故人

そのころ古い親王(みや)居って

（薫君年齢　20歳）

歴史の裏で　世間から
忘られとった　老年(としより)の
昔の親王(しんのう)　おったんや

年月経(た)っても　子出来(でき)んで
物足ら無(の)ぅて　寂(さみ)しゅうて
（することないの　慰めに
せめて可愛(かい)らし　赤子を）と
思ぅて親王　言(ゆ)うてたが
思い掛け無(の)ぅ　女君誕生(ひめたんじょ)

この姫君(ひめ)可愛いい　愛らしと
大切(だいじ)に育てて　居るぅちに
またまた続いて　懐妊(おめでた)で
（今度は是非とも　男子を）と
願(ねご)ぅとったが　生まれたん
安産やけど　また女君(めぎみ)

そやのに産後に　北の方
ひどぅに病んで　死んだんで
目も当てられん　なりゆきに
親王ただただ　茫然と

妻を亡くして　親王は
（生きて行くさえ　辛うてに
堪えられんこと　多い世やが
〈出家をしたら　後残る
　妻や子供が　可哀想〉と
それも出来んで　居ったのに
妻死んでもて　寂しゅうて
幼い姫君らを　男手で
育てるのんも　親王の
我がするんは　体裁悪い）

と思い出家　願うけど
姫君らを頼む　人も無て
ぐずぐずしてて　月日経ち
姫君らそれぞれ　大人なり
容貌も格別　美しんで
それを明け暮れ　慰みに

親王は源氏君の　弟で
八の宮とに　言うてたが
冷泉院が東宮　やった時
朱雀院の母の　弘徽殿太后が
陰謀企み　東宮を
辞めさせ新たに　八の宮を
新東宮に　立てようと

押し上げられた　騒動で
八の宮は自分の　意志でも無
源氏君との関り　途絶えてた

後に源氏君の　子や孫の
時代になって　世間にも
顔さえ出せんで　籠ってた

こないし暮らす　その内に
住んでる邸　焼けたんや

それで無うても　辛いんに
その上不運　重なって
八の宮はひどうに　気落ちして
都に住める　邸無いで
宇治に持ってた　もの寂し
山荘にへと　移ってた

八の宮のこと聞き薫君

（薫君年齢　20歳）

その八の宮　気晴れんと
うつうつ暮らす　宇治山の
近い所に　住んどった
聖みたいな　阿闍梨居た（天台宗の高僧）
阿闍梨は冷泉院に　親しゅうに
仕えて経など　教えてた

ある日京に　出た序で
冷泉院の邸に　立ち寄って
経とか教えて　おったとき
経典見ながら　冷泉院
なんやら質問　されたんで

「八の宮はんは　聡明で
仏典学に　詳しゅうて
深い悟りを　持ってはる

前世の運命で　仏道者に
なる様に生まれた　お方かと

思慮も深うて　悟ってて
ほんまの聖に　見えとった」

宰相中将の　薫君
傍に控えて　居ったんで

（この世を住み難　思うのに
〈人がなんでや〉　思う程
勤行なんか　励まんと
無駄な月日を　過ごしてた）
と胸内で　思いながら

（出家もせんと　聖とは
その心境は　どないやろ）
と耳傾けて　聞いとった

冷泉院は　桐壺帝の
十番目えの　皇子はんで
八の宮の弟で　あったんや

話の中に　八の宮の
姫君のこととか　出たけども
聞いてた薫君　姫君らより

悟り切ってる　八の宮の
心構えに　興味持ち
（お目に掛って　話とか）
と思ぅ心　深まって
阿闍梨が山へ　戻る時

「必ず宇治へ　行くのんで
何か教えて　貰える様
貴僧はんから　内々に
八の宮の考え　尋ねて」と
思ぅた願いを　頼まれた

阿闍梨は八の宮　訪ね行き
（薫君道心　深いで）と
見たことそこで　話して

「その薫君　その時に
『何の取柄も　無い身ぃで
ずうっと部屋に　閉じ籠り
経を習ぅて　読んだりし
世に背え向けて　暮らすんは
誰にも遠慮　いらんけど
自分の怠け　癖からか
俗事に紛れて　過ごしてた

滅多にあらへん　暮らし振り
人伝て聞いて　感心し
是非にお教え　願ぅ』とて
心を込めて　言ぅた」と

そのこと聞いて　八の宮
「まだ年齢若て　世の中を
思い通りに　出来る身で
なんの不足も　ないのんに
後世のことまで　思ぅんは
ほんま珍しい　お方やな
こっちが恥ずかし　気ぃになる
仏法の友で　いらっしゃる」
と感心し　その後は
互いに文とか　取り交わし
そのうち薫君も　自分から
八の宮を訪ねる　ことなった

八の宮留守に薫君

（薫君年齢　20歳～22歳）

阿闍梨に聞いてた　それよりも
宇治の山里　寂し気で
八の宮の暮らしの　そのままの
住まいは仮の　草庵で
なんやら簡素さ　満ちとぉる

八の宮の邸着き　薫君
八の宮の哀れな　暮しとか
心を込めて　見舞いした

機会ある度　薫君
風流面も　生活も
好意を寄せて　お世話して
足掛け三年　過ぎてった

秋も終わりに　なったころ
四季折々に　続けてた
念仏しようと　八の宮
（川の畔の　このここは
網代(魚取り設備)の波音　うるそうて
落ち着かへん）と　阿闍梨住む
寺のお堂に　移ってに
七日間での　お勤めに

（しばらく行くんが　滞った）
と思い出し　薫君
有明け月(夜遅くに出る月)が　差し昇る
夜の深うに　京出て
少ない供で　こっそりと
目立たん様に　そこ行った

八の宮の邸に　近付くと
なんやら聞き分け　出来んけど
いろんな音色　聞こえてて
身に沁むみたい　寂しそう

（しばらく聞いて　居りたい）と
隠れて黙って　居ったのに
なんやら気配を　察したか
宿直人らし　武骨人
そこへ出てきて　畏まる

「さっさと案内　せんかいな
我(わし)に色めく　気ぃはない
こないし姫(ひめ)君らが　暮らすんは
堪(こら)えられんで　普通なら
それが不思議で　仕方無(しょうの)ぅて」
と熱心に　言(ゆ)うたけど

(あぁ怖(こわ)　うっかり案内を
したなら後で　叱られる)
と思たけど　仕方(しょう)ないと
姫(ひめ)君らが居てる　竹透垣(すいがき)(竹で作った垣根)が
廻ってる庭へ　連れて行く

部屋に居る姫君(ひめ)　二人して
琵琶前置いて　奏(かな)でてた

ちょっと間(ま)聞いて　居った薫君(きみ)
さっきの宿直人(とのい)の　男呼び
「我(わし)ここ居るん　姫(ひめ)君さんへ
ひどぅに濡れた　その愚痴を
聞いて欲しいと　思うんや」

これ聞かされた　姫君ら
(見られとったん　知らんでに
気ぃを許して　弾いた琴
聞かれてたんか)と　恥ずかして

(何や不思議な　香ばしい
匂いの風が　吹いとった
思い掛けない　ことやけど
人に聞かれて　居ったんを

気付かんかった　失敗(しもう)たと)
胸が騒いで　うろたえる

取次ぎ役の　女房の
不慣れな対応(たいおう)に　焦(じ)れてもて
(時が時やで　もう良(え)ぇ)と
薫(かおる)君自分で　歩いてに
まだ霧なんかが　晴れん中
御簾の前行き　跪(ひざまず)く

田舎染(じ)みてる　若女房(にょぼ)ら
受け答えさえ　出来(でけ)んでに
座布団出すんも　ぎこちない

「御簾の外(そと)では　落ち着かん
とても通えん　山道を
越えて来たのに　なんやこれ
ちゃんと対応　せんかいな

難儀(なぎ)してこないに　露に濡れ
何度も通ぅて　来るのんで
我(わし)の心を　知ってると
信じとるんで　どうかに」と
ひどぅ真面目(まじめ)に　言(ゆ)うたけど

「何も分からん　私(うち)らやで
分かった顔して　答えるん
何(なん)が何でも　出来(でけ)やせん」
と奥床しゅぅ　遠慮がち
気品な小声で　返事来る

「何も彼(か)にもを　知っててに
知らん顔して　答えんは
普通のことやと　知ってるが
其女(そちら)さんまで　空々しゅ
そんなん言(ゆ)うん　残念や」

とかをいろいろ　言(ゆ)うたけど
姫君(ひめ)恥ずかして　答えへん

そこへ年配女房が　来たんで
老女(それ)に対応　し任かせた

会(お)うた老女は柏木を　（薫君年齢　22歳）

出て来た年配　女房は
薫の君に　話し出す
「悲しい昔の　話やが
機会見つけて　耳に入れ
片端(かたはし)でも　伝え様(よ)と
思ぅて長期間(なごう)　仏にと
念じて居ったが　ご利益(りやく)か
願いが叶(かの)ぅて　会えたんで
あぁ嬉しいと　思うけど
なんの話も　せんうちに
涙が溢(あふ)れて　話されん」
と身体震わし　泣く様子
ほんまにひどぅ　悲しそう

「何度も来たのに　これまでは
話も出来（でけ）んで　おったけど

露深い道　独り濡れ
通ぅて来た甲斐　あったんか
嬉しい機会や　思うんで
さあさ何なり　お話を」

言（ゆ）うたら応（こた）えて　この老女
「あんたの母御（ははご）　女三の宮（さんのみや）
そこ仕えてた　小侍従（こじじゅう）は
もう死んだとか　聞いてるが
昔馴染みや　このワテと

親しゅうしてた　年配の
人も無（の）ぅなり　このワテは
晩年なって　田舎から
ここ来て仕えて　五、六年

知ってはるかな　もう死んだ
柏木はんの　あの噂
聞いたこととか　あらへんか

もう最期（さいご）かと　言（ゆ）う時に
ワテをその傍　呼び出して
ちょっとの遺言（ゆいごん）　されたんや

是非とも耳に　入れたいん
一つあるけど　皆も居る・・・

ここまで言（ゆ）たから（続きは）と
思うやろうが　そのうちに」
言（ゆ）うてそのまま　黙り込む

十月　五、六日ころなって
薫君（きみ）向かうんは　宇治の山里（さと）

喜び迎え　八の宮
山里似合いの　ご馳走を
趣向を凝らし　整える

その明け方に　八の宮（はちみや）が
勤行（おつとめ）してる　その間（かん）に
あの老女（としより）を　呼んで会う
この老女（としより）が　弁の君

柏木長期に　悩み抜き
病気になって　死んでった
その様子とか　話すとき
涙がどっと　流れ出す

聞いてた薫君　しんみりと
(他人のことを　聞いたかて
哀れな話　なんやのに
まして長年　気ぃ懸り
その元々を　知りとぉて
仏に向こて　願立てて
〈教え下され　是非とも〉と
祈り続けた　甲斐やろか
夢かみたいな　この話
思い掛け無ぅ　聞いたがな)

思たら出てくる　その涙
止めることなど　出来やせん

涙拭うて　薫君
「思い掛けへん　その事情
知ってる人が　おったとは

これ知ってんは　誰と誰
我はこれまで　聞いとらん」

それに応えて　弁の君
「柏木はんが　死ぬ前に
言い残されたん　あったんで
ずうっと気にして　居ったけど
祈り続けた　甲斐あって
こないしお会い　出来たんや
お目に入れたい　物あって

(もう仕方がない　焼いてもか
朝夕知れん　ワテやから
残しとったら　誰か見る)
と気懸りに　思てたが

ここの八の宮家へと　貴男はん
時々来るん　見とったら
ちょっと期待が　膨らんで
いつか機会が　あるかなと
祈っておった　その矢先
ほんにお会いが　適うとは
これはこの世の　ことで無て
前世の運命に　違いない」

と泣きながら　この薫君が
生まれた時の　あれこれを
良ぅ覚えてて　細々を

形見の文を預けられ

（薫君年齢　22歳）

とかとか弁が　話す内
今夜（きょう）もまたまた　夜ぉ明ける

「昔話は　尽きんけど
また他人（ひと）居らん　所でも

ここで其女（おまえ）に　会わんだら
ほんまの父親　知らんまま
罪深い身で　死んだやろ」
とかをしんみり　薫君

ためらいがちに　その老女
小（ち）っちょ固（かと）うに　巻き込んだ
かび臭い紙　何枚か
綴じ込んだんを　取り出して

「貴男（あんた）はんにて　ご処分を
『もう我（わし）生きては　居れんな』と
柏木（とのさん）言（ゆ）うて　このワテに
まとめてこれらを　くれたんや」
言（ゆ）うてそれらを　薫君（かおる）へと

京に戻って　薫君
真っ先袋を　開けみたら
唐（から）の模様が　浮き織りの
綾織物（あやおりもん）の　その上に
「上」と云う字が　書いたって
細組紐で　口結び
柏木の名で　封してる

恐る恐るに　開けたなら
たまたま女三の宮（みや）が　返事した
いろんな色紙（いろがみ）　五、六通

他に柏木　書いた筆跡（て）の
《病重（おも）うて　これまでや
ちょっと書く文　それかても
差し上げるんも　難しい
逢いたい気持ち　いっぱいや
また出家して　その容貌（すがた）
変わったことも　知っとるが》

そしてその端　書いてんは
《目出度ぅ聞いた　若君に
何の心配　ないけども

生きてたら
　陰で見よ思う
　　その成長
皆に隠して
　残した我が子》

それを見ながら　薫君
（なんであるんや　こんなこと）
思たら憂鬱　なってきて
内裏行くんも　気ぃ萎える

女三の宮の部屋へと　行ったなら
まだ若見える　姿して

無心に経を　読んでたが
恥ずかしがって　経隠す

それ見て薫君は　胸内に
（もう知ってもた　この秘密
なんでそのこと　言い出せる）

と思い心に　仕舞い込み
あれこれ悩んで　黙ってた

椎本（しいがもと）

【薫君年齢：23歳～24歳】

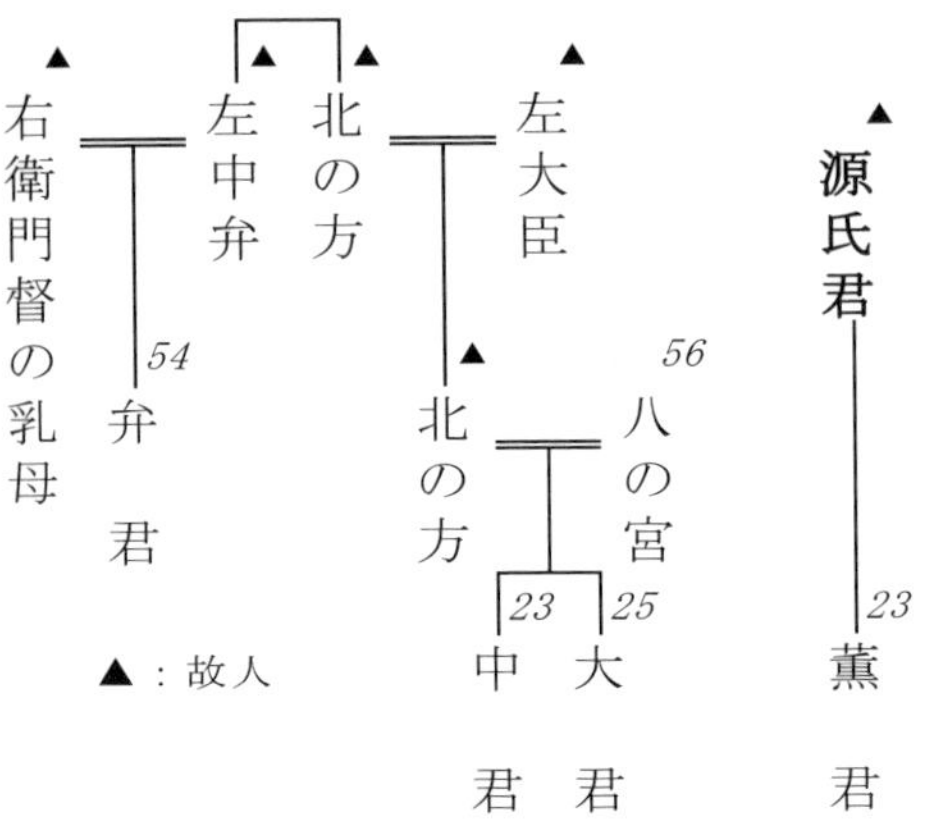

▲源氏君 ― 薫君（23）

▲左大臣 ＝ ▲北の方
　└ ▲北の方 ＝ 八の宮（56）
　　├ 大君（25）
　　└ 中君（23）

▲左中弁 ＝ ▲右衛門督の乳母
　└ 弁君（54）

▲：故人

なんと八の宮亡うなって

（薫君年齢　23歳）

秋もだんだん　深なって
それの風情に　染まったか
心細なり　八の宮
（いつもみたいに　念仏を
静かな場所で　したいな）と
山にと籠る　決心を

（父宮が山行き　籠っての
念仏三昧　今日まで）と
姫君らが待ってる　夕暮れに
山寺からの　使者来て
『今朝から気分　悪うてに
予定通りに　帰られん
いつもに増して　会いたいと
思う気持ちで　いっぱいや』
と言う伝言　姫君らにと
日い二、三日　経ったけど
八の宮は山から　下りて来ん
八月二十日の　頃やった
空の景色も　悲しゅうに
朝夕霧の　晴れ間無て

心を痛め　姫君ら
思い沈んで　おったんや

有明月(明け方に残っている月)が　華やかで
川面も清らに　澄んどんで
山寺側の　蔀上げ(上下二枚の開き窓)
それ見とったら　山寺の
鐘が仄かに　響いて来
(夜お明けるか)と　聞いてたら
使者の者が　そこへきて
「昨夜夜中に　八の宮はんが
亡ぅなったで」と　泣く泣くに

父宮気懸りで　心配で
(容態どうか)と　思てたに
(父宮が死んだ)と　聞かされて
余しのことに　ぼっとして
こないにひどい　悲しみを

受けたら涙　出やんのか
ただうつ伏せる　姫君ら

八の宮の死んだん　聞いて薫君
ひどぅ気落とし　残念で
も一回話を　ゆっくりと
したいん沢山　ある気して
無常なこの世　恨めしと
流す涙は　絶えやせん

宇治へ行くのん　出来んだが
そのうちやっと　薫君
(年変わったら　公の
　行事が多て　行けんな)と
思ぅて急ぎ　宇治にへと

薫君迎えて　姫君ら
雪が一面　降り積もり
普通の人さえ　来られんを
並々でない　様子して
難儀な山道　来る心
(浅ぅはない)と　分かるんで

いっつもよりか　心込め
すぐに席とか　用意する
(〈直に話を　するのんは
　恥ずかしなぁ〉と　思たけど
話をせんで　おったなら
思い遣りない　女やと
受け取られんも　口惜しな)と
嫌々大君　対応に

打ち解けた様で　ないけども
以前より言葉　続けてに
話すん大層　感じ良て
薫君気後れ　する程も
そのうちだんだん　薫君
(話すだけでは　済まされん)
という心　湧いて来が

(あぁあまったく　怪しからん
　何と分からん　我の心)
と自分から　戒める

あれこれしてた　その年に
三条宮が　焼けてもて
薫君の母の　女三の宮
仕方ことなしに　六条院へ
それやこれやで　忙がして
宇治の姫君らを　薫君
長期行かんで　放っといた

薫君破れ目覗こうと

(薫君年齢　24歳)

例年よりも　その夏の
(大層暑いん　かなんな)と
誰かて辛ぅ　思ぅてて
(宇治の辺りは　涼しかな)
と思い薫君　急ぎ行く

母屋の仏間に　居った姫君
(余り近ては　困るな)と
そおっと自分の　部屋の方へ
行こうとしてる　その気配
近ぅ聞こえて　薫君
座ったままでは　おられんで
隔てる襖の　その端の
掛け金傍の　破れ目を
知っとんたんで　傍寄って

立て掛けたぁる　屏風とか
引き除(の)けそこから　中見よと

風吹き簾ぅを　上げたんか
「人が見たなら　大変(おおごと)や
そこの几帳を　ここへ」とか
なんやら叫ぶ　人が居る

(アホか見てるん　知らんとに)
思ぅて薫(かおる)君　ほくそ笑み
(今や)と破れ目　覗いたら
几帳の低いん　高いんも
ぜぇんぶ庭側　簾ぅに寄せ

あっちの部屋との　境での
向かいの襖(ふすま)　開けたって
姫(ひめ)君らが移る　最中や

まずその一人　立ち上がり
几帳の開(あ)いた　隙間から
外見て　薫(かおる)君連れてきた
お供が行ったり　来たりして
涼んでるんを　眺めてる

濃い鈍色(にびいろ)の　単衣(ひとえ)にと
黒み黄色の　袴着け
地味やが　華やか見えるんは
人柄なんか　中君の

そこに大君　にじり出て
「あっちの襖(ふすま)　破れてた」
言(ゆ)ぅてこっちを　見る様子
気ぃ許さへん　用心は
なるほど嗜(たしな)み　深(ふこ)見える

立ってた中君　戸口座し
何が可笑(おか)しか　こっち見て
笑(わろ)ぅてるんが　可愛(かい)らしい

総角

【薫君年齢：24歳】

夕霧 50
今上帝 45 ＝ 明石中宮 43
八の宮 ▲
大君 26
薫君 24
女一の宮 30
春宮 31
中君 24 ＝ 匂宮 25 ＝ 六の君 23
▲：故人

なんとこの姫君中君や

（薫君年齢 24歳）

薫君長うに 待っとって
(喪中を気遣う ふりをして
行かなんだけど 九月には
喪に服すんも 終わるけど
九月は忌み月 なんやから
結婚話 どうかな)と
思たら辛抱 しきれんで
八月の末 宇治にへと

「以前みたいに お話を」
と言い案内 頼んだが
(気分悪うて 気ぃ向かん)
とかとか言うて 大君は
対面するんを 嫌がった

女房らひそひそ 話し合て
「ぜひ薫君を 姫君部屋に」
との魂胆を 固めてる

様子気付かん 大君やけど
(昔話を 思うたら
女房がこっそり 手引きして
男を入れる こともある)

と思い大君 思うんは
(こないに私を こだわって
来るんやけども この際は
いっそ中君を 代わりにと

見劣る私を　見初めたが
薄情でない　薫君やから
まして若うて　美しい
妹を見たら　その気にも）

大君の様子に　中君は
（なんや知らんが　姉さんが
悩んでおるん　可哀想）と
思いながらも　いつも通り
二人で寝よと　寝床へと

薫君が泊まるん　気に懸かり
（まさか女房が　手引きでも）
思たが隠れる　物陰の
無い住まいやで　大君は
自分の柔らか　衣とか
中君に掛け　暑いんで
ちょっと離れて　横になる

「そんなら今は　物越しで
逢うんも嫌やと　思とんか
そしたら仕方ない　こっそりと
後で寝所へ　連れて行け」
言うたら気利かし　弁の君
他者を早うに　寝かすとか
気心知れた　女房らと
示し合わして　手筈する

大君（もしも）と　思うたら
うとうとすること　出来へんで
何や聞こえたで　起き上がり
抜け出し這うて　隠れにと

中君一人　寝てるんを
（そのつもりか）と　薫君
心躍るが　だんだんに
（これはもちょっと　美して
可憐さ大君に　勝るな）と
大君でないんに　気いついた

中君ふっと　目え覚まし
びっくりしてもて　呆然と
してるんを見て　薫君
（何も知らんでに　この中君は）
と気いついて　（気の毒）と
思たが一方　大君の

この中君を　放っといて
離れて　隠れてしまうやの
冷淡い心　思ぅたら
情け無ぅなり　腹立って
（いっそ中君と）思ぅたが
（本来の願望を　捨てるんは
口惜しい思う　その上に
〈すぐに思慕を　変えてまう
　浅い心の　持ち主か〉
と思われんも　しゃくやから
ここは仕方ない　堪えるか

そやけど前世の　因縁で
中君と夫婦に　なるんなら
血筋同じや　まぁ良えか）

と逸る気ぃ　落ち着かせ
先夜の大君と　同じ様に
趣き込めて　優しゅうに
話し続けて　夜ぉ明かす

騙して匂宮を中君へ（薫君年齢　24歳）

八月　二十八日は
彼岸が終わって　吉日で
知られん様に　気ぃ配り
こっそり匂宮を　宇治にへと
薫君は弁を　傍呼んで
「大君　我を嫌がって
居るん分かるが　このままで
黙って中君所　行くのんも
どうか思たら　気ぃ引ける
今もうちょっと　更けた後
先夜みたいに　中君許へ
それ先立って　大君に
せめて一言　挨拶」と

ほんまらしゅうに　頼んだら
弁はそれ聞き　胸内で
（どっちの姫君でも　宮家にとり
　同じことや）と　大君に
薫君言たんを　聞いて大君
（思う通りや　気移した）
と嬉しゅうて　安心し
中君の部屋へと　通じてる
通路を開けて　反対の
廂の間ぁの　襖には
ちゃんと鉤鎖し　逢ぅたんや

その場ぁ行って　薫君
「一言申し　上げたいが
他人に聞こえる　大声は
みっともないんで　もうちょっと
ここの襖を　開いてや
うっとしのんや　この襖」
と言うたけど　大君は
「良ぅ聞こえるで　これでかて」
と言て襖を　開けんまま
（中君に心　移したん
私に謝る　つもりかな
そんなら初めて　逢うで無し
快ぅにと　対応し
夜ぉ更けん内）　とに思て
襖の傍へと　寄ったなら

襖向こうの　薫君
押して撓めた　隙間から
素早ぅ腕を　差し込んで
大君の袖　捉まえて
引き寄せ言んは　恨み言
びっくり困って　大君は
（何をするんや　嫌らしい
なんで対面　したんやろ）
と悔しゅうて　気塞ぐが
（ここは宥めて　中君へ）と
思ぅて「〈中君を　自分や〉と
　思てくれよ」と　頼んでる
その心延え　いじらしい
薫君が教えた　通りにと
先夜に薫君が　入ったの

戸口に寄って　匂宮
扇鳴らすと　弁が来て
中君の部屋へと　案内に

匂宮が中君の　部屋にへと
入るん知らん　大君は
(薫君宥め　中君部屋へ)
とて懸命に　思ぅてる
匂宮に気付かん　大君を
(滑稽しけども　気の毒)と
薫君思たが　(知らさんで
居ったら恨みを　買ぅかな)と
弁解できん　気ぃなって

「匂宮が(行きたい)　言ぅのんで
断り出来んで　ここへ来て
音も立てんと　中君の部屋
忍んで匂宮が　そこ居てる
貴女に嫌われ　中君獲られ
中途半端な　この我は
あぁあこの世の　笑い者」
と薫君言たら　大君は
全然知らん　ことなんで
びっくり呆れ　憎らして
(こんな無茶苦茶　する方と
全然知らんで　気許した
私の愚かさ　馬鹿にして
こんなことまで　するんか)と
ひどぅ悔むん　限りない

嘆く大君消える様に

(薫君年齢　24歳)

大君匂宮が　中君を
とんと訪ねて　来えへんを
思い悩んで　だんだんに
気分も悪なり　苦しゅうて
食事も皆目　出来ん様に
その後も女を　追いかける
匂宮の軽い　行いを
嘆いて明石中宮　手元置き
左大臣(夕霧)の姫君の　六の君
これと縁談　結ぼうと
皆で無理矢理　決めたんや
これの噂を　伝え聞き
大君増々　気落ちして

病気で弱る　身ぃなんで
日増しに生きて行く　気ぃ失くす

十一月来て　薫君
『気分が良え』と　聞いとって
公私の多忙も　重なって
五、六日ほど　使者とか
遣れへんままで　居ったけど
ふと(どないか)と　気ぃ懸り
せならん多数の　用事とか
放ったらかして　宇治にへと

出て来た弁が　言うのんは
「どこやと痛む　所も無て
苦しむ病気で　ないけども
食事も皆目　取りはらん

元々普通の　人違て
弱い体の　人やから
匂宮と中君との　あれ以来
ひどぅ悩んで　居ったんで
ちょっとの果物　それかても
見向きもされん　その所為か
びっくりするほど　弱ってに
もう回復は　ないかな」と

薫君大君の　傍寄って
「さてさて気分　どうかいな
心を尽して　この我が
祈って居ったが　甲斐無ぅて
声さえ聞けんの　悲しいぞ

我を残して　逝ったなら
どないに辛い　ことやろか」

と泣き言たら　大君は
意識朦朧　なんやけど
その顔袖で　覆いながら

「もちょっと気分　良かったら
話したいこと　あるんやが
それも出来んで　消えるんは
心残りで　残念や」

言うてる悲し気　なんを見て
抑え切れへん　涙出て
(何を言うんや　縁起でも
苦しみ弱る　大君に
滅入るところか　見せられん)

と薫君　堪(こら)えるが
それも出来(でけ)んで　おんおんと
声まで上げて　泣きながら

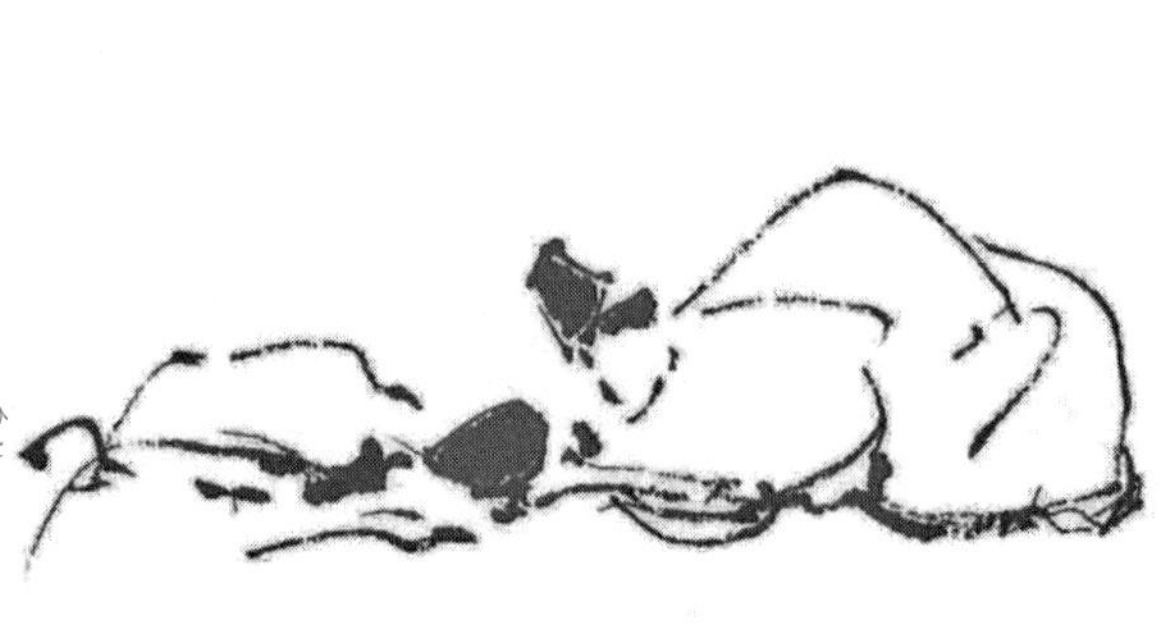

(どうなるんやろ　この女(ひと)は
もうもう生きて　行けんのか)
思たら口惜(くや)しさ　込み上がる

長期(なご)う患(わずろ)て　臥(ふ)せとって
身繕(づくろ)いとか　してへんが
気ぃ緩めんで　気品あり
着飾っとおる　人よりも
ずうっと美し　その姿
眺め続けて　居ったなら
気ぃも体の　萎(な)えるかと
絶え切れへんで　薫君
「我(わし)をこのまま　捨てたなら
一時(いっとき)かても　生きられん
仮に運良ぅ　生きてたら
山に籠って　出家する
心残りで　心配は
後の残った　中君(あのひめ)や」
と大君に　話さそと
中君のこと　言い出すと

大君隠した　袖ずらし
「こんな儚い　命やが
貴男(あんた)の好意　受けへんは
心苦しゅう　思うから
この後残る　中君(いもうと)を
『私(うち)と同じと　思(ねご)ぅてに』
とそれと無(の)ぅ　願たんを
もしもそうして　くれるなら
もう安心で　死んでける
ただそれだけが　気懸かりで
この世に執着　残るんや」
言(ゆ)うたら薫(かおる)君　苦しそに
「こんな悲しみ　ばっかしを
味わい過ごす　身ぃか我(わし)

貴女(あんた)以外の　女など
好きには無れん　我(わし)やから
言(ゆ)うこと聞かんで　おったんや

そやけどそんな　気懸かりは
要(い)らんよってに　安心し」

と慰めるが　大君の
苦しみますます　続くんで
修法(ずほう)の阿闍梨(あじゃり)ら　呼んで入れ
効果のある僧　ばっかりで
加持やら祈祷　させてみる
一心不乱に　薫君
仏を念じて　祈ってる
『煩悩(ぼんの)で穢(けが)れた　この俗世
そこを嫌(きろ)うて　離れよ』と

諭(さと)す仏が　薫君(かおる)にと
こんな悲しみ　させるんか

みるみるうちに　大君が
草木が枯れて　行くように
命を消して　行くのんは
なんと悲しい　ことやろか

引き止める術(すべ)　何(なん)も無(の)て
周囲(まわり)が見るんも　気にせんと
足摺り踠(もが)く　薫君
もう臨終(おわり)やと　見て中君(ひめ)が
「私(うち)も一緒」と　叫んでに
取り乱すんは　無理もない
正気なくした　中君(ひめ)を見て
例の小賢(こざか)し　女房らは

「もう仕方(しょう)ないで　不吉や」と
言(ゆ)うて中君　引き離す

早蕨（さわらび）

【薫君年齢：25歳】

▲：故人

源氏君▲
八の宮▲
44 明石中宮
46 今上帝
51 右大臣夕霧
大君▲
25 薫君
31 女一の宮
32 春宮
25 中君
26 匂宮
24 六の君

中君をば匂宮にやったけど（薫君年齢 25歳）

正月二十日 その時分
内裏で催す 内宴や（公式でない宴）
その他の忙がし 時期過ぎて
（胸にしまえん 悲しみを
他の誰かに 話そか）と
薫君悩んで 匂宮許へ

薫君積もった 胸内を
大君亡くした 悲しみや
初めて会ぅた その日から
今日まで続く その思慕
四季折々の 趣や
可笑しことの あれやこれ
泣いて笑ぅて 打ち明ける

話進んで 匂宮
中君を近々 京へと
移す手筈の いろいろを
薫君に相談 してみたら

「あぁあ嬉しい そしたなら
大君に気苦労 させたんは
我の過ち 思うけど
これを償う 大君居らん
そんなら残った 中君の

お世話するんは　我の役
どう思うかな　この思い
〈要らんことを〉と　言うかいな」

そやけど薫君の　心内
（諦め切れん　大君に代え
大君が言うてた　通りして
中君との結婚　した上で
京に迎えて　我の邸
お世話出来たら　良かった）と
口惜しさだんだん　募るけど
今更どうも　出来んでに
（こんな思いを　続けたら
不都合起こって　皆々が
悪ぅなるから　許されん）
と思い薫君　首を振る

中君迎える　その日来て
邸内すっきり　掃き清め
全部きれえに　片づけて
迎えの牛車を　簀子寄せ
四位やら五位の　大勢が
前駆けとして　やってきて
揃うて中君を　迎えにと

（自分が迎えよ）　思たけど
大袈裟なんは　不都合やと
匂宮出掛けんで　控えてた

おおよその指示　匂宮するが
こまごまとした　内輪世話
もっぱら薫君　受け持って
手抜かり無ぅに　差配する

「日ぃ暮れるで」と　女房らも
外の迎人も　急がすが
気が気で無ぅて　中君は
（どこ行くんや）と　不安がる

京への道は　遠かって
険しい山道　見た中君は
冷淡に思た　匂宮の
偶な通いを　思ぅたら
（無理もないな）と　納得に

宵がちょおっと　過ぎた頃
二条院にと　着いたんや

(たいした姫君で　無いやろ)と
世間が思てた　中君が
急に二条院に　入る見て
「匂宮の執心　並みやない」
と世間は皆　びっくりや

(そのうち三条宮へ　移ろう)と
積りしとった　薫君
毎日普請を　見に行くが
今日も三条宮に　居ったんや

そこは二条院に　近いから
(ことのなりゆき　聞こかな)と
夜更けになっても　待ってたら
差し向け遣った　前駆人ら
戻って様子　報告に

「匂宮は大層に　お喜び」
と聞いたんで　薫君
嬉しいもんの　一方で
(自分ながらも　アホらしい)
との後悔が　湧いてきて
胸締められる　気ぃなって
「取り返すこと　出来たら」と
何度かても　思う薫君

中君と居ったら匂宮

(薫君年齢　25歳)

桜花も盛りの　頃なって
通りすがりに　薫君
二条院へと　立ち寄った

匂宮とあれこれ　話して
夕方なって　匂宮
(宮中へ行く)　言うたから
牛車の準備を　整えた
供人大勢　来たのんで
薫君はその場　出て行って
中君の居る　西対へ

しばらくしたら　匂宮
宮中へ行く　挨拶と
中君の所へ　顔出して

（ここに居ったか　薫君は）
と中君と薫君を　見てからに
「わざわざそんな　遠ざけて
なんで御簾外　座らすん
貴女に向こて　薫君は
なんや出過ぎる　程までも
世話してくれて　居るのんで
我は妬まし　思うけど
他人行儀に　するのんは
罰が当たるで　良えかいな

もっと近ぅに　寄ってから
昔話の　いろいろを」
と言いながら　匂宮
「そやけどあんまり　打ち解くん
どうか思うで　薫君は
内心なにを　思てるか
分かれへんから　気ぃ付けや」
と反対を　言うのんで
（そしたなら　どないしたら良え）
と中君思たが　胸内は
（薫君から受けた　あの好意
私身に沁んで　居るからは
今になっての　疎かは

常々薫君が　言う様に
薫君を姉君やと　思うてに
感謝の気持ち　こっそりと
伝える機会　あったら）と
思うけれども　匂宮が
何かにつけて　二人仲
疑て見るんを　辛思う

宿木（やどりぎ）

【薫君年齢：24歳から26歳】

▲：故人

▲葵上 ＝ 源氏君 ＝ 46 女三の宮
51 右大臣夕霧
54 藤典侍 ＝ 24 六の君
25 薫君（母：女三の宮）
46 今上帝 ＝ 40 藤壺女御（後に死去）
44 明石中宮
15 女二の宮
32 春宮
31 女一の宮
26 匂宮
▲八の宮
▲大君
25 中君
中君 ＝ 匂宮 ＝ 六の君

匂宮を六の君婿にしょと（薫君年齢　24歳）

藤壺女御と　言うのんは
死んだ左大臣の　その娘ぉで
今上帝東宮で　居ったとき
一番先に　入内して
仲睦まじゅう　してたけど
皇后にへは　なられんで
そのうち日ぃが　経ってもて

後から入内の　明石中宮に
皇子らが大勢　生まれ来て
それぞれ大人　なったのに
藤壺女御産んだ　子ぉ言たら
たった一人で　女宮（女二の宮）
（とにかく朕の　在位中に
婿を決めて）と　思ぅてに
血筋からして　婿として
相応しのんは　薫君だけ）と
いろいろ思ぅ　今上帝はん
ある日帝が　薫君にと
それと無ぅにと　これ言ぅが
変わった性格　薫君
進んで受ける　気ぃもない

そのこと聞いて　右大臣（夕霧）
（うちの六の君　薫君にと
〈渋ったかても　意尽くして
　例え嫌でも　誠意込め
　頼めば嫌とは　言わんやろ〉
と思てたに　なんやこれ
思い掛けへん　こと起きた）
と腹たって　堪らんで

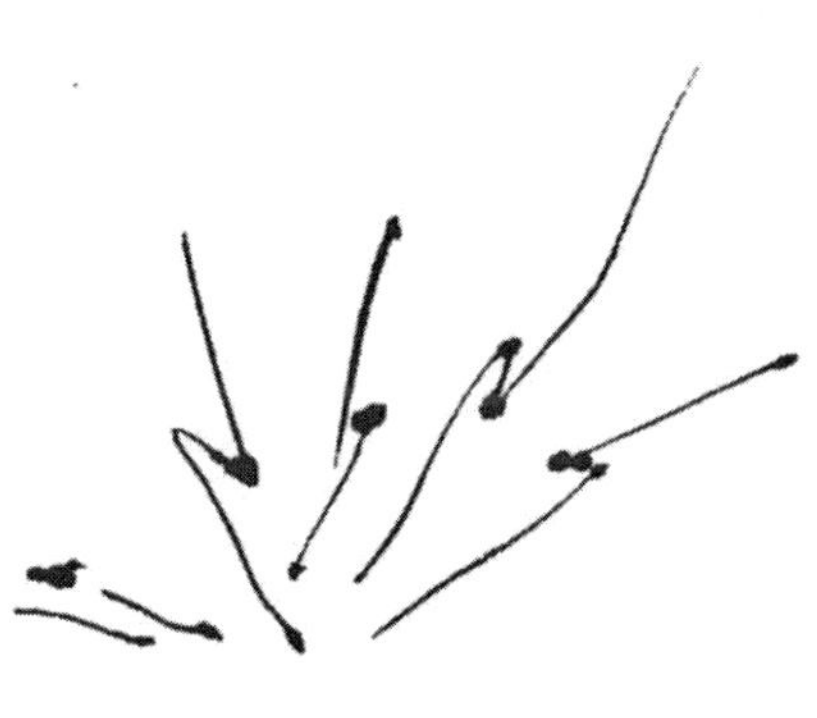

季節に合わして　匂宮
それほど熱心　違うけども
風情な文を　寄せるんで
（もう仕方ないか　あの匂宮は
浮気心を　持ってるが
これも前世の　因縁か
気に入るかもな　六の君を）
とだんだんと　その気ぃに
匂宮が心で　思うんは
（気ぃがないわけ　あれへんで
断る気ぃは　ないけども
格式ばった　右大臣邸に
閉じ込められて　息苦し
気儘な暮らし　出来んがな）
と悩んでて　気乗らんが
だんだんその気に　なってった

待ち切れ無ぅて　右大臣
匂宮と六の君との　婚儀をば
急に「八月」　言うてきた
これ聞き二条院の　中君は
（やっぱりそうか　案の定
〈数にも入らん　身ぃなんで
　世間の笑いに　なるような
　情けないこと　起こるかと〉
心配しながら　おったけど

辛いん多い　この身やで
結局山里に　帰るんか）

と恥ずかして　悲しいが
（今さら嘆いて　どうなるか
こんな様子は　見せんとこ）
とじっと我慢し　そんなこと
知らん振りして　過ごしてる

このこと聞いて　薫君
（あぁ気の毒や　中君は
浮気症持つ　匂宮やから
どないに中君を　愛しても
新し六の君に　気ぃ移す
六の君の家柄　厳格で
右大臣は自由に　させんでに
匂宮をそこにと　居さすから

ここ数か月　せんかった
待つ夜が多ぅ　なるやろぅ
可哀想やな　中君は

どしょもないな　この我は
中君匂宮に　譲ったん）
とかとか匂宮を　憎んでる

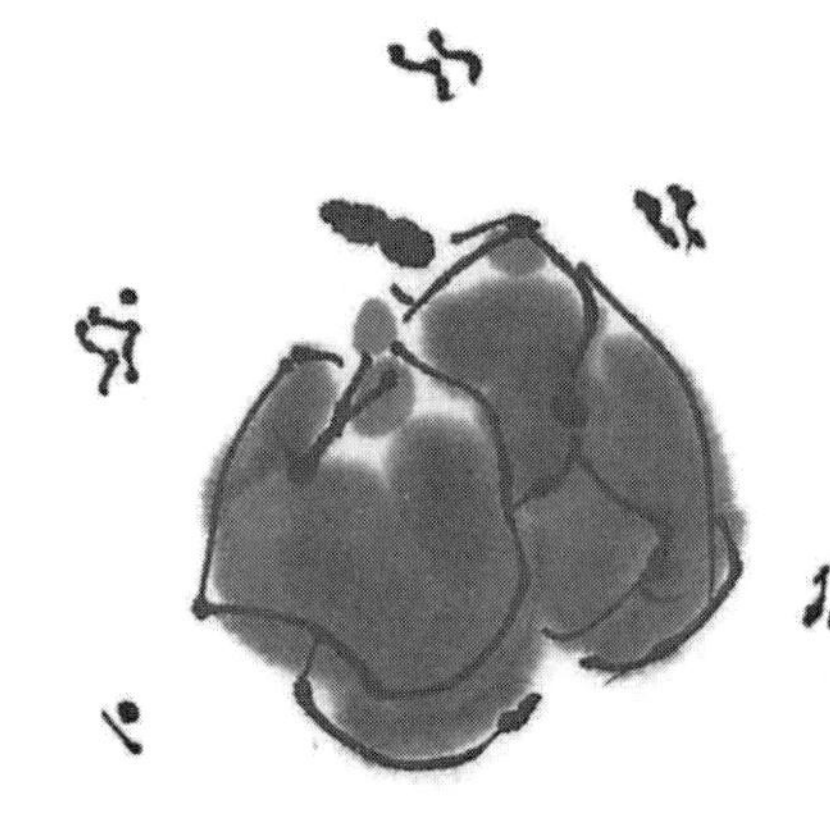

薫君中君へと詰め寄るが

（薫君年齢　25歳）

ある日の夕方　薫君
二条院へと　出掛け行く

幼ぅもない　中君は
冷たい匂宮と　比べると
薫君の良ぇのん　分かるんで
（いつもの素っ気無　気の毒や
好意も分からん　女やと
見られるのんも　どないか）と
この日は御簾の　中に入れ
母屋の簾に　几帳立て
自分は奥で　対面に

御簾越し聞こえる　声聞いて
（なんて可愛い）　思ぅたら

いつもに増して　死んでもた
大君のこと　思い出し
堪え切れんで　薫君
寄った柱の　御簾の下
そっと手ぇ出し　袖掴む

（危惧てたこと　起こった）と
思たが中君　声出んで
黙って奥へ　行こしたら
それに付いて行　薫君
上半身を　簾に入れて
そのまま寄って　横になる

可哀想思ぅが　薫君
「こんなん責めるに　あたらんで
こんな対面　昔にも
あったやないか　思い出し
大君許して　くれたのに
こんな邪見に　されるんは
悲しゅうなるで　情ない

好色めえた　ことはせん
安心しい」と　中君に言う

我慢の出けん　後悔を
抑え切れへん　薫君やけど
以前にもあった　一夜でも
なにも出来んだ　性格で
やっぱり今宵も　同じに
思い通りに　せんかった

不審し何で移り香が

（薫君年齢　25歳）

中君に行かん日　何日も
続いて匂宮は　気ぃ引けて
薫君が来てた　翌日に
突然二条院に　来たのんや

お腹もちょっと　膨らんで
腹帯結んだ　その様子
匂宮愛おしゅう　見とったが
これまで近ぅで　妊娠を
見んかったんで　珍しい

中君から匂う　その香り
普通の薫物　とは違ぅ
はっきり分かる　匂いする

匂宮は香道の　達人で
これ不審と　思ぅてに
「どないしたん」と　訊ねたら
身に覚えある　中君は
何とも言い訳　出来んでに
ひどぅ困って　辛がるを

（やっぱりそうか　薫君めが
平気で居れる　はずは無い
いつかはこれが　起こるかと
思とったけど　やっぱりな）
と胸騒ぐ　匂宮

「移り香これほど　染んでんは
よっぽのことで　あれへん」と
聞き辛いこと　聞くのんで
中君情け無て　悲しゅうて
身ぃの置き所　どこも無い

ひどい過ち　あったかて
すぐには嫌に　なれへんだ
中君の可憐で　痛々し
その様子見て　匂宮
恨み続けん　出来んでに
途中で責めるん　止めにして
代りに機嫌を　取ったんや

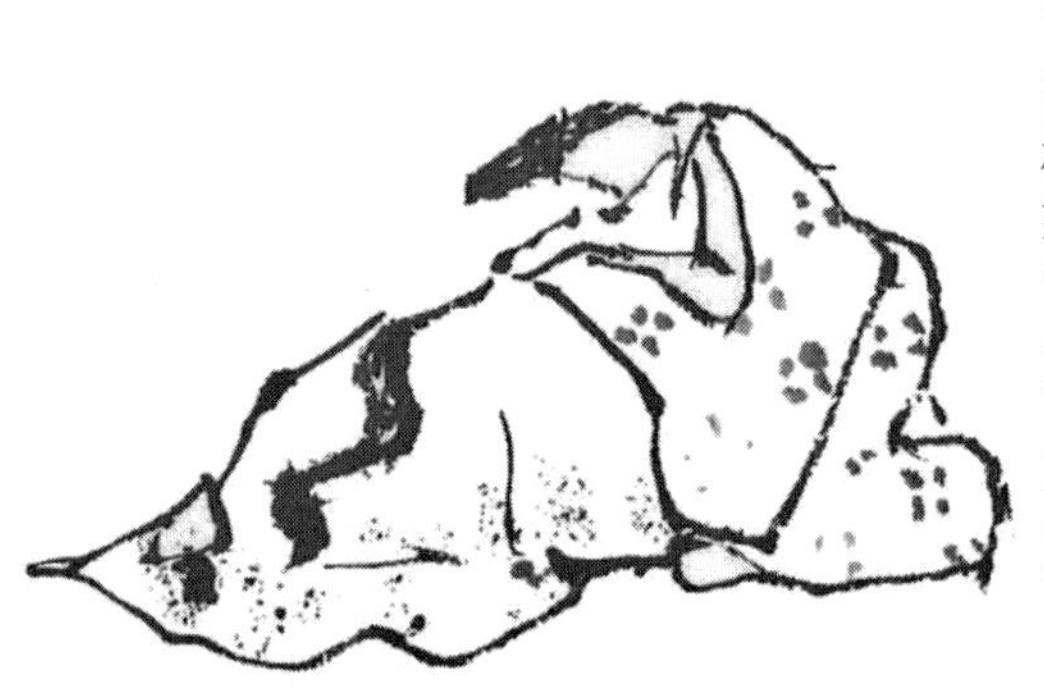

大君に似た姫君居ると

（薫君年齢　25歳）

焦れて恋しい　恋心
抑え切れんで　薫君
匂宮が居らへん　夕方に
こっそり中君を　訪れる

気ぃ進まんが　ちょっとだけ
いざって中君は　薫君に会う
中君が奥側　座わるんを
（薄情やな）　薫君思て
御簾の下から　手ぇ伸ばし
几帳を奥へ　押しやって
馴れ馴れしゅうに　近寄った

何話しても　薫君
思い出すんは　大君のこと
尽きせん思慕　募らせて

「大君住んでた　宇治の地に
寺をと思て　おったけど
止めて小ちゃな　お堂建て
大君に似た　人形を
作って絵えに　描いたりし
勤行したい　思ぅてる」

と忘れられん　大君のこと
あれこれ話して　嘆くんを
(深刻そうで　可哀想)と
中君ちょっと　いざってに

「人形とかて　言うたなら
不思議ことが　あったんや」
と言う様子　親し気で
薫君大層に　嬉しゅうて

「何のことや」と　言いながら
几帳の下から　その手捉る

中君ほとほと　困ったが
「今までそんな　人居ると
知らんかった人　夏ごろに
遠い所の　常陸から
文を寄越して　来たのんで

よそよそしゅうは　出来んけど
親しゅうするんは　どうかなと
思てたけども　先日に
訪ねて来たんで　会ぅたなら
なんとま大君に　良ぅ似てて
懐かしい気に　なったんや

私をば姉君の　形見やと
貴男思ぅて　おるやろが
私は姉君には　似とらせん

そやのになんで　あの女が
それほど似てるか　思たんや」

言ぅのん聞いて　薫君
(夢の話か)　思ぅたが

大君(ひめ)に似てるん　気になって
「なんやら因縁　あったんで
訪(たん)ねて来たん　違(ちゃ)うやろか
なんで今まで　そのことを
皆聞きたいな　その話」

と薫君　促すが
さすがに中君(ひめ)は　言い辛(づろ)て
詳しいことは　話さへん

似ておる姫君(ひめ)を知りとうて

（薫君年齢　25歳）

長期(なごう)に宇治の　山荘を
見んのでだんだん　大君が
遠ぅなる様(よ)な　気ぃがして
なんやら　心細(ぼそ)なって
九月二十日も　過ぎた頃
薫君(かおる)山荘　行ったんや

あの弁の尼　呼び出すと
襖障子(ふすま)の　入口に
青鈍色(あおにび)の　几帳陰
それらし姿　出て来たが

「恐縮やけど　以前(まえ)よりも
気味悪い姿(なり)　してるんで
几帳越しやが　お許しを」
言(ゆ)うて顔とか　見せんまま

いろいろ話した　その後で
あの大君の　身代わりと
聞いた女(浮舟)の　話にと
弁尼答えて　言(ゆ)うのんは
「その女(ひと)やったら　もう今は
京(みやこ)に居るか　ワテ知らん

人伝てやけど　聞いたんは
亡なった八の宮が　その昔
まだ山里に　住まう以前
奥方亡くした　間ぁ無しに
仕えの上臈（位が上の女房）　中将君
気立てそれほど　悪ない人
こっそり情けを　掛けたんを
誰も気付く人　なかったが
そのうち女子が　産まれたで
八の宮覚え　あったけど
面倒起こるん　嫌やなと
二度と会うこと　せんなんだ

そのうち女の　その良人
常陸守に　なったんで
それから音沙汰　絶えてたが
この春京に　上って来
中君を訪ねて　行ったとか
風の噂に　聞いたんや」

経緯聞いた　薫君
（そんなら大君に　似てるんは
ほんまのことや　会いたい）と
思う気持ちが　芽生え来る

具合良姫君が　そこ居って

（薫君年齢　25歳）

賀茂の祭りの　騒がしん
済んだ時分の　二十日過ぎ
薫君は宇治へ　また足を

弁尼　薫君居る部屋にへと
（挨拶したい）と　言うたけど
「薫君は疲れて　お休息」と
供気ぃ利かし　言うたんで
（姫君に会いたい　言うてたが
さてはこの好機　捉まえて
言い寄ろ思て　休息でて
日暮れ来るんを　待ってんか）
と弁尼思い　そのままに

日ぃ暮れてって　薫君
そっとその場ぁ　離れてに
脱いでた袿（うちき）　着てからに
（肌着と上着の間に着る下着）
いつも人呼ぶ　襖（ふすま）口
そこで弁（べん）尼呼び　姫君（ひめ）のこと
（どないしてるか）　聞いてみる

「姫君（ひめ）がこのここ　居るなんて
嬉しいときに　来たもんや
頼んでたこと　どうなった」
言（ゆ）うたら弁尼　答えるは
「頼まれ聞いた　その後に
良（え）え時期来たらと　待ってたら
去年は過ぎて　この二月
初瀬（はせ）の詣でに　来た序（つい）で
ここへ来たんで　会（お）ぅたんや
それがまたまた　この四月
初瀬（はせ）の詣でを　済ましてに
帰りの途中で　寄ってんや
今度の詣では　母親が
都合が悪て　来られんで
姫君（ひめ）お一人の　詣でやで
ここに貴男（あんた）が　居るのんを
言（ゆ）うんもどうかと　思うてる」
言（ゆ）うのん聞いて　薫君
「『前世の因縁　深いんで
ここで会うこと　出来（でけ）たんや』
と先方に　伝えてや」
と言（ゆ）うたなら　弁の尼
「あれいつの間に　深い縁
作ったんか」と　笑（わろ）うてに
「そんならその旨　お伝えを」
と言（ゆ）て奥へ　入（はい）てった

東屋（あずまや）

【薫君年齢：26歳】

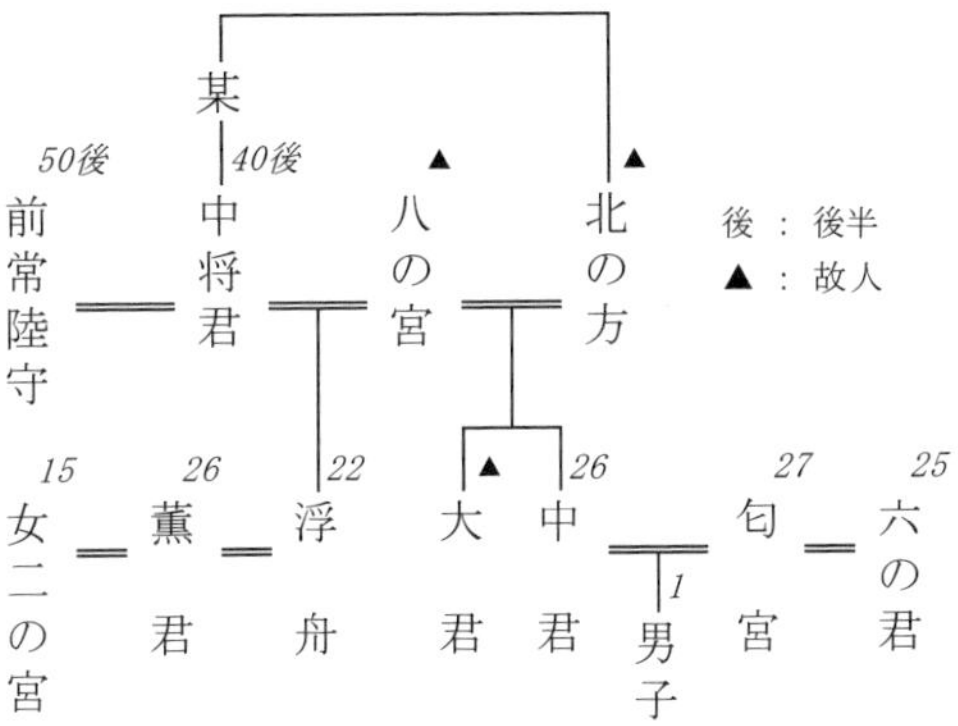

姫君を見付けて匂宮

（薫君年齢　26歳）

浮舟母の　中将君（ちゅうじょうきみ）
姫君（ひめ）に対して　継父（ままちち）が
軽う見るんに　呆れ果て
頼れる身内は　中君と
姫君（ひめ）の庇（かば）いを　願い出る

「そんなら二条院（にじょういん）の　西の対（たい）
むさ苦しゅうは　あるけども
人目に付かへん　部屋がある
それで良（え）えなら　しばらくは」
と姫母に　伝えたで
早速姫君　そこに来た

夕方なって　匂宮
西の対（たい）へと　行ったなら
女房らそれぞれ　休息（やすみ）取り
居間には誰も　居らへんで
中君（ひめ）もその髪　洗おかと
湯殿へ行って　そこ居らん

あちこち歩き　匂宮
そのまま西の　廂間（ひさしま）に
そっとその部屋　覗いたら

（新らし入った　女房か
良家（ええし）の娘（こ）おか　さてどうや）
と匂宮　廂間（ひさしま）に
通じる襖（ふすま）　そっと開け
寄ったん　忍び足なんで
姫君ちょっとも　気付かへん

もちょっとだけと　襖開け
屏風の端から　匂宮見たら
匂宮とは知らんで（いつも来る
　女房かな）と　姫君が
起き上がるんは　魅力的

好色癖で　見過ごせず
衣の裾捉り　襖閉め
屏風の脇に　匂宮座る

（訝し）思て　姫君が
扇で顔を　隠してに
振り向く姿　美しい

扇持つ手を　つと捉って
「其女は誰や　名ぁ何や」
と匂宮聞いても　姫君は
急なことやで　びっくりや

屏風の陰に　顔隠し
分からん様に　してる匂宮
それを前にし　姫君は
（熱心に思慕　言うてきた
　薫君かな　良え香り）
思たら恥ずし　湧いてきて
どしたら良えか　戸惑てる

日も翳ったで　灯篭を
点して格子　下ろそかと
右近が近づく　聞き付けて
乳母は（今や）と　声上げる

「あぁ聞いてえな　このここに
とんでもないこと　起こってる
どしよも無うて　動かれん」

これ聞き右近　「どないした」
言うて手探り　近付くと
袿姿の　その男
芳香させて　姫君傍に
寄り添い臥すん　見たのんで
（またあの性癖が　出たんか）と
思て匂宮やと　気ぃ付いた

（女が同意　する筈は）
と思たんで　この右近
（これは見苦し　光景や
右近の手では　ども出来ん
すぐ中君の　傍行って
こっそりこのこと　伝えよう）

と思い右近　中君へ行き
「どえらいことが　起こってる
あの姫君はんが　気の毒や」

聞いたら中君　呆れ果て
(情け無いなぁ　あの癖は
何を言うても　無駄やろな
仕える女房で　若うてに
美しいんは　逃さへん
悪い性癖持つ　匂宮やから

なんであの姫君　居るのんを
気付いたのんか　不審い)
とびっくりし　黙ってる

姫君を攫うて宇治へにと

(薫君年齢　26歳)

いつものことで　秋なると
宇治のこととか　思い出し
目え覚める度　忘れんで
ただただ悲しみ　込み上がり
(宇治の御堂が　出来たで)と
聞いた薫君は　宇治へ行く
薫君は着いて　宇治の邸
弁尼の所　立ち寄ると
弁尼(懐かし)と　泣くばかし
いろいろ話した　その後で
「先頃匂宮の　邸にと
姫君居るん　聞いたけど
気恥ずかしゅうて　行けなんだ
やっぱりこの胸　其女から
宜しゅう伝えて　くれへんか」
と薫君言たら　尼君は
「あっちの姫母から　文あって
一時そこに　居ったけど
煩わしこと　起こったで
方違言て　姫君は
あちこち転々　移り住み
今は粗末な　小ちゃい家
そこに隠れて　居るかとか」
言うてまたまた　涙ぐむ
「そしたら遠慮も　無も要らん
隠れ家へ文　出してんか
いいや其女が　自分から
そこを訪ねて　くれんかな

隠れ家居るんは　好都合」
と強言うて　薫君
「明後日位　迎えにと
ここに牛車を　差し向ける
探しといてや　隠れ家を
アホな間違い　せんからに」
とにっこりと　笑たんや

約束をした　朝早ぅ
気心知った　下臈（下人）にと
顔の知られん　牛飼いを
選んで行かす　弁尼の所
『京へきっと　行くように』
言うてたのんで　弁の尼
気ぃ進まんが　化粧して
迎えの牛車で　隠れ家へ

やって来たんは薫君　（薫君年齢　26歳）

その宵ちょっと　過ぎた頃
「宇治から使い　来たんや」と
言うて門とか　叩く音
（何事かいな）と　弁の尼
門開けさして　牛車とか
家の中へと　引き入れる

姫君に向こうて　弁の尼
「宇治でこっそり　会ぅた後
思い出さへん　ことないが
この世を捨てた　身ぃなんで
匂宮の邸も　行かんとに
過ごしてのに　薫君が
不思議なほど　熱心に
言うたで　心奮て来た」

と言うたなら　姫君と乳母
（立派なお方）と　以前から
思ぅて居った　薫君やから
（忘れて居らんで　なんとまぁ）
と思ぅてに　喜ぶが
薫君が計略　回らすん
（まさか）と気付かん　姫君と乳母

中から妻戸（両開きの板戸）開けみたら
雨が少ぉし　降る上に
風冷とぅに　吹き込んで
言いようもない　良ぇ香
一緒に入って　きたのんで
（なんと薫君や）と　びっくりや

薫君落ち着き　取次ぎへ
「長ぅに　抑えられへんだ
思慕をこんな　気ぃ置けん
場所で聞いて　貰いとて」

それ伝え聞き　姫君が
（どない返事）と　困るんを
「薫君の殿は　不思議ほど
思慮が深ぅて　穏やかで
相手の許し　なかったら
馴れ馴れしゅうは　せん方や」

とか弁尼言うて　過ごす内
雨はだんだん　強なって
空は増々　暗ぅにと

あれこれ思い　回らすが
逃げ様も無ぅて　南廂へと
席を設え　入れたけど
姫君が逢おとは　せんのんで
女房ら近ぅへ　押し出した

薫の君が　ふと見ると
遣戸（引き戸）がちょこっと　開いてんで
そこ押し開けて　中にへと

黙って臥せてる　姫君に
『あの大君の　身代わりに』
とには言わんで　薫君

「思い掛け無ぅ　物陰で
其女見てから　恋しゅうて
これも前世の　運命かな
不思議なほどに　思慕てる」
とか言いながら・・・

遂行って見てみる　その姫君は
大層可愛て　おっとりで
期待裏切る　ことて無ぅて
（ほんま可愛）と　薫君思う

秋の夜長と　言うけども
あっと言う間に　その夜が
明けたみたいな　気ぃがする

宿直の番人が　門開けて
出て行く音が　聞こえて来
他の夜番が　寝床行き
寝るんを見定め　薫君
人を呼ばして　牛車とか
妻戸の傍へ　寄せさせる

姫君抱き上げた　薫君
出てきてそのまま　牛車にと

(とんでもないで)(何するん)
と皆騒ぎ　びっくりし
「九月は結婚　忌む月や
何をするんや　無茶苦茶な」
とて嘆くんを　弁の尼
姫君を可哀想　思いながら
「思いもせえへん　無体やが

薫君に考え　ある思う
それほど心配　せんで良ぇ

我行く所に　案内人が
居らんと困る　一緒行こ」
と同行を　強ぅ言い

思たら今日は　十三日
九月や言うけど　日明けたら
節分やから　季節も替わる」
言うて皆に　宥め言う

「更にも一人　供をせぇ」
言うんで弁尼　姫君付きの
侍従を連れて　牛車へと

ちょっと考え　弁の尼
「今日のお供は　お許しを
中君のお耳に　入ったら
京へ来たのに　訪ねんで
帰った言われん　困るんで」

尼に付いてた　女童や
乳母はその場に　置き去られ
ただ呆然と　見てるだけ

聞いた薫君は　慌ててに
(このことすぐに　中君に
知れてしもたら　大変)と
「そんなん後から　詫びたら良

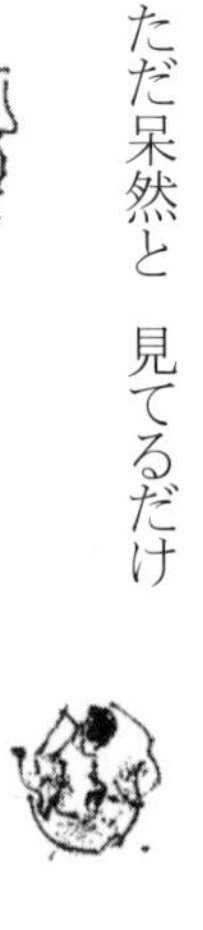

浮舟（うきふね）

【薫君年齢：27歳】

後：後半
▲：故人

某
右大臣夕霧 53 — 六の君 26
今上帝 48 ＝ 明石中宮 46 — 匂宮 28
北の方 ▲ ＝ 八の宮 ▲ — 中君 27、大君 ▲
中君 ＝ 匂宮 — 男子 2
中将君 40後 ＝ 八の宮 — 浮舟 23
浮舟 ＝ 匂宮
源氏君 ▲ — 薫君 27
今上帝 48 ＝ 藤壺女御 ▲ — 女二の宮 16
女二の宮 ＝ 薫君

宇治に通うん知って匂宮

（薫君年齢　27歳）

匂宮とは違て　薫君
のんびり穏やか　構えてた
（姫君待ち遠し　思てるか）
と可哀想に　思うけど
身分重うて　機会無て
た易う通えん　道なんで
宇治へ行くのん　出来へんだ
気にしながらも　薫君
姫君を引き取る　用意にと
こっそり京に　その場所を
造り始めて　居ったんや

噂を聞いて　匂宮
（なんやら不審　思てたが
ここ何か月　薫君が
宇治へ通うん　聞いてたが
〈こっそり宇治に　泊まる〉とか
人が言うてん　聞いたんで
〈なんぼ形見の　邸や言て
一人泊まるん　訝しい〉
と思てたが　なるほどな
女を隠して　居ったんか
もしやあの女　かも知れん）
二条院で出逢うた　それ以来
それからずっと　匂宮
胸去らんのは　その女
辛抱出来んで　堪らんで
手筈整え　宇治向かう

匂宮が供にと　選んだは
様子知ってる　二、三人
気心知るん　ばっかしを

急えて来たんで　宵過ぎに
宇治のその山荘　着いたんや

簀子に上がって　匂宮
格子に隙間　見付けてに
寄ったらさらさら　伊予の簾が（伊予国産の簾）
鳴るん聞いて　びくっとに

新し寝殿　こ綺麗やが
仕上げは粗ぅて　隙間ある
（覗くん誰も　居らへん）と
穴塞がんで　油断して
几帳の帷子　横木にと
架けて脇の方　除けたぁる

そこにと腕を　枕にし
灯火ぼんやり　見てる姫君
それの目元や　額にと
こぼれて懸る　髪の様子
大層品良て　つややかで
良ぅ中君に　似てるがな

覗き見してる　匂宮耳に
なんやら話すん　聞こえ来る

声を真似して忍び込み　（薫君年齢　27歳）

（なになに中君が　身内やと
言われてみたら　良ぅ似てる）
と胸内で　比べると
（気引ける程の　気品では
中君が格段　勝ってるが
姫君は可憐で　きめ細の
美しのんは　魅力やな）

（なんとしてでも　我のに）と
心躍って　ぼうおっと
そのまま見てる　匂宮

何も手立てが　ないのんで
しばらく考え　（仕方ない）と
そっと格子を　叩いたら

寝てた右近は　それ聞いて
「誰や」と訊いたら　匂宮
咳払いとか　したのんで
（高貴な人の　咳払い）
と聞き分けて　（薫君か）と
思て右近は　起きだした

「とにかく格子　上げてや」と
言うんを匂宮とは　気付かんで

「怪訝しことが　あるものや
思いもよらん　この時刻
夜もすっかり　更けてるに」

言うたら声替え　匂宮
「姫君がどっかへ　行くんやと
聞いたで魂消て　来たのんや」

言う声薫君に　似てるんで
右近匂宮とは　気付かんと
格子の掛け金　開けたんや

「人には我を　見せん様に
我来た言うて　起こさんと」
と智恵のはたらく　匂宮
元々幽かに　似てる声
そっくり薫君が　話す様に
真似て中へと　入り込む

（なんで今頃　来たんか）と
不審で右近　物陰に
隠れてそっと　見とったら

ほっそり柔らか　衣装着て
薫き染め香の　芳しさ
薫君の芳香に　劣らへん
姫君の傍寄り　衣脱ぎ
慣れた様子で　匂宮横に

ことが進むに　従うて
（薫君とは違う）と　気付いたが
声も出せんで　姫君は
ただびっくりし　呆れてる

ことの始めに　（違(ちゃ)う人）と
知っとったなら　拒めるが
薫の君と　思たんで
夢心地での　その最中(さなか)
逃がした時の　恨みやら
後の思慕(おもい)の　募りとか
だんだんあれこれ　言(ゆ)うのんで
（アっあの匂宮(みや)）と　知ったんや

分かった姫君(ひめ)は　恥ずかして
中君のこと　思ぅたら
我慢出来(でけ)んで　泣きに泣く
匂宮(みや)も遂行(しおえ)た　愛(いと)しさに
た易は逢えん　後々(あと)思い
切無(の)ぅなって　泣くのんや

瞬く間ぁに　夜ぉ明ける
匂宮(みや)は帰る気　起こらんで
姫君(ひめ)の愛(いと)しさ　湧く上に
また来るのんは　難(むつか)しで
（京で探して　騒いでも
せめて今日だけ　ここに居ろ
死んで花実が　咲くもんか）

と今すぐに　帰ったら
ほんまに死に相(そ)な　気ぃすんで
右近を傍へ　呼び付けて
「分別無いと　思とろが
今日は帰る気　起こらへん」
とに声戻し　言(ゆ)うたんで
聞いた右近は　びっくりし
思わんことに　呆れ果て
昨夜(ゆんべ)犯した　失敗に
動転するが　気ぃ鎮め
（もう騒いでも　手遅れか
こと荒立てたら　失礼や
あの夕暮れに　出くわして
匂宮(みや)が変な気　起こしたは

いつかこうなる　避け難い
前世の運命で　あったんか
人の力は　及ばへん）
と自分をば　慰める

月も替って　その二月
ちょっと公務が　暇なって
薫君こっそり　宇治へ行く

薫君を迎えて　姫君は
空から神が　見てる様で
恥ずかし恐ろし　思うけど
激しい匂宮の　あの愛撫
思い出したら　胸熱て
（今宵は薫君に　抱かれる）と
思たら心　複雑に

またまた匂宮宇治行って

（薫君年齢　27歳）

逢わへんことが　気になって
とてもに我慢　出来んでに
アホらしい口実　付けて匂宮
行くしかないと　思たんや

行くに先立ち　匂宮
夜も明かさんで　帰るんは
堪え切れんし　甲斐無うて
ここは人目も　多いのんで
川向この家に　姫君を
連れ出す準備　してたんや

宇治に着いて　姫君と
しばらく過ごした　その後で
姫君抱き抱え　匂君
突然表に　現れて
（どこへ）と言う間も　与えんと
そのまま足を　踏み出した

（何をどうする　つもりか）と
寝惚けも覚めて　慌ててに
右近ぶるぶる　震えるは
まるで童が　外に出て
雪遊びして　震える様
（あぶなっかし）と　朝夕に
ぼんやり山荘で　見ておった
良う似た小舟に　乗せられて
向岸へ渡る　その間
はるか彼方の　遠くへと

漕いで離れる　気ぃがして
匂宮（みや）にぴったり　寄る姫君（ひめ）を
(可愛い)と匂宮（みや）は　思たんや

向う岸にと　小舟着け
降ろすこの姫君（ひめ）　供人に
抱かすん我慢　ならんので
自分で抱いて　供人（とも）の手を
借って舟降り　家内（いえなか）へ

朝の光が　射してきて
軒の氷柱（つらら）も　光り出し
そこ居る匂宮（みや）の　その容貌（かお）は
一層美し　見えとった

人目忍んで　来たのんで
匂宮（みや）は軽装　狩衣（かりぎぬ）姿で
浮舟（ひめ）はそのまま　脱ぎ姿
そやんで透け見え　細ぅてに
大層（えろう）美し　見えとおる
(身繕（づくろい）いせん　そのままの
露出（あらわ）な姿　恥ずかしい
まして眩（まば）ゆい　方（ひと）の前)
と浮舟（ひめ）思うが　隠されん
萎（な）れた柔らか　色白の
五枚ばかしの　下着類

その袖口や　裾辺（あた）り
なんやら優美に　見えとって
いろんな色の　袿（うちき）とか
重ね着るより　艶（なま）めかし

誰も　近付かへんのんで
匂宮（みや）安心し　一日中
浮舟（ひめ）と睦（むつ）まじ　話しした
物忌（い）み二日（ふつか）間と　言（ゆ）て来たで
心に余裕　あってから
気もゆるゆると　過ごすんで
互いに愛（いと）しい　心情が
ますます深（ふこ）なる　この二人
見苦しいほど　戯（たわむ）れて
その日一日　過ぎていく

「そっと連れ出し　隠したい」
とか何度(なんべん)も　繰り返し
「それまで薫君(あれ)に　逢わんとけ
もしも逢(お)うたら　その時は・・・・」
とかとか無理を　誓わせる

(なんちゅう無理を)と　思うけど
返事も出来(でけ)んで　涙する
浮舟(ひめ)の様子を　見て匂宮(みや)は
(目の前居るん　我(わし)やのに
心は薫君(あれ)を　思てんか)
と悔しさで　胸痛い

忌々(いまいま)し思い　泣きながら
いろいろ言(ゆ)うて　夜お明かし
まだ暗いうち　浮舟(ひめ)連れて
もとの山荘(いえ)にと　帰てった

山荘(いえ)出たときと　同(おんな)じに
浮舟(ひめ)抱き抱え　歩お運び
(其女(おまえ)が思慕(おも)う　薫君(あいつめ)も
こんなんせんやろ　分かったか」
と匂宮(みや)言(ゆ)たら　浮舟は
(ほんまや)思て　頷(うなづ)くん
大層(えろう)可愛(かい)らし　見えたんや

右近出て来て　妻戸(両開きの板戸)開け
降ろされた浮舟(ひめ)　山荘(いえ)入れる
(ここで別れて　帰るんは
名残り惜しゅうて　悲しい)と
匂宮(みや)はしばらく　立ってたが
そのうち諦め　京にへと

浮舟(ひめ)は自分で　思うんは
(匂宮(みや)とのことが　あったけど
薫君(きみ)の世話受け　京住むん
当然やな)と　思うけど

情熱的に　求め来た
匂宮が薫君妬く　様子やら
言われた言葉　目ぇ浮かび
うとうとしたら　夢に出て
自分で自分が　情無て
（匂宮の魂　取り憑くか）
と気味悪ぅ　思ぅてた

薫君の文にどきりして

（薫君年齢　27歳）

今日も薫君から　文届く
《気分悪い》と　伝えたら
《どしたんや》との　見舞い文
《我が訪ねよ　思ぅけど
　止む得ん用事が　多かって
　近々京へ　迎えるが
　それを待つ間も　辛いんや》
とかが短に　書いたぁる
そこへ匂宮から　文が来て
出した返事が　無いのんで
《何をぐずぐず　迷ぅてる
誰かに靡いて　居るんかと
思たらなんや　悔しいで
我思てんは　其女だけ》
と書いたる文は　長々し

そのうち匂宮が　姫君にへと
文出してんを　知って薫君
（ああ恐ろしい　あの匂宮は
なんと抜け目の　無い人や
いつの間浮舟　知ったんや
田舎田舎な　場所やから
まさか思たん　失敗や

我の知らへん　女なら
どんな浮気も　許せるが
なんでこの我　裏切るん
昔より親しゅう　付き合ぅて
考えられへん　案内し
中君の仲立ち　したのんに）
と腹立って　仕方がない

（我が怒って　放っとけば
匂宮は必ず　連れて行く
そしたら後で　浮舟の身に
どんな苦しみ　掛かるかを
匂宮は深ぅは　考えん
手え付けすぐに　放り出して
姉女一の宮に　仕えさす
二、三人の女房　居ったがな

浮舟が同じ　目に遭ぅて
女房で仕える　見るのんは
我慢が出来ん　可哀想や）
と薫君思ぅて　放ってけず
浮舟の様子が　知りとぅて
急いで宇治へ　文を出す

薫君から来た　その文に
ただこれだけが　書いたった
《我だけを
　待ってるやろと
　　思てたに
一線越したか
　　心を変えて
ああこの我は　恥さらし》

その文を見て　浮舟は
（まさか）と思たが　どっきりし

《宛先の違う　文が来た
なんや分からん　返すで》と
書き添えその文　元返す

返った返事見た　薫君
（なんとも巧妙い　言い逃れ
こんな機転が　利くんか）と
ついつい頬が　緩むんは
憎いと思えん　証拠かな

はっきり言(ゆ)わんが　仄めかし
言(ゆ)うて来たんで　浮舟は
ますます不安が　募って来(き)
(匂宮(みや)との仲は　この私(うち)が
望んでしたんと　違(ちゃ)うのんに
なんと惨めな　運命や)
と思い詰め　横になる
(私(うち)は死ぬしか　ないのんか
世間並みには　生きてけん
情け無い身の　私(うち)なんや
こんな辛い目　遭(あ)う例は
身(み)分低い人の　中にかて
それほど多数(ぎょうさん)　あらへんわ)
とそこでそのまま　うっ伏せた

(私(うち)の命も　これまでか)
と思てるに　匂宮(みや)からは
《早(はよ)ぅ心を　決めんか》と
鞭(むち)打つみたい　来る文に
浮舟(ひめ)は心が　鎮(しず)まらん
(薫君(きみ)と匂宮(みや)との　どっちかに
従(したご)ぅたかて　どっちでも
良(え)えことないに　決まってる
そしたら私(うち)は　消えるしか)
世ぉを賢ぅに　渡る術(すべ)
それを知らんで　片田舎
育った身ぃで　あるからか
子供らしゅうて　おっとりで
なよなよ見える　舟浮(ひめ)やのに
こんな恐ろし　結末を
選ぶ破目にと　なったんか

死後に見られて　皆困る
文とか出して　これ破り
まとめ処分は　せんといて
灯台(あかり)の火ぃで　燃やしたり
川に投げ捨て　とかをして
ちょっとづつにと　片付ける

蜻蛉(かげろう)

【薫君年齢：27歳】

後：後半
▲：故人

右大臣夕霧 53
今上帝 48
明石中宮 46
北の方 ▲
某
八の宮 ▲
中将君 40後
源氏君 ▲
今上帝 48
藤壺女御 ▲

六の君 26
匂宮 28
男子 2
中君 27
大君 ▲
浮舟 23
薫君 27
女二の宮 16

浮舟(ひめ)は突然姿消す
（薫君年齢　27歳）

浮舟(ひめ)の姿が　見えんので
女房ら騒いで　探すけど
その甲斐も無(の)て　無駄やった

右近（手掛かり無いかな）と
昨夜(ゆんべ)浮舟　書いとった
母親宛の　文見つけ
開けて読んだら　泣けてきて

（こんな覚悟を　してたんか
心細いん　書いたぁる

なんで一言　この私(うち)に
打ち明けんでに　決めたんや
幼い時から　何一つ
隠し立てとか　せんとから

仕えて暮らした　私(うち)やのに
それを残して　逝(い)くなんか
その素(そ)振りさえ　見せんとは
なんとも辛い　情ない）

（ひどぅ悩んで　おる様子
ちょいちょい見たが　浮舟(このひめ)が
思いも寄らん　恐ろしを
思い付く様(よ)な　性格と
思われへんのに　なんでやな）

思たら訳も　分からんで
右近悲しゅう　思うだけ

浮舟が最期に　匂宮にへと
出した文見て　匂宮
いつもと違う　内容に

(何思てんや　浮舟は
我を恋しと　言うてるが
浮気な性格　疑ぅて
どっかに隠れる　つもりかな)
と胸騒ぎして　使者出す
使者急いで　着いたけど
皆泣き騒ぎ　惑てんで
持ってきた文　出せんまま
「どないしたんや　この騒ぎ」
と尋ねたら　下仕え

「姫君はん昨夜　突然に
死んだ言うんで　皆みな
途方にくれて　嘆いてる」
と思わへん　返事来る
役目出来んで　その男
詳しゅう聞かんと　戻ってに
「こうこうやった」と　言うたなら
匂宮は(ウソや)と　びっくりや

仕方ことなしに葬送を

(薫君年齢　27歳)

雨がひどぅに　降る中を
姫母も宇治へと　やって来た
何も言うこと　出来んでに
「目の前で死ぬ　悲しみは
どんな辛ても　世の常で
これまで他にも　あったけど
遺骸がないんは　どないやな」
とおろおろと　浮舟の母
浮舟があれこれ　悩むんを
ちょっとも知らん　姫母は
身投げしたとは　思わんで
(鬼があの浮舟　食うたんか
狐なんかが　掠ぅたか

昔話で　妖し例
あれこれあると　聞いてるが

いやいやそれとも　恐ろしい
薫君の正室の　傍に居る
性根歪んだ　乳母とかが
浮舟が京へと　来るのんを
聞いて妬んで　隠したか）
と思て嘆く　姫君の母

「やっぱし姫母へ　これ言うて
せめて世間体　繕うか」
思うて右近と　侍従二人
牛車を部屋傍　寄せさして
浮舟が身近で　使うてた
敷物、調度類　それ加え
脱いで置いてた　夜着とかを
牛車の中へ　運び込む

そして葬送の　牛車引き
向かいの山裾　野原行き
人も寄せんで　事情知る
法師らだけで　火葬にと
遺骸も無うて　立つ煙
呆気なしとに　消えたんや

知らせを聞いて薫君　（薫君年齢　27歳）

その頃こっち　薫君
母女三の宮　病んでんで
平癒祈願と　石山寺に
参ってそこで　籠ってた

浮舟が気になる　薫君やけど
起こったことを　伝えるの
宇治から使者　来んのんで
何起こったか　知らんまま

真っ先来るはず　あの薫君が
来んのを怪訝　思ぅてに
荘園居った　内舎人(重臣の警護役)が
使者を石山寺　遣ったんで
薫君はびっくり　呆然と

こっち匂宮は　なにごとも
考えられんで　二、三日
正気失くした　その様子
「どんな物の怪　憑いたんか」
と女房ども　騒いでた

そのうち匂宮は　涙涸れ
気ぃ収まって　来たけども
生きてた浮舟が　目え浮かび
恋しゅう切無ぅ　思い出す

病気重いん　装ぅて
他人に泣き顔　見せん様と
上手に隠す　つもりやが
自然と悲しみ　見えるんで

「なんでこないに　悩んでに
命危う　なるほども
沈んでるんや　この匂宮は」
と言う人が　おったんで
匂宮の様子の　あれこれが
詳しゅう薫君の　耳入り

(やっぱり思た　通りやな
ただただ文を　交わしてた
仲で無いんは　確かやな
匂宮が一目で　惚れる様な
美し女で　あったから)

(たいした　身分でない浮舟の
喪ぉで籠って　ここ居って
匂宮への見舞いも　せんのんは
拗ねとおるかと　思われる)
と思い薫君は　匂宮邸にへと

互いにちょっと　話す内
(黙っておるんも)　とて薫君
「昔に匂宮も　通ぅてた
あの宇治里で　亡ぅなった
大君の血筋の　ある女
意外な所に　居るん聞き

(時々通お)と　思てたが
女二の宮貰た　頃なんで
世間の非難　避けようと
あの山里に　住ましてた

遠うて逢うんも　出来へんで
頼るん我だけ　とは見えず
高貴の身いなら　妻にして
良えかな思たが　そや無いに
気にも留めんと　放っといた

そやけど　目えを掛けるには
気いの置けへん　愛らしい
女やなぁと　思てたが
なんやら急に　亡うなった
それでひどうに　虚しゅうて
世無常思い　嘆いてる

聞いとったかと　思うけど」
言うて始めて　薫君涙

薫君が泣くんを　匂宮
(浮舟とのことを　知っとって
それ悔しいと　泣いてるか)
思たが平静　装うて

「それはなんとも　お気の毒
昨日にそのこと　聞いたんで
どないに嘆くか　見舞いをと
思たがなんやら　訳あると

聞いたでそのまま　してたんや」
と空とぼけ　言うけども
胸が咎めて　しゃべられん

そのうち薫君　顔上げて
「内々匂宮にも　お目に掛け
慰さめ相手と　思てたに

中君はんの　血筋やで
匂宮も二条院に　いった折
ひょっとその目に　触れたかも」

とかと皮肉を　ちょっと言い
「気分優れん　こんな時
アホらし話　聞かさして
びっくりさすんは　良うないな
どうか大切に　しといてや」
とか言い残し　薫君帰る

真実聞かされ薫君

（薫君年齢　27歳）

月が替わって　四月来て
（浮舟生きてたら　今日にでも）
と思てた日ぃの　夕暮れは
一層悲しみ　増える薫君

気ぃに掛かって　堪えられず
思い余って　薫君宇治へ

出て来た右近に　薫君
「詳しいことは　聞いてない
どんな様子で　死んだんや」
と右近にと　訊ねたら

匂宮との秘密の　あれこれを
嘘つき通して　来たけども

真面目な顔の　薫君前に
（あぁも言おうか　こうも）とか
思てたのんを　皆忘れ
（黙っとったら　面倒）と
ありのまんまを　右近言た

思いも寄らん　話聞き
びっくり呆然　薫君
しばらく何も　言えんでに
（信じられんな　そんなこと
皆が普通に　言うんさえ
何も言わへん　おっとりが
なんで恐ろし　入水とか
思い付いたか　信じられん

どういうつもりで　女房ども
こんな嘘とか　つくんか）と
不審思う　薫君やけど

（匂宮も嘆いて　おったんで
浮舟を隠して　居るはずは

ここの女房ら　恍けても
そのうち分かる　筈やのに
我がここ来た　この今も
浮舟の死んだん　悲しんで
みんな揃うて　泣き騒ぐ
やっぱし入水は　ほんまか）と
思たがそれでも　信じへん

手習（てならい）

【薫君年齢：27歳から28歳】

- 大尼君（80代）
  - 横川僧都（60前）
  - 尼君（50頃）
- ▲八の宮 ＝ 中将君（40後）
  - 浮舟（23）
- ▲源氏君
  - 薫君（27）

後：後半
▲：故人

宇治院居ったら物の怪が（薫君年齢　27歳）

話はちょっと　遡り
浮舟が行方を　くらました
その頃やったが　横川住む（比叡山の三塔の一つ）
なんちゃら僧都　とか言うの
尊い僧が　住んどった

八十過ぎた　その母と（大尼君）
五十歳ばかしの　妹居り（尼君）
以前から願を　掛けとった
初瀬へ参りに　行ったんや

僧都の親しい　弟子阿闍梨
これらを連れて　初瀬寺で
仏やお経の　供養して
その他いろいろ　し終えてに

戻る途中の　奈良坂で
母の大尼君　病んだんで

「これでは帰るん　出来んな」と
皆が大層に　困ってに
知ってた宇治の　人の家
そこで一日　休息だが
それでも苦しみ　治らんで
横川に居った　僧都へと
急えて知らせを　走らした

叡山での籠りは　厳しゅうて
(今年は下山　出来んな)と
思たが(老いた　大尼君を
　旅先とかで　死なしたら)
とびっくりし　宇治へ来た

駆け付けて来た　この僧都
(宇治院ここの　近くやで
　そこの留守番　知ってる)と
思い出したで　使者出し
「一日、二日　泊まれんか」
と頼んでに　宇治院へ行く

宇治院はひどぅに　荒れとって
恐ろしそうな　気ぃすんで
先ず検分と　僧都行き
「荒れ果てとって　恐ろしい
　なんや魔物が　居てるかも

　僧らここ来て　経を読め」
言うて経とか　読まさせる

更に周辺を　確認に
初瀬付いてった　あの阿闍梨
別の法師と　二人して
下級の僧に　松明を
持たして邸の　後ろ側
人寄らん場所　探らせる

森かと見える　木の下を
「気味悪いな」と　覗いたら
なんやら白いん　そこにある

「何やろ」思て　立ち止まり
松明明こし　見てみたら
なんや知らんが　座ってる

「狐が化けたか　怪しいぞ
　正体暴いて　みたろか」と
言うて近付く　一人の僧

もう一人居た　別の僧
「待て待て手出すな　不穏い」
言うて（化け物消えよ）思い
印(祈る時の指の構え)を結んで　念じてに
そのままその場　見続ける

止めるん聞かんと　先の僧
怖がらへんで　近付くと
長(なご)ぅて艶(つや)やな　髪(け)の女
大っきい荒い　木ぃの根に
寄ってさめざめ　泣いとぉる

「うわぁ面妖(おっかし)　何やろな
　僧都に検分　願わんと」
と僧言(ゆ)たら　別の僧
「ほんまに不思議(おっかし)」とか言(ゆ)うて
戻って僧都に「これこれ」と

びっくりしたが　この僧都
「狐が人に　化けるんは
　聞いたがこの目で　見とらへん」
言(ゆ)うて庭下り　裏にへと

(早(はよ)ぅにこの夜　明けんかな
　人か狐か　正体を)
思ぅて真言(しんごん)(祈る時の呪文)胸で読み
印を結んで　試したら
そのうちそれと　見定めて
僧都声上げ　言(ゆ)うたんは
「間違いも無(の)ぅ　これ人や
　魔物と違(ちゃ)うで　寄って見ぃ
　死んでるんでは　ないようや
　死んだ思ぅて　捨てたんが
　息吹き返し　生きとるで」
「鬼か狐か　もしかして
　木霊(こだま)か神か　知れへんな
　どっちにしても　我(わし)の様(よ)な
　天下で一の　験者(げんざ)にと
　隠し通すん　出来(でけ)んやろ
　正体見せぇ　名ぁ名告れ」

言(ゆ)うて衣(ころも)を　剥(は)いだなら
そこに臥(ふ)してた　その女
顔を隠して　泣きじゃくる

「ほんまにほんま　人やがな
　今にも命　絶えそうや
　見捨てて置くん　出来(でけ)んがな
　長(なご)ぅはないが　人命
　後一日か　二日でも
　放っとく手ぇは　ないやろぅ」
と僧都言(ゆ)て　僧らに
抱かせて中に　入れさせる

昔に僧都に　仕えてた
その近辺の　下衆(げす)とかが
僧都が居ると　聞いたんで

挨拶がてら　そこへ来て
あれこれ話す　そのうちに
『故八の宮はんの　姫君さんで
薫君が通うて　居った女
患うてたとは　聞かんのに
急に死んだ』て　言うてから
皆が騒いで　大童
それの葬儀に　手ぇ取られ
昨日はここに　来れなんだ」
と言うてんを　洩れ聞いて
(その魂を　鬼取って
ここの邸に　持て来たか
そんなら今にも　消えてまう
なんと恐ろし　ぞっとする)
とこの僧都　思たんや

ようよう大尼君も　癒えたんで
(こんな恐ろし　この場所に
長ぅ居るんは　嫌やな)と
皆々思て　帰りにと
大尼君とかが　住んでんは
比叡の坂本　そこの小野

また僧都呼び祈ったら

(薫君年齢　27歳)

戻って小野で　世話してて
四月、五月も　過ぎてった
手ぇ尽くしても　甲斐無ぅて
困ってしもた　尼君は
僧都の所に　文を出す
《も一回だけ　下山して
なんとかこの女　助けてや
ここ迄生きて　来たのんで
死ぬ運命の　人と違う
憑いて離れん　物の怪が
去らんと居るに　違い無い

どうか可哀想　思ぅてに
京に出るんは　出来(でけ)んでも
ここなら来れる　是非早(はよ)ぅ》
とを懸命に　文を書く

その文を見て　あの僧都
（ほんま不思議(おつかし)　生きてたか
こないに長(なご)ぅ　生きてるが
あの時見捨てて　おったなら
そこで死んだに　違いない

前世の運命(さだめ)　あったんで
我(わし)のこの目に　触れたんか
そんなら試しに　助けるか
無駄やったかて　それまでや）
思て叡山(やま)から　下りて来た

大尼君(おおあま)の邸(いえ)　来て僧都
その夜徹して　加持をする
そのうち暁(あかつき)　見えた頃
憑(つ)いてた物の怪(け)　抜け出して
受け取り童(わらわ)に　取り移る

（どんな物の怪(け)　憑(つ)いとって
人をこないに　惑(まど)わすか）
と知りとおて　阿闍梨(あじゃり)らは
それぞれ念じ　加持をする

ここ何か月　取り憑(つ)いて
出えへんかった　物の怪(け)が
調伏(ちょうぶく)されて　口開く

「ここで調伏　受ける様な
者ではないぞ　このワシは

生きてたうちは　法師やが
ちょっと恨みが　残るんで
死に切れなんで　迷とって
この世の恨み　晴らそうと
美し女が　多数住む
宇治の辺りに　棲み着いて
一人は巧ぅ　仕留めたで

此女自分で　世お嘆き
自分が死ぬん　願うてに
昼夜祈るん　好都合と
一人で暗い夜　居ったんを
〈今や〉と思て　奪たんや

そやけど何や彼や　観音が
加護するのんで　仕方なしに
ここの僧都に　負けてもた
もうこれまでや　退散じゃ」
と言て喚くん　僧都らが
「そう言うお前は　何者や」
と問ぅたけど　受け童
力弱ぁて　しゃべれんで
その場で気ぃを　失ぅた

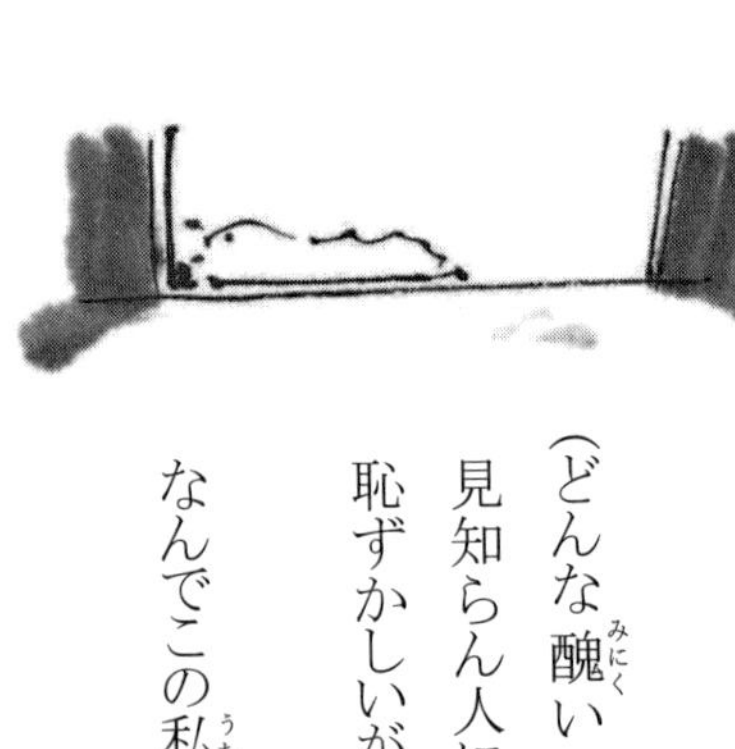

出家願うて浮舟は

（薫君年齢　27歳）

意識の戻った　浮舟は
なんやら気ぃも　爽やかで
目覚めた目ぇで　見てみたら
見知った顔は　居らへんで
老人法師や　その他に
腰の曲がった　者らが
多いんで知らん　国来たの
気ぃして悲しゅう　なったんや
（どんな醜い　様子して
見知らん人に　世話なった
恥ずかしいがな　あぁ嫌や
なんでこの私　生きとんや）

思たら悲しみ　込み上げて
正気失して　おった日は
なんとか食事も　取ってたが
気付いた今は　恥ずかして
薬湯さえも　飲めん様に

「なんで弱々　してるんや
あった熱かて　もう下がり
元気なったん　喜んで
もう安心と　思てたに」
とか言い尼君　泣きながら
気ぃ緩めんで　着き添ぅて
浮舟の看護を　し続ける

(やっぱしなんとか　死にたい)と
内心思う　浮舟やけど
元々強い　女やろか
ひどい状態　乗り越えて
生きる力を　持ってたか
だんだん頭　上げられて
食事も取れる　様になり
顔もすっきり　引き締まる

(あぁ嬉しいな　そのうちに
快復されて　元気に)と
思とったのに　その矢先
「尼にして欲し　そしたなら
　生きて行き様　あるかも」と
浮舟急に　言うたんで

「何を言うんや　若いのに
　なんで尼とか　させられる」
言うて尼君　引き留むが
(これで生きる気　出るなら)と
戸惑いながら　僧都呼び
出家まですん　どうかなと
頭の上の　髪削いで
尼なる手前の　儀式した

(髪削ぎだけでは　済まされん
気に食わへん)と　思ぅたが
元々気弱な　浮舟は
強ぅは言えんで　受け入れる
「これで止めとこ　今はもう
　後は重々　養生を」
言うて僧都は　叡山帰る

やっぱし本物の出家をと（薫君年齢　27歳）

年も変わって　日数過ぎ
とある日の朝　早ぅにと
下級の法師　大勢来て
「今日に僧都が　下りて来る」
言うたら出て来た　女房尼
「なんや急やな　何事や」

聞いたら法師　言うのんは
「女一の宮（明石中宮の子・匂宮の姉）に物の怪　憑いたんか
大層悩んで　おるのんで
座主が修法を　したけども
〈やっぱり僧都が　来んことに
　効果あらへん　困ってる〉
と昨日二度も　言うてきた」

これ洩れ聞いた　浮舟は
（恥ずかしけども　僧都に会い
〈尼にしてや〉と　頼んだろ
皆が初瀬にと　行ったから
やいやい言う人　少ないで
ちょうど良ぇがな　この今に）

と起き出だして　大尼君に
「気分悪いん　続くんで
やっぱり尼に　なりたいと
思てたのんで　ちょうど良ぇ
僧都が叡山から　来るんなら
絶対このこと　伝えてや」
言うたん聞いて　大尼君は
惚けた頭で　頷いた

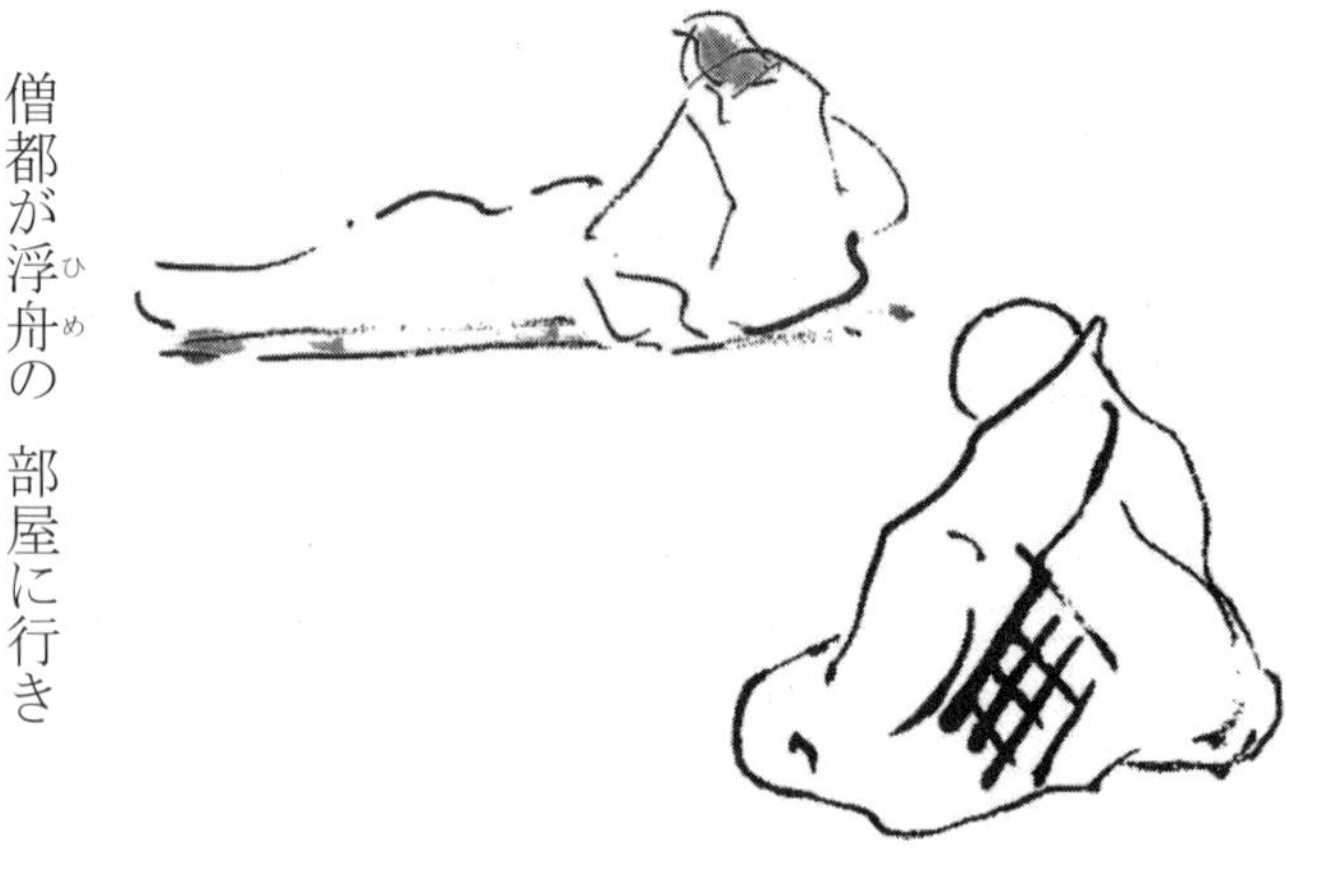

僧都が浮舟の　部屋に行き
「ここに居ったか」　とか言うて
几帳の前に　座るんを
遠慮がちやも　浮舟は
いざって近付き　相手する

「思い掛け無ぅ　出会たんは
これも前世の　因縁や

こんな見苦し　この場所で
出家した尼　居る傍で
住むんはどうかと　思とった」

と言うたんで　浮舟は
「生きておれんと　思たけど
不思議ことに　生きとぉる

それを辛いと　思いながら
あれこれお世話　受けた恩
仕方もない身の　私やけど
ほんまおおきに　思ぅてる

そやけど人並み　生きられん
この世に馴染めん　私やから
どうかその手で　尼にして

例えこの世で　行きてても
長生きられん　この身やで」
とを切々と　言うたんで

それに応えて　この僧都
「まだまだ先は　長いのに
なんで一途に　決めたんや

心の固い　決心は
その時良えが　日ぃ経って
それを悔やむん　多いのんや
まして女は　暮らすうち
後で過ち　犯すとか
不都合なこと　起こるから」
とに懸命に　諫めるが

「幼ない時から　物思い
してるばかしの　子ぉやって
母上も尼にしょ　言ぅとった

ちょっと大人に　なった今
この世で生きるん　諦めて
せめて来世と　願ぅてる

だんだん死ぬ時　なったんか
心細いん　増えてきた
どうかこのまま　尼にして

気持ち悪ぅて　苦しんで
そのうち重篤　なったなら
尼なる儀式　受けられん

今がちょうど良　お願いや」

とか言てひどぅ　泣くのんで
僧都可哀想　思たんか
「そのうち夜も　更けて行く
そんなに急いで　おるんなら
今日今ここで　尼にしよう」

言うたら浮舟　喜んで
鋏を出して　櫛箱の
蓋にそれ乗せて　差し出した

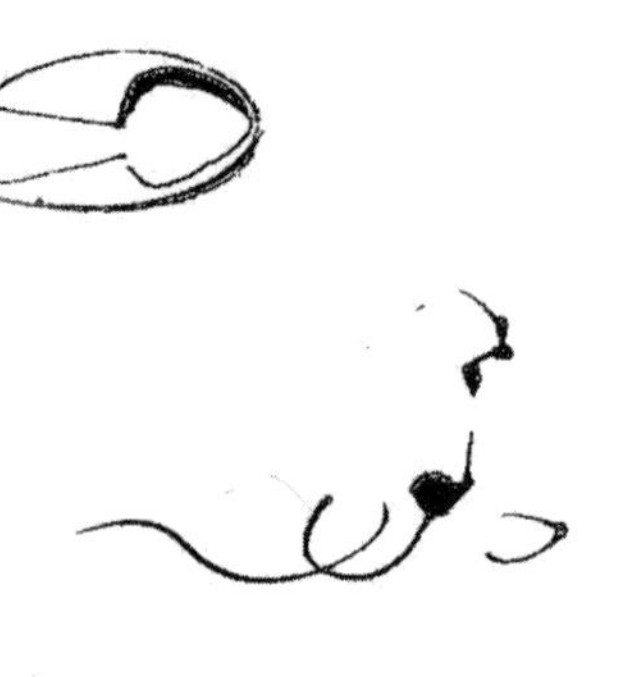

聞いた話はひょっとして

（薫君年齢　27歳）

病気になった　女一の宮
祈った効果で　良ぅなって
ますます僧都を　尊んで
僧都に向こて　褒めたんや

（治ったけども　油断は）と
修法を延期　させたんで
帰られへんで　この僧都
そのままそこに　残ってた

雨振り静かな　その夜に
明石中宮が呼んだで　女一の宮
僧都と一緒に　そこへ行く

女一の宮に憑いてた　物の怪の
執念深い　そのことや
いろいろ名告るが　正体を
明かさんかった　怖さとか
何や彼や細こぅ　言うた後

「不思議ことに　出会たんや
今年の三月　老人の
母上が初瀬行き　願かけて

それの帰りに　母上病んで
宇治院とかに　泊まりした
荒れ果てとった　その邸
なんや気味悪　思てたら
ほんまにそれが　起きたんや」
とその邸で　出くわした
見つけた女の　話した

話聞くうち　明石中宮は
（あぁその時分　その場所で
不思議に消えた　女が）と
なんとは無しに　思い出す

明石中宮傍の　小宰相君に
「あの宇治姫君の　ことやろか
そんなら薫君に　知らせな」と
言うたが確かで　ないのんで
薫君に言うんは　気ぃ引けて
黙って何も　言わなんだ

薫君明石中宮に浮舟のこと

（薫君年齢　28歳）

一周忌終え　薫君
（とうとう終わった　儚いな）
としみじみと　思ぅてる

春も終わりの　三月の
雨がしめやか　降る夜に
薫君明石中宮の　所へ行った
そこにはあんまり　人気無て
静やかなんで　色々な
話をした後　薫君

「侘しい山里に　女置き
何年と無ぅ　通てたが
いろいろ他人が　言うけども
これも運命と　止めなんだ
好いたん居ったら　誰かても
同じやなと　割り切って
時々通て　おったけど
嫌なことあって　気遅れて
それに行く道　遠いんで
通わんように　なったんや
最近なって　行ったなら
目指す女は　死んでもて
この世の儚さ　知ったんや」
言うたら明石中宮（それもしや）
と僧都が言たん　思い出し
気の毒やなと　思たんで

「恐ろし物が　棲んでんか
　どんな様子で　死んだんや」

と聞いたんで　薫君
「そうやそうかも　知れへんな
　怪し物が　棲んでたか
　死んだ様子も　怪訝い」

言うて詳しゅう　話さんと
薫君そのまま　帰てった

明石中宮はんは　小宰相君を
こっそり呼んで　言うたんや
「先刻右大将　ここへ来て
〈あの女今も　恋しい〉と
しみじみ言うん　気の毒で
ぽろっと口に　出かけたが
確かかどうか　分からんを
言うんもどうかと　言わなんだ
其女は全部　知ってんで
不都合なんは　言わんとに
世間話の　序でにも
〈こぅこぅやった〉と　薫君に
僧都が言たん　伝えてや」

と言うたけど　小宰相君は
「明石中宮はんさえ　遠慮して
言わへんだのに　この私が
なんでそんなん　言えますか」

と嫌がるが　明石中宮は
「時と場合を　考えや
匂宮は　私の子おやから
言うに言われん　事情ある」

言うたら明石中宮の　言うことを
悟って小宰相君　引受けた

真実を知って薫君

（薫君年齢　28歳）

ある日ぃのこと　薫君
小宰相君の部屋　立ち寄って
いろいろ話　した後に
小宰相君突然　口開き
あれの話を　言うたなら
薫君びっくり　魂消てに

（あぁびっくりや　そんなこと
あの時明石中宮が　〈恐ろし〉と
言うてたのんは　この事を
知ってたのんで　そう言たか
なんで洩れたか　この話
当人同士で　隠したに
隠し通せん　世ぉなんや）

思たが小宰相君　前にして
ことの真相　言われんで
「奇妙に死んだ　あの女と
似てる話や　その話

それでその女　どこ居って
生きて居るんか　この世ぉで」

と尋ねたら　小宰相君
「明石中宮が呼んだ　あの僧都
叡山から下りた　その日ぃに
尼にしたとか　聞いたけど」

言ぅのん聞いて　薫君
（場所も同じ　宇治なんや
あの時のこと　思ぅたら
皆な全部　当てはまる

ほんまに見つけて　その女が
浮舟やったら　この我は
嬉し思うか　呆れるか

ほんまか確かめ　どしたなら）

とかあれこれと　悩んでに
（なんで明石中宮　この話
我に言わんで　おったんや
この上聞いても　答えんか）
と思ぅたが　気ぃ懸り
なんとか機会　作ってに
明石中宮の所へ　訊きに行く
明石中宮に会ぅて　薫君
「突然死んだと　思とった
あの女今も　生きとって
落ちぶれてるて　耳にした

(その女自分で　身ぃ縮め
この世を捨てる　女と違う)
とに我思て　おったけど

人が言ぅてる　噂では
身投げしたんと　違ぅてに
物の怪なんかに　獲られたと
聞かされたんで　その女に
良ぅ似てるなと　思たんや」

と薫君　言ぅたなら
「夜居に来とった　あの僧都
なんやら言ぅてた　話かな
怖て恐ろし　話やで
ちゃんとは聞いて　居らなんだ」
と明石中宮は　返事する

明石中宮の前　下がって来
自分の邸に　戻っても
(その女の居る　山里は
どこにあるやろ　どしたなら
世間に知られんと　探せるか

僧都に会ぅて　真実をば
聞きに行くしか　ないのんか)
とかを明け暮れ　思ぅてる

毎月八日　その日ぃは
仏の供養を　するのんで
薬師如来に　参ろうと
時々は行く　叡山の
根本中堂(延暦寺の本堂)　行ったんや
(そこの帰りに　横川へと)
と思たんで　薫君

浮舟の弟の　童での
小君を連れて　そこ行った

逢えるん嬉しい　思いながら
(女が浮舟と　分かっても
しょぼくれとって　尼らとで
暮らす中へと　行ったかて
そこで世話する　男とか
居るん聞いたら　辛いな)と
思て小野への　道を行く

夢浮橋（ゆめのうきはし）

【薫君年齢：28歳】

- 大尼君（80代）
  - 横川僧都（60前）
  - 尼君（50頃）
- ▲八の宮 ＝ 中将君（40後）
  - 浮舟（24）
- 中将君 ＝ 常陸守（50後）
  - 小君
- ▲**源氏君**
  - 薫君（28）

後：後半
▲：故人

僧都に経緯聞いて薫君

（薫君年齢 28歳）

薫君叡山 そこ行って
いつもの様に 経、仏像
これの供養を 念入りに
翌日横川 寄ったなら
僧都びっくり 恐縮し
来たん喜び 挨拶を

嬉しい思て この僧都
「偉い身分の 人やのに
わざわざこんな 所にと」
言うて大層な 歓待を
そのうち周囲が 静まって
「小野の辺りに お宅でも」
と薫君聞いたら この僧都
「ワシの母親 老尼が
京に良え家 ないのんで
ひどう貧相な 家やけど
小野のその家 住んでんや
ワシがこの叡山 籠ってて
夜明けや夜中 いつかても
なんかあったら すぐにでも
駆け付けて行く 用心に」

言ぅのん聞いて　薫君
「つい先ごろまでは　あの辺り
人が大勢　住んでたが
今はめっきり　寂しゅうに」

言ぅて傍寄り　こっそりと
「女のことの　話やが
〈聞いたらどんな　ことやろ〉と
思われへんかと　気引けるが
あの山里に　この我が
世話してた女　そこ居ると
風の噂に　聞いたんや

(そんならほんまか　確かめ様
どんな事情が　あったんか
どない聞いたら　良えんか)と
いろいろ　考えてるうちに
仏の弟子なり　尼なった
と聞いたけど　ほんまかい

まだ年齢若て　親居って
我が死なした　みたいやと
恨み言言ぅ　人居んや」
とかとか僧都に　尋ねたら

聞いてた僧都　胸内で
(合点が行った　そらそうや
普通の女と　見えなんだ
薫君がこれほど　言ぅからは
軽い思慕の　女と違う

僧の役目と　言ぅけども
深思わんと　尼にした)
と肝が潰れる　気ぃするが
答えるのんに　戸惑ぅて

「どんなことやろ　ずううっと
不審思て　おったけど
その女確かに　そこ居るが
それの女の　ことかいな」
とびくびくに　口開き

「小野に住んでた　尼らが
初瀬に参って　その後で
宇治院とかに　泊まったら
母親は疲れが　出たのんか
ひど患ぅと　聞いたんで
叡山下りて　出向いたら
そこで面妖に　会ぅたんや」

言(ゆ)うて特別　声潜(ひそ)め
「天狗や木霊(こだま)　みたいんが
騙(だま)して連れて　来たんかと
このワシ思うて　おったんや

その女(ひと)助けて　その小野に
戻った後も　三月ほど
死んだみたいな　様やった

護身の祈り　励んだら
だんだん正気　取り戻し
普通の体に　なったけど

『まだ憑(つ)いとった　物の怪(け)が
身ぃから離れん　気ぃがする
この悪霊の　憑(つ)いてんを
外(はず)して苦しん　抜け出して
　来世のことを　祈りたい』
とかと悲しゅう　言(ゆ)うのんで
法師やなんで　このワシも
〈そらそうやな〉と　思たんで
ほんまの出家　させたんや」

（そう違(ちゃ)うかな）と　小宰相君(こざいしょ)が
ちらっと言(ゆ)たんを　このここで
僧都を訪(たん)ねて　真実(ほんま)聞き
（てっきり死んだと　思てたが
ほんまは生きて　居ったか）と
夢かと思て　涙ぐみ

「急に姿を　消したんで
身投げしたかと　疑(うたご)たが
なんやら不審(おっかし)　多かって
確かなことは　聞いとらん
尼になったと　聞いたんで
（自殺の罪が　減ったか）と
我(わし)も安心　して居った」
とかとか言(ゆ)うて　薫君

「僧都に案内　願うんは
迷惑かなと　思うんで
せめて文とか　書いてんか」

そこで薫君は　連れて来た
他よりきれえな　顔してる
浮舟の弟の　小君呼び

「これその女の　弟で
こいつを使者に　するのんで
紙に一筆　書いてんか

誰とは言わんで　ただ単に
〈探してる人　居るんで〉と
書いてあっちに　伝えたい」

言うたら僧都　直ぐ書いて
それを小君に　手渡した

小君いそいそ出掛けたが

（薫君年齢　28歳）

（小君をこのまま　小野にへ）と
思たが供が　多かって
（不都合やな）と　薫君
そのまま京に　戻ってに
翌日改め　小君行かす

使者が来たんで　出てみたら
来たんはなんと　良え顔の
品湛えてる　小童で
立派な衣装で　歩き来る

丸い座布団　出したけど
それには腰を　下ろさんと
小君簾の傍　跪き

「他人行儀な　扱いを
こないし受ける　筈ないと
僧都がボクに　言うてたで」
と言うのんで　仕方無ぅて
尼君が出てきて　返事する

文受取って　それ見たらに
《尼姫はんに　叡山より》と
書いとってから　その下に
僧都の名前　書いたぁる

なんも疑ぅ　ことのない
ほんまが書いたる　文やけど
他人が見ても　分からへん

尼君浮舟に　向こぅてに
「ここの童は　何者や
ええ焦れったい　情けない
この今なっても　強情に
隠し立てとか　するんかい」

と苛立って　責めるんで
浮舟プイッと　横向くと
目に入ったん　あの夕暮の
入水を思て　泣きながら
恋し思てた　弟や

その弟を　陰で見て
まるで夢かと　浮舟は

(他の人らの　こととかは
自然とだんだん　聞いてたが
母上はどしてる　聞かへんな)
と思ぅたら　咄嗟にと
(母上どや)と　聞きたいが
思い掛け無ぅ　あの愛し
弟の小君　見たのんで
どっと悲しみ　込み上がり
ほろほろ泣いて　言い出せん

(ここに姉君　居るから)と
聞いとったけど　子供やで
急に言ぅんは　恥ずかして
目ぇ伏せながら　この小君

「もう一通の　文がある
是非ともこれも　見て欲しい
僧都言ぅてん　確かやで
それを頼りに　ここへ来た」

言ぅんでその文　見てみたら
紛れも無ぅに　薫君やけど
(昔と変わった　尼姿
うっかりこれを　見られたら
体裁悪て　恥ずかし)と
思ぅて悩んで　浮舟は
だんだんと気ぃ　暗なって
伝える言葉も　出ぇへんだ

思い余って　浮舟が
涙流して　臥せたんで
（ほんまに　世間知らずやな）
と手ぇ焼いた　尼君が
「どないするんや　返事は」と
言うて責めるが　浮舟は

「今日の所は　この文を
持って帰って　おくれぇな
宛先私と　違うんで
不都合やから　受け取れん」

言うて広げた　その文を
尼君の方　押し遣った

空しゅう帰り薫君にへと

（薫君年齢　28歳）

心密かに　この姉に
会いたい思てた　小君やが
会うん出来んで　終わったを
悔しゅて無念で　気落ちして
薫君の邸に　帰てった

今か今かと　待っとった
帰った　頼り無さそうなと
小君を見たら　気ぃ萎えて
（行かせなんだら　良かったか）
とかとかいろいろ　思ぅたら
（誰かが小野に　隠すか）と
自分が宇治で　浮舟隠し
放って置いたん　思い出し
あれこれ想像ぅ　薫君（完）

【主要人物関係図と登場する帖】

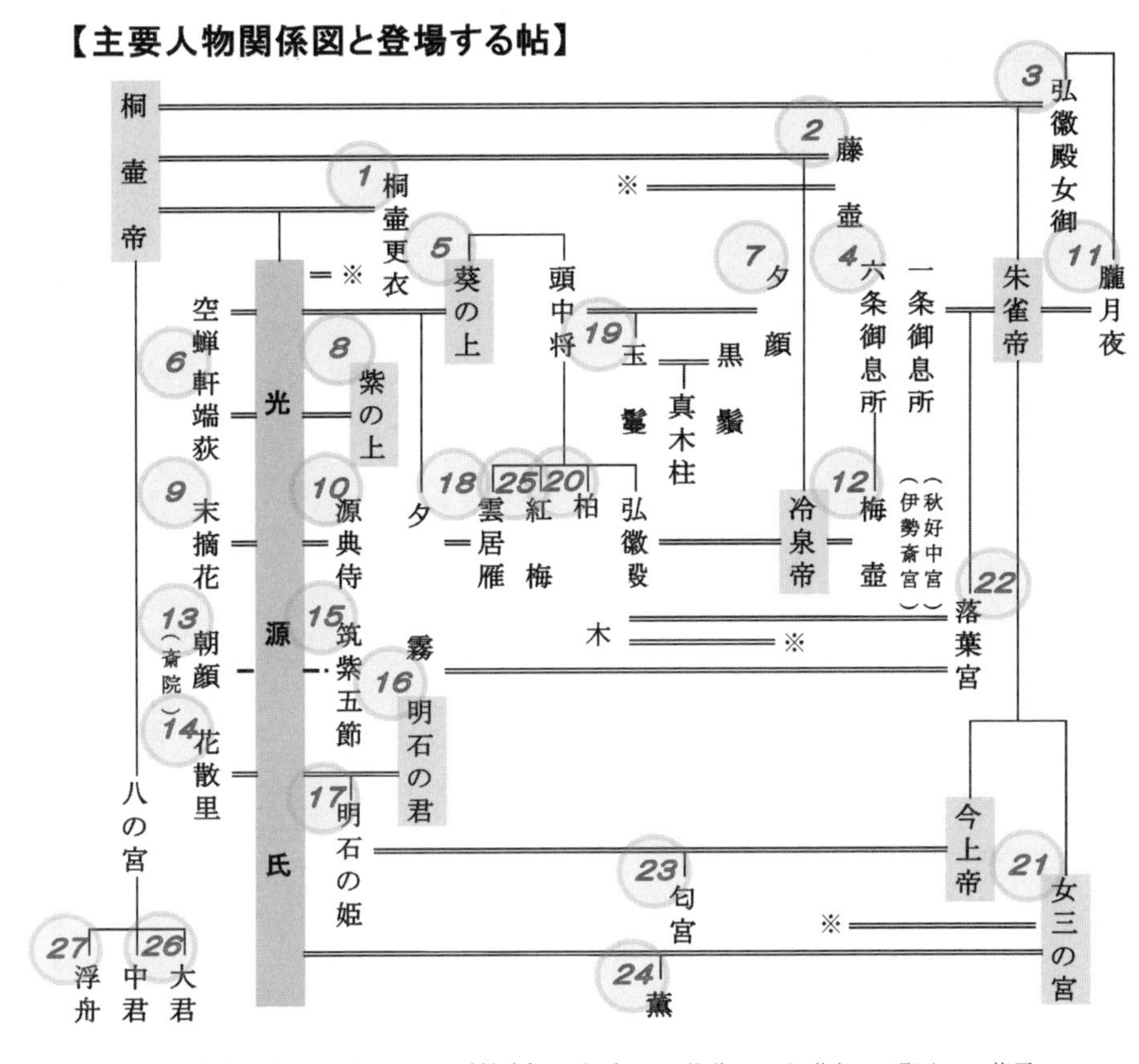

1：**（桐壺更衣）**01桐壷　*2*：**（藤壺）**01桐壺、05若紫、07紅葉賀、10賢木、19薄雲
3：**（弘徽殿女御）**01桐壺、08花宴、10賢木、13明石
4：**（六条御息所）**01桐壺、4夕顔、09葵、10賢木、14澪標、36柏木
5：**（葵上）**01桐壺、05若紫、07紅葉賀、09葵　*6*：**（空蝉）**02帚木、03空蝉、16関屋
7：**（夕顔）**04夕顔　*8*：**（紫上）**05若紫、09葵、12須磨、28野分、35若菜下、40御法、41幻
9：**（末摘花）**06末摘花、15蓬生　*10*：**（源典侍）**07紅葉賀、20朝顔
11：**（朧月夜）**08花宴、10賢木、34若菜上　*12*：**（梅壺）**09葵、10賢木、17絵合、21少女、24胡蝶
13：**（朝顔）**10賢木、20朝顔　*14*：**（花散里）**11花散里　*15*：**（筑紫五節）**12須磨
16：**（明石君）**13明石、14澪標、18松風　*17*：**（明石姫）**19薄雲、23初音、32梅枝、33藤裏葉
18：**（夕霧）**21少女、33藤裏葉、37横笛、39夕霧
19：**（玉鬘）**22玉鬘、24胡蝶、25蛍、26常夏、27篝火、28野分、29行幸、30藤袴、31真木柱、44竹河
20：**（柏木）**34若菜上、35若菜下、36柏木
21：**（女三の宮）**34若菜上、35若菜下、36柏木、38鈴虫
22：**（落葉宮）**35若菜下、37横笛、39夕霧
23：**（匂宮）**42匂宮、47総角、48早蕨、49宿木、50東屋、51浮舟
24：**（薫）**42匂宮、45橋姫、46椎本、47総角、48早蕨、49宿木、50東屋、
51浮船、52蜻蛉、53手習、54夢浮橋
25：**（紅梅）**43紅梅　*26*：**（大君＆中君）**45橋姫、46椎本、47総角、48早蕨、49宿木
27：**（浮舟）**50東屋、51浮船、52蜻蛉、53手習、54夢浮橋

今、源氏物語を訳すということ

上野　誠

古典教育の基礎が揺らいでいる。

ほんとうに、中等教育段階で、古典を教える意味があるのかということが、本気で問われているのである。一つは、実学を重視する立場から、古典は、もうよいのではないか、という声が上がっているのだ。

もう一つは、グローバル社会において、一国の古典がどれほどの意味を持つのかという疑問の声が上がっている。都心の中学校は、すでに多文化が進んでいて、世界各地からやって来た子供たちが教室にいるからだ。私は古典屋を商売として、この四十年世を渡ってきたから、これがなくなると困る。

が、しかし。本書の翻訳者である中村さんは、もともと実業の人であって、古典で生計を立てているわけではない。犬養孝先生の万葉の講義に触れて古典の世界に身を置き、古典の親しみやすい訳文を心掛けて、このほど源氏物語の訳を完成させようとしておられるのだ。だから、中村さんこそ、ほんとうの古典のおもしろさを知っている人かもしれないのである。

私たちの世界は、モノとカネだけで動いているのではない。人は生きてゆく上で、恋もすれば、時に罪も犯す。そして、罪を犯した人間のその後の人生というものもある。源氏物語が描かんとするのは、まさにその点なのであり、そこに世界の文学者は、共感し、賞賛の辞を与えるのである。

生活世界といっても、虚も実もあり、時に、人は自らのアイデンティティを語る物語を必要とする。米と鉄さえあれば、生きてゆけるというものではないのだ。

私は、文学が実学であるとは、いわない。いや、むしろ虚学である。けれど、そこに、ひとりの人間の懊悩が描かれていることも事実なのだ。だから、古典といっても、それは常に、古典を今読む人のものなのであり、古典は過去の歌や物語ではないのだ。

私には、恋のない人生も、歌や物語のない人生も想像だにし得ない。

中村さんの新訳によって、今の源氏物語が紐解かれることを願ってやまないのは、その故なのである。

（うえのまこと／國學院大學教授）

あとがき

源氏物語は、読み継がれてきた古典の最たるものである。

著作当時から今日に至る千年を超えて読者を魅了し続けたものは、ほかにない。

何故なのであろう。

それは偏（ひとえ）に、源氏の君が光るばかりのイケメンであるからに相違ない。

老若を問わず、登場する女人の憧れの的、それが源氏の君である。

さて、読者はこれをどう捉えるのであろうか。

「いかにイケメンとは言え、こんな不品行（ふしだら）な男にはアキレル」・・・と言う人は誰もいない。

当時の読者は、「こんなにいろいろな女性が相手にされるのであれば、ひょっとして私も」

「イケメンだったら、束の間の契りでも良い」

と、思ったのであろうか。

また、現実の自分に釣合（そぐい）もしない故に憧れたのであろうか。

良き読者の大半は、女性であったであろう。

さて、今の世ではどうか。

言うまでもなく、たぶん、確実にそうである。

女性とはそう言う存在なのか。

「いや、当時は一夫多妻制の時代で、今なら週刊誌がわんさと書き募る」

いやいや、女性も女房の手引きを受けるにしろ、男性が来るのを待ちわびているではないか。

「一婦多夫」の世界でもあったのだ。

今の夫婦の秩序が取り入れられたのは近年である。

それまでは、儒教が精神の基本であった時代であったにもかかわらず、全てではないが、男女関係のおおらかな時代が長く続いていた。

それだけに、男女間の喜怒哀楽も複雑なものであったろう。

どちらが、正しく、本来の姿か。

わからない。

これが逆ならどうであろうか。
恋に気の多い奔放な光るばかりの美しい女性がいた。
寄り来る男を誰れ彼れ無しに引き入れる。
こんな女性が主人公の物語ならどうだろう。
男性は「これだ」と憧れ、読み漁るだろうか。
そんな女性がいたら、男はすこしは気が引かれはするが、現実のものとしてはどうか。
たぶん、おそらく、そうはならない
読み継がれもしないであろう。

男性とは、そういうものなのか。

「男と女の間には、深くて暗い川がある」と言うが、そうなのかもしれない。

ともあれ、「源氏物語」は出色最高の古典である。

紫式部に感謝と最大の賛辞をささげたい。

読んで損はない。

この本を読み終えたあなたは、果たして女性か男性か。

多くが女性であろうと思われるが、男性も入っていればと思う。

この私が、男性だから。

令和三年　初夏・藤咲き誇る小満の頃

中村　博

中村　博　「古典」関連略歴

昭和17年10月19日　堺市に生まれる
昭和41年 3月　　　大阪大学経済学部卒業

・高校時代　：　堺市成人学校にて犬養孝先生の講義受講
・大学時代　：　大阪大学　教養・専門課程(文学部へ出向)で受講
・夏期休暇　：　円珠庵で夏期講座受講
・大学&卒後　：　万葉旅行多数参加

・H19.07.04 : ブログ「犬養万葉今昔」掲載開始至現在
「万葉今昔」「古典オリンピック」で検索
・H19.08.25 : 犬養孝箸「万葉の旅」掲載故地309ヵ所完全踏破
・H19.11.03 :「犬養万葉今昔写真集」犬養万葉記念館へ寄贈
・H19.11.14 : 踏破記事「日本経済新聞」掲載
・H20.08.08 : 揮毫歌碑136基全探訪(以降新規建立随時訪れ)
・H20.09.16 : NHKラジオ第一「おしゃべりクイズ」出演
《内容》「犬養万葉今昔」
・H24.05.31 :「万葉歌みじかものがたり」全十巻刊行開始
・H24.07.22 :「万葉歌みじかものがたり」「朝日新聞」掲載
・H25.02.01 :「叙事詩的　古事記ものがたり」刊行
・H26.05.20 :「万葉歌みじかものがたり」全十巻刊行完了
・H26.12.20 :「七五調　源氏物語」全十五巻刊行開始
・H27.01.25 :「たすきつなぎ　ものがたり百人一首」刊行
・H30.11.20 :「七五調　源氏物語」全十五巻刊行完了
・H31.04.20 :「編み替え　ものがたり枕草子」刊行開始
・R01.06.10 :「令和天翔け万葉歌みじかものがたり」刊行
・R01.11.01 :「編み替え　ものがたり枕草子」(上・中・下) 刊行完了
・R02.05.15 :「大阪弁こども万葉集」刊行
・R02.05.25 :「大阪弁訳だけ万葉集」刊行
・R02.08.--- :「大阪弁こども万葉集」毎日・読売ほか各紙掲載

朗 朗報！アホかて読める
大阪弁びっくり源氏物語

発行日
2021年7月30日

著　者
中村　博

制　作
まほろば 出版部

発行者
久保岡宣子

発行所
JDC出版
〒552-0001　大阪市港区波除6-5-18
TEL.06-6581-2811(代)　FAX.06-6581-2670
E-mail : book@sekitansouko.com
郵便振替　00940-8-28280

印刷製本
モリモト印刷（株）